丁一鹤 / 作品

泪瞳情悔

QING Ⅲ HUI

中国文联出版社
http://www.clapnet.cn

图书在版编目（CIP）数据

情悔．3/丁一鹤著．-- 北京 ：中国文联出版社，2016.9

ISBN 978-7-5190-1694-4

Ⅰ．①情… Ⅱ．①丁… Ⅲ．①小说集－中国－当代 Ⅳ．①I247

中国版本图书馆 CIP 数据核字（2016）第 153253 号

情悔．3

作　　者：丁一鹤

出 版 人：朱　庆

终 审 人：奚耀华　　复 审 人：胡　笋

责任编辑：蒋爱民　　责任校对：傅泉泽

封面设计：郑金将　　责任印制：陈　晨

出版发行：中国文联出版社

地　　址：北京市朝阳区农展馆南里 10 号，100125

电　　话：010-85923066（咨询）85923000（编务）85923020（邮购）

传　　真：010-85923000（总编室），010-85923020（发行部）

网　　址：http://www.clapnet.cn　http://www.claplus.cn

E - mail：clap@clapnet.cn　jiangam@clapnet.cn

印　　刷：北京雁林吉兆印刷有限公司

装　　订：北京雁林吉兆印刷有限公司

法律顾问：北京天驰君泰律师事务所徐波律师

本书如有破损、缺页、装订错误，请与本社联系调换

开　　本：787×1092　1/16

字　　数：187 千字　　印张：15

版　　次：2016 年 9 月第 1 版　　印次：2016 年 9 月第 1 次印刷

书　　号：ISBN 978-7-5190-1694-4

定　　价：39.80 元

我抛水袖为君唱一曲，

桃花扇底相思浓意。

牡丹红袖翻飞作蝶翼，

梅园一舞白露沾衣。

世人只道芙蓉花解语，

不敌红颜薄命结局。

卿本天生多情已是悔无计，

奈何此生早入了戏。

——《花犯》

目 录

contents

第一篇

女老板围猎富商

婚姻是我们每个人都要面对的，它可以改变我们的人生。女人通过婚姻来改变自己的人生本无可厚非，但有的女人却把利用婚姻改变人生当成自己的“事业”来做。在连续嫁给两个男人仍不满意之后，酒店女老板柳霓虹又找到了一个房地产商当作改变人生的跳板。当她最终对这份“事业”失去耐性之后，她不但杀掉了劝说她的好友，毁掉了她亲手经营的“事业”，而且把她的前两任丈夫都牵扯进了杀戮惨案中。

38岁的时候，冀北女子柳霓虹被京北市第一中级人民法院执行枪决。她身上背负着两条人命：一个是与其相交甚好的闺中密友；另一个则是她寄托人生梦想的房地产商。走向黄泉路的他们，在生命的最后一刻都不会相信，这场“婚姻事业”竟然最终毁掉了那么多人的人生。

男人是鞋，女人是脚，你多大的脚就只能穿多大的鞋，如果鞋子不合脚就会把脚磨得鲜血淋漓。因为脚无法改变鞋子，婚姻难以改变人生。

酒店女老板柳霓虹和房地产商金波的相识是个巧合，三年前“五一黄金周”，柳霓虹和金波在京北的同一家婚介所相遇了。

跻身于灯红酒绿的娱乐场所，柳霓虹早就练就了一身高雅的气质，当她在停车场将自己的本田轿车泊好，身着职业女装翩翩走向婚介所的大门时，一个戴着眼镜的微胖男人走在前面，很绅士地开门等了一下她。柳霓虹习惯性地昂着头说了声谢谢，并没有正眼看那个男人一眼。没想到那个男人透过镜片，目光毫无顾忌地盯住了柳霓虹。对于这样惊艳的眼神，柳霓虹早已司空见惯，毕竟她是一个气质和形象都非常上乘的女人。柳霓虹像往常一样微微一笑，向对方打了个招呼。

当两人在婚介所里登记完各自的资料之后，禁不住相视一笑，原来两人都是来这里寻找情缘的。因为刚才的开门之缘，他们投机地聊了起来。通过金波的自我介绍，柳霓虹了解到，金波是京北人，毕业于一所名牌大学的建筑学院，长期在京北从事房地产开发工作，现在是京北一家房地产公司的总经理。虽然微微发福的金波算得上京北的富豪阶层，但他的感情生活一直不顺，先后谈过多个女友，但不知道为什么，那些女孩都先后拂袖而去。

金波 37 岁了还独来独往，他的亲友非常着急。70 多岁的父亲给金波下了最后通牒：“必须在年内领一个女孩回家。”一向孝顺的金波答应了父亲。再说，他已经跻身京北富豪行列，早已功成名就，是该成个家了。

柳霓虹很奇怪地问：“你条件那么好，身边肯定是美女如云，是不是你挑花眼了？”

没想到金波却是一肚子苦水。他真诚地说：“嗨，别提了，很多女人不是冲着我的人，而是冲着我的钱来的。我很不喜欢那些拜金女人，我只想找个好女孩，能踏踏实实过日子就行。当然，最好找个像你这样的职业女性，能够在事业上帮我一把。可能是缘分不到吧，这不，被老人逼急了，只好利用黄金周的放假时间来这里，一进门就碰见了你。”

从金波的举止做派上，柳霓虹发现金波说话很干脆，是一个举重若轻的男人。因为不清楚金波的底细，柳霓虹并没有表态是否愿意跟金波来往。当离开婚介所时，金波主动提出来要送一下柳霓虹。柳霓虹并没有表明自己是开车来的，她想摸摸这个男人的底细。

当坐上金波的奥迪 A8 轿车时，柳霓虹明白自己该出手了，这辆纯进口的轿车最低配置也要 80 多万元，最高配置接近 300 万元，没有千万以上的家产，谁也不敢轻易买辆这么豪华的轿车。看来，这个年轻的房地产商就是自己苦苦寻找的目标。于是，柳霓虹不动声色地与金波交换了电话号码，并告诉金波，她不到 35 岁，在西四环附近开了一家酒店，自己是那家酒店的总经理，因为忙于事业而耽误了婚姻，这次来婚介所也是希望找到自己的人生归宿。

两人相差两岁，而且都是成功人士，对于柳霓虹的条件，金波当即表示相当满意，并希望进一步深入了解。

等金波把柳霓虹送到西四环附近时，柳霓虹没有下车，她还不想让金波这么早了解自己的底细。于是柳霓虹灵机一动，让金波开车再次来到婚介所门前的停车场。金波不明原因，柳霓虹最后才告诉金波，她的本田轿车也停在那里，她只是想找个理由更多地接触一下金波而已。

听到这话，金波当即说："要不这样吧，时间还早，我们找个地方坐坐，再继续聊聊怎么样？"

"OK！"柳霓虹爽快地答应了。于是，两人开车一前一后就进了一家饭店，只一顿饭的工夫，两人的距离仿佛一下子拉近了。出门的时候，柳霓虹主动挽住了金波的胳膊。

两个成熟男女都是直奔主题来的。看到柳霓虹小鸟依人的样子，金波抛开他的矜持，非常认真地对柳霓虹说："我觉得你挺合适的，我们可以更进一步交往下去。"

柳霓虹的脸兴奋地唰地一下子红了，连忙说：“这不合适，我配不上你，你条件那么优秀……”柳霓虹虽然嘴上这么说，但她明白金波是求之不得的金龟婿。她从冀北来京北闯荡了快10年，就是想找一个这样宽阔的臂膀靠一靠。

当两人恋恋不舍地告别之后，柳霓虹开车回到了西四环附近的酒店里，迫不及待地将这个好消息告诉了她的好朋友杨霞，没想到却招来杨霞的极力反对。从北州来京北闯荡的杨霞也在西四环附近经营着一家饭馆，由于离柳霓虹的酒店不远，两人在经营酒店的过程中相识。34岁的杨霞脾气直爽，离婚后带着12岁的女儿到京北闯荡，嫁给了在京北一家建筑公司工作的丈夫。巧合的是，两人年龄、经历相当，两人的第二任丈夫也是同龄，她们很快就成了无话不谈的好朋友。甚至双方的亲友也都经常一起聚会，成为通家之好。对于两人各自家庭的底细，互相都很清楚。

杨霞冷冰冰地说：“你不能这样下去了，你明白吗？你这是在玩火啊！”

“我怎么了？我靠婚姻改变人生有什么错？你是不是看我找到一个大款眼红啊！”柳霓虹没好气地说。

“你找什么人跟我无关，可咱俩是好姐妹，我不能眼睁睁看着你玩火自焚。你不要忘了，你是个有老公、有孩子的女人，况且已经结过两次婚，还带着个十几岁的孩子，哪个搞房地产的大款知道了你的底细能愿意跟你结婚啊！收收心好好过日子吧，真相你怎么也瞒不住啊！”杨霞规劝着柳霓虹。

听到这些，柳霓虹无奈地叹了口气说：“可是这些年我的两任丈夫没有一个让我满意的，他们都给不了我想要的生活。我本想通过自己的努力改变自己的人生，但你也看到了，一个女人在这个社会上打拼有多么难。到现在，这个酒店也只是我与别人合股的，趁我年轻最后搏一次，说不定抱个金龟婿回家，我这辈子就高枕无忧了。”

杨霞却仿佛在听柳霓虹痴人说梦，她没好气地说：“好姐姐，你听我的吧，人家那么好的条件什么女人找不到？他去婚介所里找女人，我敢肯定地说这不正常。”

“算了，我不跟你说了。”柳霓虹没好气地说，“谁阻挡我，我跟谁急，这次我就赌上这一把。”

用心高气傲来形容柳霓虹一点也不为过。柳霓虹出生在冀北一个贫苦的农村家庭，由于家境贫困，她只读完小学就辍学回家了。从此，贫困就像她心上的一把剑，始终纠缠着这个漂亮的女人。

16 岁的时候，柳霓虹含泪离开家乡到武津打工，从在饭馆洗盘子干起到当上饭馆的领班。在柳霓虹没有接触过大都市的繁华之前，她也许会在农村嫁人生子，然后安于现状地平静生活一辈子。但当她看到大都市的繁华之后，成为大都市的一员成了她的第一要务。于是，经人介绍，23 岁的柳霓虹嫁给了武津人郑武，并生下了一个女儿，从此成为了一个都市人。

柳霓虹本以为嫁给郑武之后，她的人生就会有一个天翻地覆的改变。然而，柳霓虹遗憾地看到，郑武只是一个普通工人，除了能够继承父母留下来的一点房产之外，并没有给予她想得到的富足生活。想过上比城里人更好的日子，只有靠自己去努力。

在第一次婚姻的希望破灭之后，柳霓虹跟郑武好合好散，心平气和地离婚了。郑武知道柳霓虹是个心高气傲的女人，他无法满足柳霓虹日益膨胀的物质欲望，也拴不住妻子的心。离婚后，柳霓虹离开武津到京北闯荡，而她与郑武依然保持着若即若离的关系。

到京北后，柳霓虹先是在酒店当起了领班，但她一直想独自创业，却没有多少资本。虽然郑武离婚时给了她一笔钱，但这几万块钱对于想开一个饭馆的柳霓虹来说几乎是杯水车薪。在闯荡了几年没有什么结果之后，心灰意懒的柳霓虹又嫁给一个离了婚的老男人张诚。比柳霓虹大 14 岁的张诚名片上写的是京北市一个家具公司的经理，但柳霓虹结婚后才发现，事实上张诚的家具公司是一个只有几十个人的小作坊，仅凭在市区里的几个建材市场上租了几个门脸，揽一些做门窗橱柜的生意而已。

对于张诚，柳霓虹内心一方面认可丈夫对自己的百依百顺、言听计从，另一方面又觉得这样平淡无味的日子看不到任何希望。她本想把自己的后半生寄托在这个老男人身上，但内心的不安分还是让柳霓虹决定独自去创业。

柳霓虹拿出前夫离婚时给她的那几万块钱，又从张诚那里拿了一些钱，接着又与人合股，在西四环附近开了一家饭馆。令柳霓虹喜出望外的是，这个小饭馆竟然非常红火。

几年下来，柳霓虹不但买了一辆本田轿车，饭馆的规模也在逐渐扩大，从几十平方米扩大到两百多平方米，小饭馆也挂上了酒店的招牌。柳霓虹从饭馆老板娘变成了酒店总经理，身份的转变也促使她的心态变了样。

而柳霓虹之所以远离张诚，除了打理酒店的这个借口之外，更重要的是她觉得自己已经不再需要张诚这棵大树为自己遮风挡雨，她需要一个更加宽厚的肩膀靠一靠。于是，她想到了通过婚介所为自己找一个满意的男朋友。金波的出现让柳霓虹怦然心动。除了略胖的体态，柳霓虹觉得金波各方面的条件都很如愿。

没想到，柳霓虹好不容易找到了金波，却遭到了好姐妹杨霞的痛斥，这让柳霓虹很不痛快。她暗下决心，这一次谁也不能阻挡自己。

正如柳霓虹所预料的那样，很快金波就频频发来短信问候，接着又电话相约，对柳霓虹展开了猛烈的攻势。金波经历丰富，多年在商海的打拼练就了高超的交际能力。他对柳霓虹很绅士的邀约，让柳霓虹非常感动，而且很难拒绝。何况，在柳霓虹眼里，金波是个不可多得的钻石级的王老五。

尽管有过两次婚姻的体验，但从来没有如此绅士优雅的富豪男人俘获柳霓虹的心。金波给柳霓虹带来爱情甜蜜的同时也给她巨大的心理压力。柳霓虹隐隐觉得自己配不上金波。她曾经也想过离开金波，但每次柳霓虹表示拒绝的时候，金波都会对柳霓虹发誓，一定会好好珍惜他们的感情。

没过多久，柳霓虹就顺理成章地跟金波上了床。大家都是过来人，两人心照不宣地开始了他们的激情岁月。令柳霓虹倍感刺激的是，金波非常善于调情，不但对床笫之欢驾轻就熟，而且总是变换出一些让柳霓虹脸红心跳的方式讨好她，这是她的前两任丈夫都没有给予她的另一种体验。

与金波的交往，柳霓虹并没有向杨霞隐瞒，她希望杨霞能够与自己分享这份快乐。没想到杨霞对她的这种行为极其反感，她直言不讳地说："你有老公、有孩子，还有一份不错的事业，犯不上这样折腾，也不可能跟他有结果。如果你抱着玩玩的心态跟他交往还可以容忍，但你真要孤注一掷谋求什么婚姻，或者通过婚姻改变人生，那是痴人说梦。再说，要是你们家老张知道了怎么办？"

柳霓虹虽然觉得杨霞是为自己好，但她最听不得这种话。当杨霞提出让柳霓虹跟金波断绝关系时，柳霓虹极不情愿，哭得梨花带雨。她拉着杨霞的手说："我不想再跟张诚一起住下去了，咱俩就近在这边合租一套房子吧，你跟我一起住张诚不会怀疑，这样我就有时间去见金波了。再说，这样还免去了咱们下班后的奔波之苦。"

因为经营饭馆需要日夜操劳，往往下班时已经是深夜，杨霞家离饭馆二十多公里，加上现在天气热打烊晚，柳霓虹的提议得到了杨霞的赞同。杨霞觉得两个女人住在一起不但有个照应，还可以劝劝这个鬼迷心窍的姐姐回心转意。

柳霓虹跟杨霞共同租下了饭馆附近的一套精装修的两居室。杨霞还没来得及跟丈夫和家人说这件事，她无论如何也想不到她的生命就此戛然而止。

虽然共同租房住的初衷不同，但两人还是欢欢喜喜地搬进了属于她们独立的空间。一同租住的新鲜劲儿坚持了还不到三天，柳霓虹决定邀请金波到家里来参观她们的新房，她提出让杨霞避开一下。杨霞明白柳霓虹是想把金波叫到家里胡来。她生气地说："我劝你跟他分手你不听，你愿意怎么跟他胡来就怎么胡来，别把那种男人领到家里来乱搞。你要是执意不听，我就告诉你们家张诚去。"

柳霓虹对于杨霞的指责已隐忍了很久，现在好不容易找到一个合适的私会场所，没想到杨霞却横加阻拦。柳霓虹在外闯荡多年，她天不怕地不怕的个性和霸气哪里容得自己吃半点亏。怒火中烧的柳霓虹说："这房子是我签字租的，我愿意叫谁来就叫谁来。"

杨霞也不甘示弱："谁都不差钱，现在是租金均摊，凭什么你让别人来？"

柳霓虹早已无法忍受杨霞对她的冒犯，顿时火冒三丈地说："那租金我出一多半，我说了算。"

"你敢把那人叫来，我就把你那些见不得人的事情告诉你老公！"杨霞显得理直气壮。

两人一翻脸，柳霓虹害怕了，一旦杨霞将自己的丑事抖搂出去，不但现有的婚姻分崩离析，自己好不容易找来的金波也会甩手离去。在此刻的柳霓虹眼里，杨霞就是她"婚姻事业"的绊脚石，绝不能让杨霞坏了自己的"人生事业"。柳霓虹不顾一切地扑上去紧紧捂住杨霞的口鼻，在感觉杨霞气丝游离已经瘫软后，柳霓虹拖拽着把杨霞塞进了屋内的双人床的床箱中，然后又在上面压上了书桌等物品。就这样，杨霞被她活活闷死了。

杀人后的柳霓虹并没有失去理智，事实上她对杀人行为的自我遗忘能力，远比她杀人时的暴虐凶残更令人发指。不然，一个女子怎么就可以淡定自若地联系了丈夫和父亲赶来商议对策之后，又不动声色地用谎言意欲掩盖事实的真相呢？

想了整整一个晚上，在杀害杨霞的第二天，柳霓虹给杨霞的丈夫张虎打电话让他来自己家一趟，说是有要事相告。因为杨霞并没有将她与柳霓虹合租房子的事情告诉丈夫，而在她们吵架之前，杨霞还当着柳霓虹的面给丈夫打电话说和柳霓虹在一起与人谈事，晚上可能不回家住了。柳霓虹想，很可能杨霞什么事情都没告诉过她丈夫，她决定冒险一试。

张虎接到柳霓虹的电话并没多想。他只是认为杨霞和柳霓虹在一起，叫他过去可能有什么事要大家一起商量，接到电话后他就直奔柳霓虹家。到柳霓虹家之后，柳霓虹指着桌上一堆东西给张虎看，这些全是妻子杨霞的随身之物，一把车钥匙、行驶本、现金、一张银行卡、股票的存折，还有三本银行的存折。

张虎一下没了头脑，柳霓虹煞有介事地说道：“下午 4 点左右，杨霞出门坐地铁走了。”

张虎慌忙追问：“走了？走了是什么意思？”

柳霓虹开始按自己编排好的情节继续说：“杨霞走之前打过一个电话给我，听声音对方像是一个男的，打完电话杨霞只说让我把这些东西转交给你，就走了，别的什么也没说。”这样的回答让杨霞的丈夫一惊，那么妻子到什么地方去了？去干什么呢？他问柳霓虹，柳霓虹只说“不知道”。

张虎心里也犯起了嘀咕，杨霞本来跟自己就是二婚，难道妻子真的离家出走了？他拿不定主意，从柳霓虹家出来后就开始给妻子打手机，但杨霞的手机已经关机，以后再也没打通过。张虎虽然心生狐疑，但是看到妻子让朋友转交给自己的东西，还有让柳霓虹嘱咐自己不用报案，一个月后肯定回来，他对妻子离家出走虽然耿耿于怀，但心里倒也踏实了许多。

随后，柳霓虹又找到张虎说："杨霞在外地做生意，赚了不少钱，买了一辆本田车，她开车回过京北几次，但她不想见你。"这一次丈夫对杨霞彻底失望了，他更加肯定地认为妻子在外面一定有人了，从此之后放弃了对妻子杨霞的寻找。

在骗走杨霞丈夫之后，柳霓虹叫来了丈夫张诚和远在冀北老家的父亲，并将自己失手杀死杨霞的消息告诉了他们。两个懦弱的男人顿时束手无策。这时，还是柳霓虹淡淡地说了一句："你们帮我一下，远远扔了吧。"

于是，两个没脑子又懦弱的男人帮柳霓虹将杨霞的尸体包裹起来，然后抬进了柳霓虹轿车的后备厢，并将杨霞的尸体扔到了冀北农村的一个水塘里。在柳霓虹的恐吓之下，他们谁也不敢多说半个"不"字。

柳霓虹和杨霞仅仅租住了四五天的那套房子，柳霓虹再也不敢住下去了，她放弃了一个季度的房租将房子退掉，弄得房主很是摸不着头脑。

清除了挡在"事业"路上的绊脚石，柳霓虹疯狂地开始了与金波的约会。然而，因为认识不到一个多月就开始同居，柳霓虹对金波了解很少。后来柳霓虹在交往中发现，金波在她面前有些颐指气使，她本以为这是老板的通病，但她没有想到金波会拿自己当成虐恋的对象。

如果不是柳霓虹的孩子突然给她打电话，金波也许暂时不会发现柳霓虹的底细。有一次他们正在床上缠绵，突然柳霓虹的电话响了，柳霓虹连看也没看就接起了电话，没想到是女儿打来的。女儿喊妈妈的声音非常清楚地传进了金波的耳朵里，他立即明白了一切，没等柳霓虹把电话打完，金波就像疯狂的野兽一样撕咬、撞击着柳霓虹，逼着她做出一些不堪入目的动作。

事后，柳霓虹遮遮掩掩地告诉金波自己的一些事情，没想到金波异常冷静，竟然什么也没说。

不久之后再次见面的时候，金波的身边挎着一个漂亮女孩。金波介绍柳霓虹的时候，只说柳霓虹是他生意上的朋友。而女孩告诉柳霓虹，她和金波相恋已经一年多了。柳霓虹一听，当即心凉了半截。

柳霓虹以为是自己隐瞒了婚姻让金波伤透了心，她不知道该怎么办才好了 。她需要的是改变自己生存状况的婚姻，需要一个能够给予自己金钱、豪宅的丈夫，而不是一个寻花问柳的男人。她质问金波时，金波却突然像暴怒的狮子般扑向她，一口一个“臭女人”地咒骂着，把她压在身下蹂躏着，逼着她学着黄片上的女人那样做出一些不堪的动作……

事后金波告诉柳霓虹，那个女孩叫秦雪，是跟柳霓虹认识之前的女友，自从跟柳霓虹相识后，他再也没有跟秦雪来往，这次叫秦雪来，是为了跟柳霓虹赌气。为了这份虚妄的婚姻，柳霓虹决定隐忍下去。她曾经想跟金波分手，但又下不了这个狠心。柳霓虹觉得她应该跟秦雪 PK 一下，只要金波愿意跟自己交往下去就有可能成就这段姻缘，就能完成她的“婚姻事业”，再委屈的事情她都愿意忍受下去。

就这样，柳霓虹和金波保持了一种谁也说不清的性关系。说他们是情人，但在一起除了变态的性爱之外并没有什么感情的交流。而每次聚会，金波都要带上他的女友秦雪，秦雪根本想不到柳霓虹与金波之间的关系，以为他们只是生意上的朋友。

柳霓虹把自己的“婚姻事业”紧紧地捆绑在金波身上，但她发现自己与金波的距离越来越远。柳霓虹强忍着精神的折磨和肉体的痛苦与金波周旋着，可是她在金波面前却越来越没有平等和尊严……

作为一个少妇，柳霓虹各种酸甜苦辣都尝过，为了她的“婚姻事业”，她有着超乎寻常的韧性，但冷暴力彻底改变了她的人生，本想寻求一种富足繁华的生活，但得到的却是无边无际的伤害。

掌握了柳霓虹全部底细的金波把柳霓虹看得越来越紧。金波不让柳霓虹跟别的男人交往，柳霓虹照办了，甚至柳霓虹什么时候跟丈夫过性生活，都要一五一十地向金波汇报。

尽管此前纵情声色，可那是心甘情愿为了自己“婚姻事业”的付出，却从来没有想到金波会赤裸裸地要把自己当作他的玩物，这对心高气傲的柳霓虹来说，简直就是一种蔑视和耻辱。

而在交往过程中，柳霓虹发现金波只是那家房地产公司的副总经理，他只是在公司里有一定股份，房地产公司不是他自己的。说穿了，金波只是一个收入可观的高级打工仔而已。了解了金波的底细之后，柳霓虹的心差不多全凉了。

随着时间的推移，当初偷情的刺激慢慢消退，柳霓虹也厌倦了这种生活，随着自己女儿的慢慢长大，柳霓虹把更多的精力放在了女儿身上。金波要见柳霓虹的时候，她也经常以接女儿下课为由推辞。金波非常恼火，多次恐吓柳霓虹说：“你要是不听我的，我就连你女儿一起办了。”

回想金波逼着自己做出的那些不堪动作，柳霓虹觉得金波是个说出来就一定能做到的人。直到此时，柳霓虹终于忍耐不住了，她对金波的婚姻梦想完全变成了仇恨。可是她转念一想，无论如何也不能跟金波翻脸，金波是那种说到做到的人，一旦闹崩了，金波是什么事情都能做出来的。如果真的把他们俩的私情暴露出去，自己还有什么脸面活在这个世上。

此后，柳霓虹再也无法摆脱金波的纠缠。金波抓住柳霓虹害怕的心态，随时随地都可能出现在柳霓虹的身边，逼迫柳霓虹与他做爱。纵然柳霓虹再能忍受，也难以承受金波的怪癖。最后，当金波以侵害柳霓虹的孩子威胁她与自己保持关系时，柳霓虹决定干掉这个男人。

柳霓虹对金波说："我有一个朋友从银行里贷了一笔款，大约有几百万吧，想通过你的房地产公司提现。当然亏不了你，你可以收一些手续费，一百万你收个两三万怎么样？"

金波喜出望外，他煞有介事地说："按照公司的规矩，起码应该收三四万吧。"

柳霓虹说："三四万就三四万，这两天你跟我一起去一趟冀北，咱们一起去跟我朋友见个面把事情敲定，顺便把手续费拿回来好不好？"金波爽快地答应了柳霓虹的要求。

金波开着他的奥迪A8轿车拉着柳霓虹往冀北方向开去。中午一点左右，两人到达冀北，柳霓虹打了一个电话后告诉金波说："办手续的人开会去了，看来今晚回不了京北，只好住在这里了。"

这正是金波求之不得的事情，于是两人来到冀北的一家酒店吃饭，柳霓虹还叫来当地的一个朋友作陪。金波并不知道的是，柳霓虹的这位朋友给柳霓虹送来了两副手铐，柳霓虹骗她的朋友说要手铐是为了做一个工艺品的沙发用。

三人吃过饭后，柳霓虹开车拉着金波去了她的老家，此时被柳霓虹下了安眠药的金波已经被柳霓虹控制。而柳霓虹也早已打电话给丈夫张诚，让他立即坐长途汽车赶来与自己见面。张诚见到柳霓虹时，看到车后座上还躺着一个人，好像是睡着了的样子，他就问柳霓虹："睡觉的人是谁啊？"

柳霓虹漫不经心地说："是一个朋友。"说完她看了一眼满脸蹊跷的丈夫，警告说："你什么也别管，让你干什么你就干什么。"妻子对自己的颐指气使早已让张诚司空见惯，他也就不敢多言了。

按照柳霓虹的要求，张诚驾车将妻子和一直熟睡的金波带到武津。路上，柳霓虹打电话给前夫郑武，告诉郑武说她从冀北老家路过武津，需要郑武给提供一个住的地方。郑武答应把自己长期闲置的一处房子让柳霓虹住一晚。

凌晨三点左右，郑武与柳霓虹相约来到他闲置的房子，看到柳霓虹的丈夫张诚也在，郑武寒暄几句后交完钥匙就走人了。进门之后，柳霓虹让张诚帮忙将金波抬到房子里，然后让张诚出去转一圈儿再回来。

也就是在前夫的房子里，柳霓虹支开张诚以后，她拿出手铐将金波铐了起来，用擀面杖将金波打死并用刀和锯肢解了尸体，然后分装在两个编织袋里。当然，柳霓虹还不忘将金波手上的雷达表撸下来。张诚帮柳霓虹在武津的黑白河扔完金波的尸体回到京北后，柳霓虹将这块雷达表当作生日礼物送给了丈夫。而金波的奥迪 A8 轿车，柳霓虹则扔在了冀北市区的一个小区内。

一直不见金波踪迹的秦雪直到几天后才联系上柳霓虹，向她打听金波的去向时，柳霓虹告诉秦雪说："我们一同去了冀北谈生意，但吃过午饭后就分开了，我独自打一辆黑车回来了，金波不知去哪儿了。"

秦雪立即向警方报案。因为金波失踪前最后是跟柳霓虹在一起，警方随即找到柳霓虹和张诚了解情况，但两人的说法相互矛盾，警方遂将柳霓虹和张诚作为犯罪嫌疑人抓获。后来警方分别在冀北发现了金波的轿车，在武津发现了金波的尸体，又在柳霓虹前夫郑武的房子里提取了金波的血迹。最终，柳霓虹在警方面前供述了事情的前后经过。

而杨霞的丈夫听说柳霓虹和张诚因为杀人被捕后，想到杨霞的离奇失踪，随即向警方报案。根据柳霓虹的供述，警方到冀北调查时，当地一名农民在一个水塘里“钓起”一具身穿红衣的女尸。经查证，这具女尸正是杨霞。

身负两条人命，手段之残忍，心肠之狠毒，令人发指。柳霓虹难逃罪责。

经过慎重审理，京北市高级人民法院做出终审判决，以故意杀人罪，判处柳霓虹死刑，剥夺政治权利终身。张诚因帮助毁灭证据被判处有期徒刑3年。而柳霓虹的父亲也因犯帮助毁灭证据罪，被判处有期徒刑1年6个月，缓刑2年。

改变人生命运通常有三条路：第一条路是出身，不管生在富贵还是贫寒人家都会影响人生，但出身是我们无法决定的，是上天安排的。第二条路是婚姻，很多女性都奉行“生得好不如嫁得好”，也的确有很多人嫁入豪门令人羡慕。婚姻的确能改变人生，但如果采取极端手段去经营“婚姻事业”，结果往往不好。第三条路是自身努力，柳霓虹本来是个有能力的职业女性，她靠自身能力已经活得很好，可她依然寄希望于通过婚姻来改变人生。

有人称“婚姻是女人的第二次投胎”，婚姻是女人不得不面对的，但如何去面对才是最重要的。嫁得好，就是找一个给你安全感和幸福感的男人，安全感包括物质安全和心理安全，必须有一定的物质基础，但为了物质需求，三番五次将自己随便交给男人，那样不但是对婚姻的不尊重，更是对自己的不尊重。

贫困，谁都怕。但绝不可因贫困而丢掉做人的尊严，更不可出卖自己的灵魂或肉体来换取富足的生活。嫁个好男人是女人一生的追求，但要建立在干得好的基础之上，只有干得好才是吸引好男人的条件，才是证明自己的有力证据。

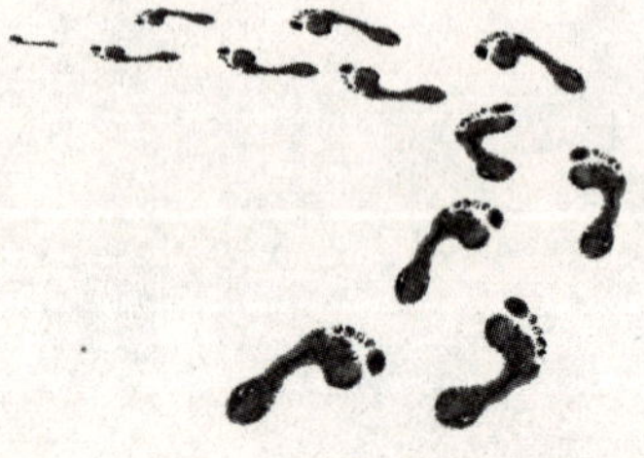

第二篇

俏记者血溅爱床

某报周刊主编陈建成与一名黑衣女子入住一家宾馆后，当晚，陈建成赤身裸体身中60余刀惨死在宾馆内，黑衣女子却杳如黄鹤。此案引起诸多媒体和各个阶层的极大关注，由于牵涉大报的周刊主编，而且作案手段又如此凶残，顿时谣言四起。警方全力以赴展开侦察，在不到一周的时间就抓到了杀人凶手。

令人震惊的是，杀人凶手竟然是这位主编的漂亮女助理，而在这起血案背后，竟然隐藏着一个女性扭曲的情人生涯。

这是寒风呼啸的西郊，刑场的天空阳光飘荡，万里无云。楚小媚无比留恋地望着这个美丽的世界，突然“哇”的一声凄厉地哭了出来。而她曾经为之奋斗的梦想，她风华正茂的年纪，以及她所有的爱恨情仇，随着她渐渐哽咽的哭泣声和一声沉闷的枪响烟消云散了。

就在10天之前，曾任《青春早报》主编助理兼办公室主任的楚小媚，因故意杀人罪被市高级人民法院终审判处死刑，剥夺政治权利终身。

当楚小媚站在刑场上时，她一定想起了自己的家乡，一个美丽宁静的小城温城。楚小媚就出生在这里，因为她在家中排行最小，父亲给她起名楚小妹。

楚小媚出落得越来越漂亮，也越来越讨人喜欢。她不但冰雪聪明，心气很高，而且特别会说话。她嫌自己楚小妹的名字不好，就自作主张改名叫楚小媚，这个名字和她的人一样让人动心。

长大后，楚小媚考上温城一所大学，此时的她已经出落得非常标致，特别是她那一张小嘴巴就像抹了蜜一般，就是死人都能让她说活了。在很多人眼里，楚小媚是一个非常精明的女人。

楚小媚毕业后到当地的一个幼儿园上班，无数年轻的小伙子开始追求她。21 岁的时候，楚小媚结婚了，婚后第二年生下了一个女儿。

但天生丽质的楚小媚不甘就此成为家庭妇女，她的梦想是当一个名女人出人头地。她不但舞文弄墨，经常写一些诗歌、散文在当地小报上发表，而且凭着她不错的普通话和如簧巧舌，她还在电台里客串当主持人。结了婚的楚小媚甚至还偷偷跑到京北去参加戏剧学院的招生考试，结果名落孙山。楚小媚整天把自己搞得很忙，连家都顾不上。丈夫不满她整天风风火火地在外面折腾不顾家，他们的婚姻仅仅维持了一年，就土崩瓦解了。

对于自己的将来，楚小媚有很多梦想，她渴望成为一名大作家或者演艺圈里的名人。随着阅历的增长，尤其是她认识了一个京北来的老师之后，她发现温城这个城市太小了，根本不是她发展的平台。随后，她把年仅 3 岁的女儿送到一所武术学校之后，只身北上，她要在京北实现她的梦想。

到京北后，楚小媚通过朋友的介绍，如愿以偿地进入京北某大报当了一名记者。虽然她爱好文学，但仅仅靠嘴巴的她实在不是一个合格的记者，不到半年她就混不下去了，只好转到其他媒体去工作。等她的底细和能力被别人洞悉之后，她再次跳槽，就这样，每隔三四个月她就换一个工作。其实，楚小媚在当记者的同时，还在服装市场租了几个服装摊做服装生意，雇了几个人帮她看摊。她之所以不离开媒体，是因为媒体不但大大地满足了她追求文学的梦想，还给了她这个外来妹一个无冕之王的记者桂冠。这是追求虚荣的楚小媚绝对不能放弃的。

更重要的是，记者的身份不但给自己带来了荣耀，还吸引了一个比自己小四岁的高大帅哥。

作为记者，楚小媚每天都会接触很多人，其中不乏男性中的佼佼者，但他们对楚小媚来说都是匆匆过客，直到她邂逅了魏成伟。这是如火的夏天，夏天容易产生火热的爱情。这一年魏成伟 21 岁，楚小媚 25 岁。

那天是当了记者不久的楚小媚去展览馆采访，她急匆匆走进展览馆入口的时候，迎面撞到一个高大男人的怀里，她抬起头刚要说抱歉，却看见一个高大的小伙子特别灿烂地看着自己笑。小伙子 20 岁左右，像一个年轻的篮球运动员，留着小平头，穿得朴朴素素的，很有朝气。

魏成伟跟楚小媚的爸爸是同乡。亲不亲故乡人，楚小媚不失时机地把自己的名片给了这个叫魏成伟的小伙子。

不久后的一天，楚小媚正在报社绞尽脑汁地忙着写稿子，突然桌上的电话响了，楚小媚一接，对方只“喂”了一声，楚小媚也“喂”了一声，她一下就特别清晰地叫出了对方的名字：“魏成伟，是你啊！”虽然只见了一面，但魏成伟洪亮的声音楚小媚记得非常清楚。

当天下午，魏成伟就来到楚小媚的报社接她共进晚餐。那天他特意修饰了一番，还夸张地抱着一束鲜花。就这样，楚小媚庆幸自己重新获得了爱情。经历过一次婚姻的楚小媚特别懂得这个小伙子的心思。对魏成伟这个年轻又没有感情经历的小伙子来说，楚小媚对他的那种百媚千娇，是非常让魏成伟动情而且难以拒绝的。何况楚小媚当时是一个漂亮女记者，她的身份是很让只是一个打工仔的魏成伟所仰慕的。风韵逼人的楚小媚信誓旦旦地对他说：“我要干出一番大事业，我要当中国最著名的女记者。”

魏成伟立即被楚小媚的才女派头和美女风范所折服。而在楚小媚眼里，身高 1.83 米的魏成伟虽然只是一个打工仔，虽然没有多少文化和金钱，但他有着成熟男人所缺乏的生猛和激情，有着一种真正的男子汉气概。

相识一个月后，楚小媚邀请魏成伟到自己家吃饭。魏成伟高兴地来到楚小媚家，一推门，客厅里站着一袭长裙的楚小媚，她用落寞又极其诱惑的眼神看着魏成伟。在美酒佳肴之后的醉眼迷离中，魏成伟迷迷糊糊地撇下酒杯，扑上去抱住了楚小媚，两人疯狂地缠在了一起……

魏成伟让楚小媚产生了久违的激情，两人天天都要见面，疯狂地爱着。不久之后，楚小媚对魏成伟说，你单位的条件毕竟差一些，就搬过来住吧。魏成伟求之不得，立即搬进了楚小媚租住的房子。

应该说，尽管楚小媚在当记者、当作家方面没有表现出与她的口才相适应的才能，但她在当记者的同时又经营着几个服装摊，还有深爱着自己的魏成伟，各个方面都应该很如意了。如果按照这个轨迹走下去，无论生活还是工作，楚小媚都会很顺利。

但是，楚小媚不是那种轻易满足的人。在换了几家媒体之后，尤其是后来慢慢到了一些小报社当记者之后，她知道，要当一个真正的著名女记者，必须换一个国内赫赫有名的大媒体，以此来拓展自己的事业。因此，她经常注意媒体上的招聘广告，也成为人才招聘会上的常客。

楚小媚又一次来到在人才市场，一进会场，她的目光立即被《青春早报》的招聘启事吸引住了。她立即走上前去咨询，接待楚小媚的人叫陈建成，是这家报社的周刊主编。楚小媚口若悬河地介绍了自己在多家媒体担任编辑、记者的经历，还添油加醋地把自己描述成一个策划了许多很有影响的新闻选题的才女。

楚小媚的自我介绍让陈建成兴奋不已，一直拉住楚小媚攀谈，并约好第二天到报社面试。在交谈时楚小媚注意到，这位比自己大 10 岁的陈主编长得风流倜傥、一表人才，虽然话不多，但分量很重，而且楚小媚发现这位陈主编在看自己的时候，眼神里颇有些说不出的暧昧意味，甚至在自己告辞时，陈建成依依不舍的眼神里满是期盼。

第二天，楚小媚如约到报社面试，陈建成代表报社与楚小媚谈话。在谈话中，陈建成暗示她说："我们周刊目前缺乏像你这样的人才，现在主编助理、办公室主任、首席记者等好几个位置都空着，你加盟我们周刊会很有前途，你放心地跟我干吧，只要让我满意，我会支持你的！一定会的！"说完，又意味深长地看了楚小媚一眼。

楚小媚很兴奋，她终于找到了一个可以让自己起飞的平台，但她又隐隐觉得陈建成看自己时的眼神有些不正常，但兴奋使她顾不上想这些，她甚至以为是自己的女性魅力和才能征服了陈建成。

楚小媚走进编辑部后，十分珍惜这份来之不易的工作，也时刻觊觎着主编助理的位置。但是，刚刚进入报社时，楚小媚还可以凭着自己的三寸不烂之舌让同事们开心，用自己的小聪明应付工作，但时间一长，渐渐地，她在巨大的工作压力面前退缩了。

有一次，陈建成安排楚小媚去采访一位校长，写一篇长篇专访准备发在头版头条。楚小媚采访了两天后仍然没有交稿，陈建成多次催稿，楚小媚绞尽脑汁也只写出了一部分。陈建成着急了，把她叫进自己的办公室问怎么回事，她泪眼婆娑地走到陈建成面前，哽咽着说不想干了。

也许早就预料到了会有这么一天，陈建成丝毫没有惊讶，走过来抚摸着楚小媚的肩头说："你别着急，不当记者也行，还有更好的活儿等着你呢。"他平静地说。第二天，陈建成正式宣布：从即日起，楚小媚担任主编助理兼办公室主任。

这个任命让楚小媚惊讶不已。渐渐地，她不再回避陈建成意味深长的眼神，甚至经常陪伴陈建成加班到深夜。不知不觉间，他们除了在工作中密切配合外，有了更亲密的接触。随着交往的加深，楚小媚和陈建成都有意或无意地说起了各自的家庭。通过陈建成的言谈，楚小媚了解到他的家在南方，家里有老婆、孩子，因为在京北工作，他一年才能回家一次，平时就住在报社里。而陈建成也在楚小媚有意或无意的长吁短叹中，知道了她由于婚姻失败，目前正孑然一身。当然，楚小媚有意无意地隐瞒了情人魏成伟的存在。

自从受到陈建成的赏识当上主编助理后，楚小媚把大多精力都放在了工作上，甚至还卖掉了她的两个服装摊，专心致志地做好工作。对于自己的前途，楚小媚充满美好的梦想，而陈建成就是圆她梦想的人。楚小媚为了提高自己的水平，也为了自己在下一步的提升时让别人心服口服，她还自费研修了心理学研究生课程。

渐渐地，楚小媚觉得自己的文化水平提高了，尤其是当了主编助理认识了一些社会名流之后，自己的社会层次也上去了，对魏成伟的热情也慢慢冷了下来。加上魏成伟在公司里只是个电工，晚上经常住在单位。楚小媚白天忙了一天的工作，晚上回到家，魏成伟却在单位加班，一种孤独寂寞的感觉便会萦绕在她的心头。每每此时，独对孤灯的楚小媚就特别渴望魏成伟的陪伴和爱抚。可是，这时候魏成伟却正在岗位上脱不开身。

一天晚上，楚小媚突然肚子疼了起来，她想让魏成伟回家送她去医院。她给魏成伟打过电话去，但魏成伟正在单位抢修线路，脱不开身。这时候楚小媚想到了陈建成，打电话给陈建成一说，陈建成立即赶来了。这让楚小媚从心底里对陈建成充满了感激。而对魏成伟，随着时间的推移楚小媚心里充满了莫名的失落和悲哀。而随着激情的渐渐消失，年轻的魏成伟恰恰忽视了楚小媚的感受。

在这期间，楚小媚和陈建成的接触越来越多。楚小媚知道，要想在报社站稳脚跟继而谋求更好的发展，必须依靠陈建成。从感情上，她对陈建成也越来越依赖了。很多事情她不跟魏成伟说，也要跟陈建成说。而陈建成也不时地对楚小媚提起，自己跟爱人感情不好，不喜欢自己的爱人。

慢慢地，楚小媚越来越喜欢这个善解人意的主编了。35 岁的陈建成看起来像二十七八岁的，跟自己的年龄悬殊也不大，再加上他的细心与体贴，这一切都让楚小媚感到亲切。

一天晚上，陈建成和楚小媚在单位加班后已经很晚了，陈建成请楚小媚到报社楼下的饭店去吃饭。楚小媚本来打算回家，但这几天因为一点小事情刚刚跟魏成伟吵完架，心情不好，就跟陈建成在饭店里喝起酒来。不胜酒力的楚小媚喝完一小瓶二锅头后，酒劲一上来，又要了一瓶。而陈建成也跟楚小媚一起开怀畅饮起来，没多久，两个人的舌头和腿脚都不听使唤了。

两个人相互搀扶着从饭店出来，楚小媚要回家，陈建成硬着舌头说："你醉成这个样子怎么走啊，先回办公室喝点茶再走吧！"

两人搀扶着回到报社陈建成的宿舍里，醉眼蒙眬的楚小媚端着热乎乎的茶水，想起跟自己吵架的魏成伟，楚小媚的眼睛湿润了。这时候，陈建成坐在她身边，轻轻拥着楚小媚入怀，在她身边极尽温柔缠绵。渐渐地，楚小媚陶醉在陈建成的热吻中。陈建成不失时机地抱住了楚小媚。面对善解人意的陈主编，楚小媚顺从地依偎在陈建成身边，任由陈建成拥着自己。陈建成不停地亲吻着楚小媚，她小声地问了一句："你能对我好吗？"

"能，在工作中我一定会照顾你，下一步我给你安排专版来做，你去拉赞助，这样会有一大笔收入……"陈建成信誓旦旦地说。楚小媚的身子已经化作一团软泥，她闭上眼睛，任由陈建成把自己覆盖着……

干柴遇到烈火，从这之后，两个人一发不可收，两个人的性关系一直紧锣密鼓地进行着。他们两个人的宿舍、办公室都成了两人私会的场所，他们几乎每周都要在一起，虽然陈建成不如魏成伟生猛激昂，但他是自己的领导，会得到实实在在的好处，楚小媚仍然感到了快乐。

楚小媚就这样与陈建成成了情人。开始的时候，楚小媚虽然隐隐觉得这样下去对不住魏成伟，但她还是快乐的。因为有一个爱自己的帅哥当爱人，还有一个自己的领导当情人，这毕竟不是谁都能拥有的，而且陈建成很有“实力”，是自己的顶头上司，自己的梦想还要靠陈建成去实现呢。

陈建成对待楚小媚也不薄，每次外出时，都委托她全盘负责全面工作，甚至人事安排也放手由楚小媚来决定。之后不久，楚小媚在温城的二姐楚静打电话让她帮着在京北找个工作，楚小媚满口答应下来。楚静来京北后，楚小媚趁着陈建成出差的机会，让楚静直接来到编辑部工作，无非是做些接电话、收发文件的文秘工作，但楚小媚觉得这样还不足以体现自己的价值，不久之后又给楚静委以“首席记者”的头衔。陈建成回来后，严厉批评了楚小媚这一举动，还叫她滚。楚小媚委屈地哭了。

之后不久，楚静的儿子听说妈妈坐火车走了，因为思念妈妈，就沿着火车道哭喊着寻找楚静，被火车气浪冲倒导致骨折，楚静只好回了温城老家。楚小媚知道后，虽然没有直接与陈建成发生冲突，却把怨恨撒在了他身上。

这期间，陈建成和楚小媚还一直保持着两性关系。就在楚静离开报社后不久，陈建成为了安慰楚小媚，下班又请她吃了一顿饭，饭后两个人回到陈建成的办公室，陈建成给她拿了一瓶已经打开的饮料，楚小媚喝下后感到浑身燥热、面色潮红，强烈的性兴奋中，楚小媚和陈建成在办公室里就颠鸾倒凤起来。事后，陈建成拿出一片避孕药给楚小媚吃了。楚小媚问陈建成：“你给我喝的饮料里面放的是不是春药？”陈建成矢口否认。楚小媚见陈建成对此很忌讳，就再也没有问下去。

无风不起浪，楚小媚在陈建成和魏成伟两个男人之间周旋的时候，陈建成时常给楚小媚打电话，因为要一边应付陈建成，一边还要敷衍魏成伟，楚小媚分身乏术。终于有一天，楚小媚和陈建成在一起的时候被魏成伟发现了，魏成伟怀疑楚小媚跟陈建成有私情。他决定跟楚小媚好好谈一谈，但楚小媚一口咬定她跟陈建成只是上下级的工作关系，绝对没有出轨行为，同时表示尽量减少与陈建成的接触。

虽然楚小媚否认，但魏成伟还是有疑虑，毕竟楚小媚跟陈建成来往的频繁程度已经超出了正常范围。魏成伟跟楚小媚谈完后，觉得她根本没有悔改的意思，为此还专门跑到单位去找楚小媚，甚至与她发生了争执。

自从魏成伟跟自己谈话后，楚小媚也很少在他面前提起陈建成，魏成伟觉得他们之间已经不来往了，渐渐地，就把这种不愉快忘到脑后。毕竟，年轻单纯的魏成伟非常爱楚小媚，他也不愿意相信楚小媚会红杏出墙。

依仗着与陈建成的私情，楚小媚经常以报社领导的身份外出谈事情，这很让陈建成不愉快。有一次，楚小媚联系了一单业务，对方将一张一万元的支票交给楚小媚，楚小媚将支票交给报社的财务入账后就回老家办事去了。就在楚小媚外出期间，她所联系的单位发现楚小媚在联系业务时有隐瞒的情况，感到上当受骗了，就找到报社要求停止合作。陈建成为了息事宁人，就将楚小媚上交给财务入账的支票退还给了人家。楚小媚从老家回来之后，一听说支票被陈建成退回了，当时就在办公室跟陈建成吵了起来，直到单位的同事们拉开后才罢手。

矛盾的出现，使楚小媚和陈建成的两性关系慢慢淡了一些。但楚小媚却加紧了对陈建成权力的利用，而孤身在外的陈建成对楚小媚的两性关系却越来越依赖，甚至呈现出一种变态的行为。他既喜欢这个百媚千娇的女人，又担心她的刁蛮，尤其担心楚小媚以怀孕为由要挟自己。这期间，陈建成把楚小媚看得越来越紧，事事都要楚小媚向陈建成汇报。两人过完性生活后，陈建成每次都要给楚小媚吃避孕药，楚小媚来没来月经都要一五一十地向陈建成汇报。

恰恰楚小媚患有妇科病，月经来得不准时。刚开始的时候，楚小媚觉得陈建成过问自己的月经是对自己的关心和爱，但随着时间的推移，这种超乎寻常的“关心”已经变成跟踪和盘问，越来越让楚小媚感到不舒服。但楚小媚一直默默忍受着，因为从陈建成那里自己可以获得更多的实际利益。

虽然陈建成的纠缠使楚小媚感觉像吃了苍蝇一样，但她不得不向陈建成汇报。尽管此前楚小媚纵情声色，可那是心甘情愿为了获得利益的付出，却从来没有想到陈建成会这样赤裸裸地监视自己，既需要自己，又时刻防备着自己。这对心高气傲的楚小媚来说，简直就是一种蔑视和侮辱。

随着时间的推移，楚小媚也厌倦了这种情人生活。想想自己跟魏成伟在一起已经四年了，两个人已经开始谈婚论嫁了，她慢慢地把更多的精力放在了魏成伟身上。她跟魏成伟商议，打算结婚后再把自己的女儿从老家接到京北来，一家三口好好过日子。

这期间，楚小媚天天跟魏成伟在一起，陈建成要跟楚小媚温存的时候，楚小媚也经常以魏成伟在家等理由推辞。有很多次，楚小媚下决心不再跟陈建成来往。而陈建成见楚小媚经常利用自己对她的放纵做一些出格的事情，也慢慢疏远了楚小媚。一时间，两个人都互相清净了不少。

在楚小媚眼里，魏成伟性格比较爽快，有种敢作敢为的仗义，楚小媚跟他在一起，感到有无穷无尽的激情。但夹在两个男人之间的楚小媚难免也有失误的时候。有一天，楚小媚正在和魏成伟缠绵，陈建成给楚小媚打电话请她吃饭。楚小媚拒绝时，陈建成就跟楚小媚在电话里吵了起来。魏成伟一听是个男人给楚小媚打电话，立即刨根问底是不是陈建成，楚小媚只好告诉魏成伟说就是自己单位的主编，老是纠缠自己。

楚小媚越来越恼火，一直闷闷不乐，只要一想起陈建成那种不依不饶逼迫自己吃避孕药的样子，楚小媚就后悔自己当初不该为了利益跟这个男人上床。事后，魏成伟问楚小媚是怎么回事，一直非常苦闷又没人倾诉的楚小媚一股脑儿把自己和陈建成的事情都说了。

在魏成伟面前，楚小媚声泪俱下地说："我现在就想跟你好好过日子，可陈建成都快把我逼疯了，非要逼着我做我不愿意做的事情，他是我单位的领导，我可怎么办呀？"

年轻气盛的魏成伟说："媚儿，我去跟他谈谈，让他别纠缠你了。"

楚小媚说："我跟陈建成谈过不知道多少次了，但是陈建成根本不听，你去更没法谈。"魏成伟当时就说："要是不行，媚儿，你只要一句话，我找几个人去收拾他，起码打残他。"

楚小媚连忙打断了魏成伟的话说："还没到那份儿上，你就别管了。"魏成伟也就没再说什么。

楚小媚还想继续利用陈建成的权势，她知道，陈建成非常害怕与自己的奸情暴露，所以她抓住陈建成这个弱点，在报社越来越飞扬跋扈，甚至连陈建成也不放在眼里了。后来她甚至雄心勃勃地准备成立第二编辑部，要跟陈建成分庭抗礼，她甚至自作主张地开始招聘人员。但她与报社的业务总监商量此事后，遭到了业务总监的严词拒绝。欲望膨胀的楚小媚不仅不收敛，反而加紧了她的扩张计划，甚至伪造领导的签名给自己印制了新的名片，新名片上她的职务赫然写着“主编”。

得知楚小媚自封主编后，陈建成大为恼火，他把楚小媚叫到自己的办公室，让她立即把发出去的名片收回来销毁，楚小媚根本不把陈建成的话当回事。陈建成火了：“你要是继续这样对抗下去，我就向领导建议处分你！”

“你敢？陈建成你这个狼心狗肺的东西，你别惹急了我把你的丑事抖搂出来！姑奶奶是什么事情都可以做出来的！”楚小媚怒目圆睁，拿起桌子上的一杯滚烫的开水，劈头盖脸地泼了陈建成一身。

陈建成也没有想到楚小媚会如此撒泼，他被激怒了：“你太不知天高地厚了……你要这样闹下去，我就报警了！”

“报警就报警，谁怕谁啊？”楚小媚毫不相让。但陈建成见楚小媚如此强硬，不由得软了下来。此时楚小媚反而不依不饶了，她抓起电话就拨打了“110”报警。警方闻讯而动赶到报社后，楚小媚却没有勇气说出他们之间的私情。警方见是单位之间的内部矛盾，就让他们自行解决。

这件事情之后，陈建成和楚小媚彻底决裂了。楚小媚到处说陈建成强暴了自己，弄得陈建成抬不起头来。鉴于他们两人之间的矛盾已经影响了周刊的正常运营，报社领导研究后决定辞退楚小媚。

随后，报社的业务总监在咖啡厅约见了楚小媚，对她进行了安抚，同时透露出要她做好主动辞职的准备。楚小媚一听，当即傻眼了，自己辛辛苦苦来京北打拼了四年，为了稳固自己主编助理的位置才委身于陈建成，没想到现在陈建成玩够了，却要辞退自己。楚小媚不甘心，也恨透了陈建成，她觉得这一切都是陈建成在玩弄权术、欺负自己。

为了能够留在报社继续干下去，楚小媚不厌其烦地给业务总监打电话，但总监却不接她电话了。她给陈建成打电话，陈建成也不接。

就在陈建成暗自庆幸终于可以甩掉楚小媚的纠缠时，楚小媚却在不知不觉中跟踪着他。

一天晚上，陈建成正在单位加班，楚小媚进门坐了下来。

“楚小媚，你来这里干什么？”陈建成问。

楚小媚却以一副非常幽怨的口吻说：“没什么，想你了，我来看看你，找你聊聊。”

听楚小媚突然这么客气，陈建成脸色都变了：“你到底要干什么？”

楚小媚依然很幽怨地说：“你要知道，我把情感和身体都给了你，你玩弄了我就想抽身甩了我，斩断情缘就那么容易吗？大不了就摊牌，让单位的所有人都知道咱俩的事情，也让大家知道你到底是个什么玩意儿！现在我怀孕了，你说怎么办吧？”楚小媚越说声音越高。

话说到了这个份儿上，陈建成终于忍耐不住了，他对楚小媚的威胁充满了恨意。可是他转念一想，如果楚小媚真的怀孕了，那就不好收场了。现在无论如何也不能在单位跟楚小媚翻脸，楚小媚是那种说到做到的人，一旦闹崩了，她可是什么事情都能做出来的。如果真的把他们俩的私情泄露出去，或者告自己一个强奸罪，自己还有什么脸面活在这个世上？毕竟，自己是堂堂的大报周刊主编……

只有稳住她，然后再想办法。陈建成换了个委婉的口气说：“别在这里闹了，我答应你，咱们找个地方好好谈谈行吗？”

楚小媚知道，自己祭出“怀孕”的撒手锏来，陈建成果然害怕了。

工作丢了，事业没了，自己辛辛苦苦追求了四年的梦想，现在随着自己被辞退全部化为泡影，楚小媚当然心中不甘。

楚小媚知道这样吓唬陈建成还不够，必须让他好好吃一个大苦头，长长记性。一不做二不休，还是自己先下手为强。几天后，她急匆匆跑到市场上去，花 5 块钱买来一把 30 多厘米长的杀猪刀。

魏成伟见楚小媚拿了一把杀猪刀回家，好奇地问：“你拿这么大一把杀猪刀干什么？”

楚小媚没好气地说：“我防身用，谁要欺负我，我就拿这把刀捅死他。”

魏成伟说：“防身还用这么大的刀子吗？你不会干别的去吧！”

楚小媚见魏成伟关切询问，才把自己与陈建成的事情和盘托出。她告诉魏成伟，这把刀就是准备报复陈建成的，陈建成玩弄了自己又把自己赶出报社，她咽不下这口气，她要捅他一刀解恨。魏成伟连忙劝说楚小媚：“你一个女孩子家干这事情怎么行啊，这事情你别管了，我找几个人狠狠揍他一顿给你出气，你别着急！”

怒火攻心的楚小媚哪里听得下魏成伟的劝阻。魏成伟怕她出事，就劝阻楚小媚不让她出门。两天之后，楚小媚还是坚持要去找陈建成，魏成伟坚决阻拦。楚小媚见魏成伟如此固执，略施小计说：“我不走了，你先去洗个澡吧，洗完澡后我们就休息。”

魏成伟乖乖地进了洗手间。等他洗完澡出来之后，发现楚小媚已经带着刀走了。魏成伟连忙打电话给楚小媚，楚小媚说：“我没事，你放心好好休息吧，我明天就回来。”说完，就挂断了电话。

楚小媚出门后给陈建成打了个传呼：“关于孩子的事情，请在10分钟内跟我联系，否则，往你老家打电话。”陈建成回电话推辞说自己不舒服，不想见。但楚小媚在电话里说：“我晚上一定要见你，有事情面谈。”而陈建成也想趁机查一下楚小媚是不是真的怀孕了。陈建成想，楚小媚这样贪得无厌，不知道要纠缠自己到何时，自己再也不能优柔寡断让楚小媚牵着鼻子走了，他决定跟楚小媚做个了断。

晚上10点多，他带着一盒检测怀孕的试纸见到了楚小媚，他想亲自检测一下楚小媚是真的怀孕了还是在说谎。当陈建成提出用试纸检测时，楚小媚说我拿回家检测吧。陈建成不同意，两个人打了一辆出租车，沿着长街一直往西开，随后来到了路边的一家宾馆。早已事先准备好的楚小媚拿别人的证件开了一个房间，两个人一进门，就为检测怀孕的事情吵了起来，陈建成摔门离开房间要走，却被楚小媚死死地拉回了房间，并把“请勿打扰”的牌子挂在了门外把手上。

进门后，陈建成又一次提出分手，这一次楚小媚出奇地开通：“我理解你，你现在的位置不错，我也不想影响你的前途，闹出事情来对谁都不好。”一番话说到陈建成的心坎里了。

陈建成以为，从此就可以高枕无忧了。最后两个人约定：今后只做好朋友。楚小媚提出在分手之前要最后深深地爱一次，陈建成答应了，也许是最后一次了，楚小媚极力逢迎着陈建成。

完事后，陈建成睡着了，但楚小媚翻来覆去睡不着，一直在考虑自己跟陈建成这些日子以来发生的一切。一边想着，她的手不知不觉地摸到了包里带着的杀猪刀。这时候，毫无觉察的陈建成起身去了洗手间洗澡，而楚小媚早已经持刀站在了门外，陈建成从浴室里刚一出来，她就犹如一头凶狠的母狮，猛地扑了上去……

楚小媚把尖刀刺向了陈建成的脸上、脖子和胸部，总共有60多刀。楚小媚一边朝陈建成身上乱刺，一边哭喊着：“你为什么这么逼我，为什么要伤害我……”最后楚小媚连力气都没有了才住手。然后楚小媚到洗手间洗了个澡，把陈建成身上的身份证和储蓄卡、手机等物品全部拿走，凌晨3点钟出门打车离开了。

楚小媚找了个垃圾袋将血衣装好，扔到了一个小区的垃圾筒里，然后到了魏成伟租住的房子。

晚上魏成伟下班后，见楚小媚紧张地在家里坐着，连忙问她昨晚干什么去了。楚小媚骗魏成伟说，我找了几个人把陈建成打了，狠狠地出了一口气。魏成伟一听，以为只是教训了一下陈建成，估计没多大事情，也就没再继续追问下去。

两天后，楚小媚找人花钱为自己和魏成伟各办了一张假身份证。

楚小媚用魏成伟的照片办理的身份证名字是“陈建成”，然后楚小媚让魏成伟拿着身份证和陈建成的储蓄卡去银行办理了挂失手续，打算一周后把钱取出来。接着又让魏成伟以报社业务总监的名义给自己的传呼机上留下一条信息，造出了自己已经出国的假象干扰警方视线：“小媚，昨夜一别，我的心情很悲伤。今天你就要出国了，不知何时才能再相见。恕我不能去机场为你送行，望保重身体，经常联系。”

楚小媚原以为自己的一切都安排得天衣无缝，只要一取到陈建成储蓄卡里的钱就逃之夭夭，但警方很快发现了其中的蛛丝马迹。

案发当天，宾馆服务员在推开 314 房门的时候，一名赤身裸体的男子正满身血污地躺在地上，早就没了气儿。经确认，死者是《青春早报》的周刊主编陈建成。经宾馆服务员辨认，楚小媚是与陈建成来开房的女人。

警方立即展开调查，最后也发现了楚小媚故意留在单位的传呼机上的内容。从字面上看，楚小媚已经在案发翌日离开了京北。侦查员们经过马不停蹄的工作，很快排除了楚小媚近期在京北空港出境的可能，最后侦查员把目标锁定在魏成伟的住处。

一个月之后，楚小媚发现警方并没有怀疑她，就回到了京北。刚回京北那天，对楚小媚来说却是一个刻骨铭心的日子，她正坐在魏成伟的家里嗑瓜子，这时候几名警察打开了房门。楚小媚发现来人眼里冷峻、威严的目光，她略微迟疑了一下，便平静地把手伸了过去，一副冰凉的手铐锁住了她本该美丽的人生。

在走上刑场的那个瞬间，楚小媚又一次痛哭流涕。她说，她想念家人和孩子，但对自己亲手制造的那起骇人听闻的血案，她仍旧漠然：“我恨他，杀死了他，我决不后悔……”

从牙缝中挤出来的这句话，她一连重复了许多遍。

拈花惹草，寻花问柳是男人的本性。但找什么样素质的女人做自己的红颜知己，要看男人的品位。夫妻两地分居，耐不住寂寞是正常的生理反应，见到美女把持不住，是意志和理性的问题，更是一个男人对家庭的忠诚和责任的问题。

自私跋扈、以性为交易获取物质或权力满足的女人，男人千万不能碰！

婚外情就像饮鸩止渴，只要沾了就等于自杀。

第三篇

洋空姐情场屠杀

那场轰动全国的枪击案，如果只是一个永远留在肩上的伤疤，京北电视台女制片人黎媚菱，也许会认为这是最好的结局，这样她将不必面对丈夫出轨、丈夫的情人谭玉虹雇凶枪击她的真相。

在沙朗航空公司当空姐的谭玉虹辞职回国后，准备在京北买一套公寓。在购房过程中，她与自称刚刚离婚的某房地产老总林江涛产生感情并同居。在一年多的交往过程中，谭玉虹发觉林江涛除了自己以外，还有个在电视台工作的“情人”。谭玉虹不能容忍林江涛有一个已经怀孕的情人，来瓜分她的感情和即将得手的亿万家产，多次要求林江涛与黎媚菱分手与自己结婚，但林江涛无法割舍黎媚菱，拒绝了谭玉虹。随后，由爱生恨的谭玉虹花了10万元雇用杀手持枪将“情敌”黎媚菱击伤。令谭玉虹没有想到的是，黎媚菱竟是男友林江涛的结发妻子。

在所有人眼里，林江涛都是典型的成功人士，他是叱咤商海的京北某著名房地产公司的总经理，不但是家财万贯的亿万富翁，还是影响京北房地产行业的风云人物。加上他气度俊雅、为人真诚坦荡，这位叱咤风云的商界豪杰走到哪里都受到人们的尊重。

蒸蒸日上的事业和优裕的家庭环境，使他保持着优雅的绅士风度。年届五旬的他看起来格外年轻，像四十出头的样子，他的妻子黎媚菱更是个多才多艺的女人，从小父母就聘请了多名老师教她琴棋书画。由于身体瘦弱，父母把她推荐给田径教练，冬练三九，夏练三伏，一练就是很多年。虽然黎媚菱并没有参加她梦想的国际大赛，但是体育锻炼赋予了她先天所没有的健康身体和一拼到底的韧性，使她健康、向上、充满活力和自信。从学校毕业后，黎媚菱来到京北一家电视台工作，在担任制片人的基础上又做了主持人，主持一档著名的旅游节目。她是一个天性坦率热情、颇具男儿气概的快乐女孩，自小便迷恋上那种仗剑出行、四海为家的自由生活，不停地行走在路上。

黎媚菱比林江涛整整小 20 岁，是一个温婉可人而且精明干练的事业型女人。两人相亲相爱，令人艳羡。

沉浸在鲜花和掌声中的林江涛做梦都不会想到，一次与客户的偶遇和交谈，竟然会让春风得意的他陷入桃花劫。

由林江涛的房地产公司投资建设的一个高档公寓项目进入销售阶段，作为公司的总经理，林江涛忙得不可开交，应付着来来往往的客户。一天下午，林江涛正在忙碌着，一位售楼小姐突然带着一个风姿绰约的女子来到林江涛的办公室。林江涛明白，来人又是一位希望得到最佳户型的客户。果然，那位年轻靓丽的女子一脸焦急地说："我非常喜欢你们开发的这个项目，但是我一定要南北通透的户型，但是售楼小姐说已经没有了，您是老总，手里一定掌握着机动的好户型，请您一定帮我一下啊！"

当对方落落大方地坐在林江涛的老板台前时，林江涛惊异地发现，这女孩竟然如此美丽动人，身材高挑、言语温婉，显然是受到过特殊的礼仪培养。他半开玩笑半认真地对女孩说："你这么肯定我手里有机动户型，而且硬闯到老总的办公室，就不怕我把你请出去或者干脆拒绝你吗？"

女孩笑了起来："拒绝我？您是这里的老板，您会吗？再说我是你的客户，客户是上帝呢！”

那个女孩掏出一张名片递给林江涛，林江涛也给了女孩一张自己的名片。接过名片的瞬间，女孩惊讶地叫了起来：“天哪，你就是这个项目的老总，大名鼎鼎的林江涛啊？你可是京北房地产的大鳄啊！我在很多媒体上看到过你的名字呢。”

林江涛笑着点了点头：“如假包换。”女孩显得有些激动，当女孩离开林江涛办公室的时候，林江涛也记住了女孩的名字：谭玉虹，原沙朗航空公司空姐，刚刚辞职回国，准备在京北买一套公寓。

一贯循规蹈矩的林江涛虽然身边有一个如花美眷，可那个晚上，他仿佛被什么东西刺激了一下，早已深藏在心底的那种激情开始悄悄骚动了。

几天后，林江涛接到谭玉虹的电话，她想请林江涛吃顿饭，以此感谢他对她购房时的关照。尽管林江涛业务繁忙，但美女相邀可是天赐良机，他很快就独自开车赶到了与谭玉虹约好的一家酒店。那天，谭玉虹愈发显得楚楚动人。谭玉虹告诉林江涛，自己当了多年空姐，已经干烦了，索性辞职回国，准备在京北定居。谭玉虹说，她离开京北很久了，以前的朋友联络的也不多，而且自己年龄也不小了，她希望在京北找个成功男士作为终身伴侣。谭玉虹觉得像林江涛这样的成功男士，一定认识不少优秀的男人，希望得到林江涛的帮助。

早已神魂颠倒的林江涛哪有不答应之理？

那次见面以后，谭玉虹便寻找各种借口给林江涛打电话，没事两人也常用手机短信聊天，有时候一聊就是半天。他们的短信越来越暧昧，而林江涛的幸福感也越来越强烈。他时常暗自庆幸，老天真是有眼，送来了一个如此丽人，让他也能像年轻人一样浪漫一番。

尽管林江涛有一个幸福的家庭和年轻美貌的妻子，但是随着商海搏击的劳累，渐渐少了新婚时候的激情，婚后黎媚菱在林江涛眼里渐渐失去了以前的妩媚。

就这样，林江涛和黎媚菱两人好不容易经营起来的富豪之家的温馨，却被回国空姐谭玉虹的突然进入打破了往昔的平静。在见到林江涛的当天，谭玉虹就立即被林江涛的绅士派头和商界名家的风范所折服。而在林江涛眼里，谭玉虹比黎媚菱更漂亮、更有气质，有着一种受过西方教育洗礼的独特女人味。对于林江涛而言，他觉得谭玉虹的出现不过是他生活里的一段情感插曲，只是他非常希望这段插曲能更浪漫、更激情些。

一天下午，谭玉虹打电话给林江涛说自己心情不好。林江涛二话没说立即驱车前往。两人吃饭时，谭玉虹对林江涛说："对不起！我今天心情不好，就是想找个人陪我坐坐，说说话。"那一刻，林江涛有些激动，他期盼着某种东西能早日到来。

天色已经很晚了，谭玉虹仍没有离开的意思。林江涛说："我送你回家吧。"谭玉虹摇了摇头："我不想一个人这么早就回去，如果你不介意，咱们找个清静点的地方坐会儿。"林江涛说出了好几个地方，谭玉虹都不想去，最后，林江涛开着车离开了喧嚣的闹市，把谭玉虹带到了一处郊外的别墅里。林江涛解释说："这是为了周末和节假日朋友聚会准备的，我偶尔在这里住两天，今天你就住在这里吧。"谭玉虹若有所悟地点点头。

如此豪华的郊外别墅，令见惯了繁华世界的谭玉虹也目瞪口呆。谭玉虹惊讶地问："这里只是你周末休闲的地方吗？"林江涛点点头。谭玉虹抚摸着别墅里精美的装饰，自言自语地说："从小到大，我最佩服的就是有能力的人，从我懂得恋爱时起，我就希望找一个像你这样的成功男人……"说着，她用火辣辣的眼神望着林江涛，林江涛顺水推舟地搂住了她……

自从有了那层关系以后，两人就有了名正言顺的约会借口。林江涛喜欢跟谭玉虹在一起，所有在林江涛看来毫无生气的东西，在谭玉虹那里都会变得充满情趣。每次约会谭玉虹都要选非常有情调的饭店，先购物，再吃饭，然后去林江涛的别墅里缠绵。

经常这样高档消费，林江涛非但没觉得浪费，反而觉得谭玉虹是一个有品位、也敢追求浪漫生活的女人。林江涛不缺钱，他愿意为谭玉虹花钱，面对谭玉虹的要求，林江涛从不退缩。谭玉虹的出现，让林江涛产生了一见如故的亲切和如沐春风的激情，但心甘情愿的谭玉虹并不知道，她不过是充当了林江涛的情人而已。

到了秋天，谭玉虹突然提出要和林江涛结婚，这是一个让林江涛险些晕倒的要求，虽然他非常喜欢眼前的这个女孩，但他还没有不理智到允许一个婚外女人正式出现在自己的家庭中。

林江涛十分为难地对谭玉虹说："我现在正是事业最忙的时候，还没时间考虑结婚的问题，再说，我们相亲相爱就足够了，何必用一张婚姻合同来约束我们的感情呢。"谭玉虹眼泪汪汪地说："你爱我就要给我一个名分，我想为你生一个孩子，再说，你也是奔50岁的人了，这么大的产业也需要继承人啊！"

见谭玉虹哭得梨花带雨的娇怜样子，林江涛有些心软了，他吞吞吐吐地告诉谭玉虹，自己经历过一些感情的挫折，在认识谭玉虹之前曾经有个在电视台工作的情人，而且那个情人不小心怀上了自己的孩子，所以现在需要处理好与前任情人的关系之后，才可以与谭玉虹谈婚论嫁，他不能因为夹在两个女人之间毁了自己的前途。

"你是怕孩子毁了你的家吧。"谭玉虹一听林江涛在外面还有一个藕断丝连的"情人"，她禁不住生气地大叫。

而林江涛却私下里认为，家是家，老婆是老婆，情人是情人。自己有情人并不等于就不爱自己的妻子，他既舍不得妻子黎媚菱，又放不下情人谭玉虹。只是黎媚菱和谭玉虹对他而言，一个是白玫瑰，一个是红玫瑰，两个他都不想丢。所以在谭玉虹提出结婚时，他只好把妻子黎媚菱说成是自己的前任女友，希望谭玉虹能够知难而退。但林江涛没有想到，谭玉虹已经决心抓住他这个超级“钻石王老五”，最后谭玉虹问林江涛：“以后你能不能与黎媚菱断绝来往？”林江涛无言以对，谭玉虹掉头而去。

赌气离开林江涛之后，谭玉虹又懊悔不已，她意识到，自己把全部的爱和下半生的幸福都寄托在林江涛身上，为了得到妻子的名分，目前可以暂时忍受屈辱。毕竟，像林江涛这样的超级金龟婿，在谭玉虹身边也找不到几个。她想到黎媚菱只不过是林江涛的情人，而且是前任情人，顿时释然了，自己从外表和阅历都应该比林江涛的前任情人有优势，她有把握把林江涛从黎媚菱身边夺走。

想到这些，谭玉虹转身再次来到林江涛身边，哀哀地乞求林江涛原谅她。怜香惜玉的林江涛顿时心软了，谭玉虹再次申明，只有自己与林江涛的爱情才是真爱，她要林江涛与黎媚菱一刀两断，林江涛只好勉强答应下来。

可是，林江涛的这些话不过是情场上的甜言蜜语而已，他并没有真的要与黎媚菱分手。但沉浸在谭玉虹的温柔乡里，林江涛确实有些乐不思蜀。

而此时，谭玉虹却加紧了对林江涛的爱情攻势。谭玉虹搂着林江涛说：“自从爱上你之后，我再也没有办法离开你了，我心甘情愿跟着你，你不要担心别的。只要你愿意我什么都可以为你做，我可以放弃一切跟随你浪迹天涯……”每每走出与谭玉虹的爱巢，林江涛就觉得他是世界上最快乐的人。

林江涛这边风流快活，可是忙于工作和把精力投入腹中胎儿的黎媚菱却茫然不知。即使这样，林江涛“前任情人”怀孕的阴影，始终在谭玉虹的心底挥之不去。之后，谭玉虹开始偷偷注意林江涛的手机通话号码，看他是否经常与黎媚菱通话。

有一次，林江涛到电视台去接黎媚菱，谭玉虹知道以后，她尾随其后跟着林江涛的车来到电视台，悄悄记下了黎媚菱的长相和她的宝马车车号。此后，她摸清了黎媚菱上下班的情况和停车的地点，掌握了黎媚菱的动向。

谭玉虹不会心甘情愿地居于黎媚菱的“阴影”之下，她不甘心仅仅当个情人，他需要林江涛给她一个名分。她觉得，林江涛之所以不答应跟自己结婚，完全是黎媚菱这个女人造成的，她从心底里恨透了黎媚菱。

谭玉虹知道，林江涛穿梭于自己和黎媚菱之间，只有黎媚菱离开林江涛，自己的一切才可以得逞。为此，每次想到黎媚菱，谭玉虹都苦恼不已、伤心好久，常常把自己关在房间里面郁闷半天。

谭玉虹把自己下半生的幸福寄托在林江涛身上，她开始琢磨怎样让黎媚菱远离林江涛。有了这个想法后，她开始四处寻找打手，很快，她与一些要钱不要命的人有了交道。

谭玉虹之所以恨黎媚菱，是因为她忍辱负重做了一年多的情人却一无所有，她很想让林江涛与黎媚菱分手以后再娶自己，可是林江涛却说自己已经够对不起黎媚菱了，他要谭玉虹不要妄想。谭玉虹无计可施，想到了黎媚菱的自尊与傲气，她想通过找打手打伤黎媚菱让她主动退出。

在一个偶然的机会里，谭玉虹认识了从老家进城打工的崔松路，身材瘦小的他除了一身没有任何思想的肌肉之外，就剩下一副为了钱什么都敢干的“侠肝义胆”了。当谭玉虹提出请崔松路吃饭时，崔松路禁不住自惭形秽又受宠若惊。而谭玉虹在饭桌上，却令人意外地向崔松路敞开了心扉，主动聊起了自己的家庭。谭玉虹更伤心地说：“我男朋友在外面有一个女人，还怀孕了，将来肯定会跟我争夺财产的。我恨死那个坏女人了，恨不得找几个人杀了她！”

听谭玉虹这样说，酒后也有几分醉意的崔松路拍着胸脯说：“这件事情包在我身上，我可以搞到枪，对付一个女人绝对没问题。”

谭玉虹原本只是口头上说说气话而已，但在崔松路满口答应下来之后，她也觉得即使不杀黎媚菱，找人收拾一下这个坏女人，她也许就会离开林江涛。这样一想，谭玉虹也就坦然了。她对崔松路说：“我给你出 10 万元，事后你就拿着钱离开京北。”

过了几天，崔松路果然打电话告诉谭玉虹，他已经搞到一把土制手枪，一定会把事情办好。谭玉虹是个急性子的人，几天后的一个下午，谭玉虹开车拉着崔松路一起，来到电视台院内，等待黎媚菱的出现。

下班时分，已经怀孕 5 个月的黎媚菱从楼上下来，到院内取自己的宝马车。当她走到自己的车边时，站在不远处的崔松路朝她喊了一声：“你过来一下。”

由于天已经黑了，黎媚菱没有看清崔松路的脸，但是从体貌特征上看不像熟人，所以黎媚菱只是站着没动。崔松路又喊了一声：“你的车牌掉了。”黎媚菱下意识地低头查看，就在这时，崔松路掏出了手枪，朝着黎媚菱扣动了扳机。

好在当时黎媚菱因为低头查看车牌，身体稍稍倾斜，重心也略微下移，这一枪只打到了她的右肩。枪响之后，周围的人立即跑了过来。崔松路迅速逃离现场，心惊胆战地坐着谭玉虹的车跑了。

黎媚菱被枪击之后，她的家属闻讯后急忙赶到，并送黎媚菱到医院就诊。医生经过初步检查，发现黎媚菱被击中的部位在右肩，伤口较深，离神经血管非常近，边缘还有灼伤。

黎媚菱是位勇敢的女性，她把整个心思都放在肚子里的孩子身上，为了不影响胎儿，黎媚菱要求等孩子生下后再取出子弹。她强忍着疼痛，救治时不愿拍片，没有接受麻醉就缝合了伤口。甚至连医生提出可以给其盖上防辐射的铅衣，她都不接受，生怕对胎儿影响不好。当晚10点左右，黎媚菱出院回家。

做贼心虚的崔松路知道自己闯下了天大的祸，他连夜乘车逃往外地。案发后，警方侦查获得线索，崔松路隐匿在外地某处。

黎媚菱被枪击后，京北警方通过走访，最后确定谭玉虹有雇凶的作案嫌疑。警方在排查当中发现崔松路的行踪，被抓获后，崔松路交代，谭玉虹拿出10万元雇他枪击黎媚菱，他受谭玉虹指使，带着土制的手枪到电视台院内，枪击黎媚菱后逃到外地。

崔松路被押解回京。之后，谭玉虹和崔松路被起诉到京北市人民法院。由于涉及隐私，法院进行了不公开审理。在法院审理期间，谭玉虹和她的家人积极交纳了赔偿金3万元，但是，黎媚菱却主动放弃了赔偿要求。最后，京北市人民法院做出判决，以故意伤害罪一审判处谭玉虹和崔松路有期徒刑3年。

案发后，黎媚菱已经生下孩子，体内的子弹也已取出。而林江涛也为自己的出轨行为后悔不已，他沉痛地说："残酷的现实给我上了沉重的一课，玫瑰虽然香艳迷人，但那温柔的毒刺却会置人于死地……"

第四篇

偷情女连环血案

年轻英俊的冀北青年何全，暗恋上了表嫂华珍。在多次看到表哥在自己面前对表嫂施暴后，在华珍嫁给自己的许诺下，他与华珍请来的卢俊良以及杀手李勇联手杀害了自己的表哥。

杀害表哥的第二天，何全这才得知，原来，卢俊良早已经是表嫂华珍的情人了，而华珍杀害表哥正是为了达到与卢俊良长期通奸的目的。何全惊得目瞪口呆，良心受到了强烈的谴责，但他更没有料到的是，就在他下定决心，决定自首以赎罪恶的当天，华珍、卢俊良和李勇杀人灭口，把他也杀害了。何全走上黄泉路的地方，离他杀害自己表哥的地点相距不过百米之遥……

何全是冀北人，他虽然文化不高，但长得英俊潇洒，而且自小出门闯荡，生意做得红红火火，但让父母着急的是，眼看他年龄越来越大，却还没找上个媳妇儿。对亲人的催促，何全却从不表态，他也的确不好表态，因为他偷偷地恋上了自己的一个远房表哥的妻子。

这个表哥叫宋成，是一名煤矿工人。有一天，表哥给何全打电话来说生了个大胖小子，让何全到家里去喝小孩的满月酒。何全备了一份厚礼赶到表哥家。一进表哥家门，见到抱着孩子的表嫂，何全惊呆了，表嫂竟然是他在一次庙会上相遇后便念念不忘的女子。

表嫂叫华珍，原来在京北一家工厂工作，后来经人介绍认识了在矿务局工作的表哥，结婚后，就辞职回家当上了全职太太。

从此之后，何全有时没事就往表哥家里跑，有时给表哥带两瓶好酒，有时给孩子买点小衣服和玩具，当然，何全也不忘给表嫂带点化妆品什么的。表嫂对何全也不错，每次都热情款待，表哥在家时，表嫂就下厨做几样小菜给他们哥儿俩下酒表哥不在家，表嫂就跟何全唠唠嗑。两个人在一起，仿佛有说不完的话。慢慢地，何全越来越喜欢起这个表嫂来。跟他同龄的华珍虽然刚生了孩子，非但没有变老，反而更增添几分少妇特有的成熟韵味，再加上她的细心与体贴，这一切都让何全感到心动。

有一段时间，华珍总张罗着给何全找对象，但每次何全都坚决拒绝。后来华珍着急了，问何全说："这个不行，那个也不行，你到底要找个什么样的？"何全半是玩笑半是认真地说："就要跟嫂子你一模一样的！"华珍听了，脸腾地红了，连忙岔开话题。

宋成下岗后，家里失去了经济来源，宋成没有用心去找工作，反而从此开始酗起酒来，而且酒一喝多就打骂华珍，华珍的身上总是青一块，紫一块。

有一次，孩子发高烧了，恰巧宋成又跟一帮狐朋狗友喝酒去了，焦急的华珍想起了何全，她连忙给何全打了个电话，何全连忙赶来把孩子送到了医院。打完吊针何全把华珍和孩子送到家后已经是晚上8点多了，一进门看到醉醺醺的宋成正因为华珍没给他做晚饭而在家生闷气。华珍回家见丈夫醉得不像样子，就说了宋成几句，没想到，宋成扬手又是一顿打骂，多亏何全劝说了好久宋成才住手。华珍被丈夫当着别人的面一顿好打，委屈极了，一时间在这个表弟面前哭得如带雨梨花。

何全也很为表嫂的处境而不平，他曾多次央求宋成不要喝酒后再打表嫂，但宋成在酒后谁的话都听不进去。最后，万般无奈的华珍搬来了宋成的父亲，没想到父亲进门还没说几句话，宋成跑进厨房拿出菜刀就朝自己的父亲身上砍去，吓得老父亲赶紧躲避一旁。从此之后，再也没有人敢劝阻宋成了，而华珍也陷入旷日持久的精神与肉体的折磨之中。

后来，华珍每次受到丈夫的毒打后，就赶到何全那里，把一腔苦水全倒给了何全。华珍不但受到何全很好的劝慰，何全还带她去酒店摆酒压惊，饭后又亲自送华珍回家。此后，只要受了丈夫的打骂，华珍就找何全聊天散心。而何全也很同情华珍的处境，想方设法让表嫂开心一点。

见丈夫整天除了无所事事就是喝酒，家里越来越困顿，华珍托人找到当地一家煤厂的厂长卢俊良，让丈夫到煤厂上班，卢俊良爽快地答应了。但是，闲散了很久的宋成白天到煤厂上班，下班回家后依然喝酒，依然酒后打骂华珍。

有一天晚上，在煤厂忙了一天的宋成晚上回家一看家里冷锅冷灶，扭头就来找何全喝酒。直到半夜，何全才把喝得醉醺醺的宋成搀扶回来，回家后宋成当着何全的面又打骂了华珍一顿，华珍实在忍无可忍了，她哭着连夜跑出了家门。

何全追赶了好久才追上华珍，好言相劝让华珍回家。但华珍再也不想回家了，何全只好陪着华珍满大街转悠，从深夜一直转到清晨。这让华珍从心底里对何全充满了感激，又充满了莫名的失落和悲哀。虽然自己有一个高大魁梧的丈夫，可在这样暖暖的春夜里，连正常的家庭生活自己都无法享受，想到这些，华珍委屈得流下泪来。何全在她身边，轻轻握着她的手看着她，眼里充满怜惜。

渐渐地，华珍把身子倒在何全的怀里。面对妩媚动人的表嫂，虽然何全心如鹿撞，却还是不敢有进一步的动作，华珍突然仰起头来，闭上眼睛，轻轻地把嘴唇压在了何全的嘴唇上。何全慌乱不已，任由华珍把自己狂吻着……

华珍小声地问了一句：“何全，你能对我好吗？”

“能，我能！”何全信誓旦旦，他不知道说什么才好。何全浑身燥热，心底涌动着爱的潮汐，他紧紧地抱着华珍亲吻起来……

清晨送华珍回家的时候，何全虽然隐隐觉得这样做有些不妥，但他是快乐的。因为他的心早已被华珍征服了。

宋成在卢俊良的煤厂干了不到半年，不知道什么原因离开了。在这期间，宋成因为长期酗酒身体越来越瘦弱，但酒后更加疯狂地打骂华珍。何全每次去他们家，经常看到华珍鼻青脸肿的，何全心里很不是滋味，他越来越怜惜华珍，但自己也没有更好的办法帮助她。

有一次，何全去找宋成办事，正巧碰到宋成揪住华珍的衣领打耳光，华珍的脸上顿时出现了四个指印。

何全赶紧上前劝架：“二哥，你为什么又打嫂子？”

宋成气哼哼地说：“我今天就是要打死这个骚货！让她跟乌龟王八蛋乱搞！”何全以为宋成是在骂自己，他面红耳赤，连忙出门走了。

随着与华珍越来越频繁的接触，何全从感情上对她越来越依赖了。华珍似乎也产生了与宋成离婚嫁给何全的想法。有一次她干脆离家出走了，但宋成坚决不离，华珍没办法，只好又回到宋成身边接受蹂躏。

华珍的耐性达到了极限，华珍跟何全摊牌说：“再这样下去，我非让我老公打死不可，你最好打残了他，让他不能打我了。”何全说：“我可以找人打他一顿，打残他我可不敢。”

“就你这样，还男人哪？你不干我去找别人干！”华珍对何全不屑一顾。

何全以为华珍只是一句气话，没想到，宋成莫名其妙地与当地的一个号称“小霸王”的青年人产生了争执，被“小霸王”揍了个鼻青脸肿。宋成不服气，半个月后第二次与“小霸王”较量，竟被打折了一只胳膊。

何全听说宋成被打伤，赶忙到医院去探望，当着何全的面，华珍看着丈夫狼狈的样子，恨恨地说：“就剩下一只胳膊了，看你以后还打不打我。”已经病歪歪的宋成听出华珍的弦外之音，他依然嘴硬地说：“你不伺候好老子，我一只胳膊也打你个哭爹喊娘！”华珍恨恨地看了丈夫一眼，掉头走了。

华珍离开后，宋成突然趴在何全的耳边耳语道：“表弟，我听说你跟黑道上的人物有联系，能不能帮我联系买支枪？”

“你买枪干什么？”何全吃了一惊。

“我要报复打残我胳膊的人和幕后指使的人。”宋成恨恨地说。

“那人是谁？”何全更吃惊了。

宋成说：“你不用管是谁，你帮不帮哥哥这个忙吧？”一听宋成这样说，何全赶忙答应帮忙。其实，何全只是酒后虚荣，自吹自擂说自己认识黑道人物而已，根本不知道黑社会是怎么回事。

宋成越来越着急地催促何全联系买枪，何全连忙找到华珍说：“我二哥的胳膊是不是你找人打的？他已经怀疑你了，他要报复你，这几天他正找我联系买枪呢。”

华珍一听害怕了：“你千万别让他买枪。不然咱们就完了，他早怀疑咱俩了，要杀了我，他也不会放过你。咱们最好先下手为强。”

“杀人我可不敢干，这是死罪啊！”何全害怕了。

“看你那熊样儿，像个男人吗？”华珍不屑一顾的神态刺激了何全，他说：“那我找人把他打成植物人吧，他躺在床上不能动了，他就不能打你了。”

华珍说：“你要把他打成植物人，我们孤儿寡母的还怎么过啊？”

“我养你！”何全害怕华珍再瞧不起自己，他说：“只要跟你过，什么我都愿意干！”

“这话才有男子汉气概呢！”华珍一边说一边张开双臂抱住了何全，并顺势倒在何全的怀里说，“以后我就是你的人了。”

“行！”何全迫不及待地把华珍压在了身下……

离开的时候，华珍说：“你一个人把他打坏了没法把他弄回家，你去找煤厂的厂长卢俊良帮忙吧，用卢俊良的车拉回来。”说完，华珍把卢俊良的手机号码告诉了何全。

正月十四下午，何全按照华珍的意思约见了卢俊良，卢俊良满口答应，并找来了一个叫李勇的杀手，三人密谋在正月十五闹花灯这天下手。

正月十五一大早，何全就来敲门拉宋成去喝酒。一听说喝酒，宋成就来了劲头，赶紧起床穿衣服出了门，而华珍则带着孩子去看花灯了。何全本想把宋成灌醉之后，约卢俊良和李勇前来一起下手把宋成打成瘫痪，但喝完酒，何全迟疑了，对自己的表哥，他怎么也下不了手。何全犹豫了整整一天，迟迟不忍心动手，最后还是把醉成烂泥的宋成送回了家。

回到家，何全遭到了华珍的一顿训斥和埋怨。离开华珍家后，他又见卢俊良和李勇怒气冲冲地在路口等着他，尽情地数落他，讽刺他说话不算数，让他们白忙乎。李勇还讥讽他说：“我们都是白忙活，你却白得了一个媳妇儿，我们帮你你却当了缩头乌龟，有你这样的男人吗？你是不是胆小怕了？”

何全受不了刺激，他说：“干就干，谁怕谁？”说完扭头回到了华珍家。敲开门，何全骗宋成说，卖枪的人找到了，正在郊区的一个地方等着呢。宋成一听来了精神，连忙爬起来，跟何全打车到了郊区。

杀手李勇早已经等在了那里。何全介绍说李勇是买枪的人，三个人刚刚走到一起，李勇就偷偷递给何全一把水果刀示意他下手，何全没敢动手。这时候，李勇突然搂住宋成的脖子，从背后掏出一把杀猪刀，朝着宋成的心口处狠狠地捅了一刀。宋成还没来得及发出一点声音就像一个麻袋一样沉闷地倒在了地上死了。

何全被眼前的景象吓呆了，他战战兢兢地一屁股坐在了地上，手中的水果刀差点扎在自己的大腿上，他惊恐地说："李勇，你怎么把我二哥杀了？"但身为杀手的李勇极为镇定，他一手拿刀，一手拿出手机拨了一串号码。不到两分钟，卢俊良就开车过来了。

何全一看，腿都软了。他怕自己也被李勇杀掉，爬起来跌跌撞撞地就往野地里跑。刚跑几步就被李勇喊住了，他只好战战兢兢地回来帮李勇把宋成的尸体抬上了车。李勇让何全跟他们一起去扔尸体，但早已吓坏了的何全浑身筛糠，再也不敢去了。李勇塞给何全一叠钱之后，跟卢俊良一起往郊外风景区开去，汽车很快消失在黑夜里。

何全呆坐在地上，足足过了一个小时才缓过神儿来。他爬起来，跌跌撞撞地在黑夜里朝着远处有灯光的地方狂奔而去，直到深夜两点多，才步行赶到华珍家。

华珍没有让何全进门，隔着窗，何全把杀人的经过告诉了华珍，问华珍怎么办，要不要报案或者逃走。华珍一改往日的亲昵口吻，冷冷地说："你回去吧，有什么事明天再说。"何全央求华珍开门，但华珍无论如何也不答应，何全只好怏怏离开了。

走到半路上，何全仍然觉得不妥，自己本来没打算要杀宋成，李勇怎么会一刀毙命了？卢俊良一个堂堂的厂长为什么会参与进来呢？又为什么事后塞给自己这么多钱？那么多的疑问让何全百思不得其解，他返身又回到华珍家，却见窗口处严严的窗帘透出微弱的灯光。何全悄悄地走过去，趴在窗口一听，立即惊出一身冷汗来。

原来卢俊良和李勇正在华珍的卧室里密谈，何全隐隐约约听卢俊良问：“何全的口严不严？会不会把这事说出去？要不做了他……”

“不会，放他走吧……这两天你别来找我了，过几天我到你家去，实在不行咱们就远走高飞……”华珍小声说。

没等听完，何全吓得一路狂奔回家。当晚，何全彻夜难眠。尽管他还搞不明白很多事情，但杀害表哥已经成了事实，现在唯一的办法是去自首，不然自己肯定死罪不饶活罪难免。但他还是舍不得自己心爱的女人。

第二天一大早，何全敲开了华珍的家门。华珍眼圈发黑，显然也是一夜未眠。何全对华珍说：“嫂子，我想了一晚上，咱们还是自首去吧！”

没想到华珍的脸上冷若冰霜：“自首？杀人是你杀的，只有你去顶罪，跟我有什么关系？”

何全辩解说：“我没杀，是李勇杀的，我二哥死得太冤枉了。”

“冤枉什么？他罪有应得。你知道吗？我不杀他，他就杀我和卢俊良，他的那条胳膊就是卢俊良找人给他打断的……”

何全连忙问卢俊良为什么参与杀人等疑问，此时华珍才一五一十地把事情的缘由告诉何全。原来，华珍婚后不久就认识了煤厂厂长卢俊良。宋成下岗后不久，两人就成了情人。宋成到卢俊良的煤厂上班期间，两人的家就成了他们私会的场所，只要宋成到煤厂上班，卢俊良就开车赶到华珍家与她颠鸾倒凤。后来，宋成听工友们开玩笑说自己的老婆跟厂长有点说不清楚，一气之下离开了工厂。当晚，宋成找上门来跟卢俊良打了一架，之后，他开始经常为此殴打华珍。华珍刚开始鼓动何全找人打宋成，但何全没有答应，华珍就找卢俊良雇当地的地痞“小霸王”打断了宋成的胳膊。

宋成出院后，让华珍约上卢俊良一起吃饭。华珍和卢俊良以为宋成要报复。他们战战兢兢地与宋成在一个饭馆见了面。宋成开口就对卢俊良说："你和华珍的事我以后不管了，你们爱怎么着就怎么着，但你别拆散我们的家庭。条件是你借给我 5000 块钱，我准备开个商店。"

一听宋成这样说，卢俊良连口答应。三个人酒足饭饱之后，宋成拿出一份协议书来，大致的内容是把华珍卖给卢俊良。三个人煞有介事地在上面签字画押。卢俊良当即拍出 5000 元现金，宋成也煞有介事地打了借条。酒后，华珍坐上卢俊良的车一溜烟儿绝尘而去。

宋成和华珍用这 5000 元开了一间精品百货店。而卢俊良终于可以"合理合法"地随时光顾百货店，也可以随时拉走华珍尽鱼水之欢。而宋成对此似乎也不太介意，其实，宋成的用意当然不仅仅是开这个百货店，而是想以此赚钱购买枪支，去报复"小霸王"和卢俊良，以报断臂之仇。

后来，当华珍从何全口中得知宋成的心机时，她和卢俊良都吓出一身冷汗，顿时起了杀心。卢俊良花一万元雇用刚刚出狱的亡命徒李勇当杀手，把李勇拉到宋成的百货店附近，指认了宋成。李勇跟踪了宋成二十多天，准备在宋成出门后捅死他，但宋成一直在百货店里忙活，李勇不敢闯入人来人往的百货店里下手。

见李勇杀宋成的计划没有进展，华珍和卢俊良都急了。眼看到大年三十了，华珍发现丈夫这段时间老跟何全在一起，就起了个念头，与卢俊良密谋让何全把宋成引出来杀掉……

听完华珍与卢俊良商定的这个周密的杀人计划，何全惊出了一身冷汗，这才知道，原来自己一直爱着的女人竟然毒如蛇蝎。何全怕他们杀自己灭口，他对华珍施了个缓兵之计说："自首也是死罪，我不去了，下午准备点钱我到外地躲一段时间再说吧。"何全本想以这个理由离开华珍去报案，但没想到华珍随即对何全说："这样最好，我马上联系卢俊良，找到李勇后商议一下去什么地方。"其实，此时华珍已经对何全起了杀心。

何全还想说什么，华珍已经拨通了卢俊良的手机，约定在开发区见面。何全只好随着华珍去见卢俊良。四人见面后进了一家饭店，上完菜后，卢俊良和李勇叫何全出门说话，卢俊良问是报案还是逃走，何全一言不发，李勇连忙说不能自首。一会儿，他们回到了包间，何全见自己酒杯里的酒有点发黄，就问："我的酒怎么黄了？"

华珍连忙说："我怕你喝多了，加了点茶水，茶水解酒。"说着也往自己的酒杯里倒了点茶水，也给何全的酒杯里又倒了点茶水，何全见华珍的酒跟自己酒杯里的酒颜色差不多，没再起疑心，一口喝了下去。何全当然不会知道，华珍已经在他的酒里放进了大量灭老鼠的"毒鼠强"。

四个人酒足饭饱之后上了卢俊良的车，走到开发区时，华珍说回家去接孩子，在中途下了车。卢俊良开车继续往风景区方向走。过了一会儿，何全开始恶心呕吐，腹中犹如刀绞。车开到风景区的山路，何全知道自己中毒了，他说："我胃里难受，让我下车吐一下。"

何全晕晕乎乎下了车，正准备逃跑，却突然蹲在路边呕吐起来，卢俊良手拿一根铁棍朝何全的头上重重一击，何全"哼"了一声就倒在了地上，李勇上去朝着何全的心口狠狠地捅了一刀，然后又把何全的双眼扎烂了。临死的时候，何全也不知道，就在头天晚上，自己的表哥宋成也被抛尸到这个地方，离他死去的地方很近很近，不过百米之遥。

第二天，警方发现了何全的尸体，连续两天在同一地方发现两具男子尸体，引起了警方的高度重视，警方很快发现了其中的蛛丝马迹。

几天后，华珍还在等待与情夫卢俊良幽会时，一副冰凉的手铐铐住了她。随后，在武津开往北州的列车上，李勇被抓获，潜逃至外地某城的卢俊良也落入法网。京北市第一中级人民法院审理了这起连环杀人案，以故意杀人罪，分别判处被告人李勇、卢俊良死刑，剥夺政治权利终身，判处华珍死刑缓期两年执行。

第五篇

照搬电影杀亲夫

李连婷在歌厅当坐台小姐时，认识了前来寻欢作乐的呼延敏，两人认识一年后，李连婷怀上了呼延敏的孩子，因李连婷尚不到法定结婚年龄，两人未领取结婚证就举办了结婚仪式。婚后，两人好逸恶劳，呼延敏到处赌博，李连婷与其合伙骗取亲友的钱财，并因此导致两人感情不和，继而升级为家庭暴力。

李连婷按照电影《本能》的情节，诱骗呼延敏按照电影情节中女方将男方手脚捆绑住做爱，做爱后，李连婷趁呼延敏不能反抗之机，将其杀死。她在接受警方的审讯期间，还咬牙切齿地说她恨呼延敏。他们的恩怨情仇，已经随着一声沉闷的枪声去阴间找她的冤家呼延敏了。

看起来长得像个中学生的李连婷是一个几乎具备了所有缺点的女人，好逸恶劳、坑蒙拐骗、撒泼骂街，很多形容女人不好的字眼儿，堆在她身上似乎都不为过。而被她杀死的丈夫呼延敏，似乎也不是什么上进青年。这样的两个人在一起，天知道他们会闹出多少事情来。

17 岁的京北女孩李连婷个子不高，又长了一张娃娃脸，看起来比实际年龄小得多。她算不上漂亮，但因为年龄小，发育又比较成熟，浑身洋溢着青春的活力，特别是她那一张甜润的小嘴巴最让人着迷。

熟悉她的人都知道，她那张小嘴里说出来的话可是要风有风，要雨得雨，什么样的谎言到了她的嘴巴里，都像真的一样。李连婷甚至能够用谎言骗得自己都相信那是真的。她连自己都骗，更不用说骗别人了。她善良的父母也拿她没办法。

其实，李连婷的思想精髓，只有两个字：享乐。她什么都不想干，唯一想干的事情就是花钱。父母养不起她这个闲人，没有办法，李连婷外出打工了，名义上是去一家印刷厂打工，但她实际到了一家歌厅，当了坐台小姐。因为父母都是传统观念很强的人，他们绝对不能容忍自己的女儿如此堕落。李连婷知道，如果父母一旦知道自己竟然去当"小姐"，准会把她的腿打断。所以，李连婷去当"小姐"，一直瞒着自己所有熟悉的人。

由于李连婷能说会道，又长得特别年轻，她的娇美吸引了不少客人，这其中就有呼延敏。

30岁出头的呼延敏虽然情场失意，但常常赌场得意。因为喜欢赌博，很多人给他介绍对象，姑娘一听说他一个棒小伙子整天靠赌博混日子，都不愿意跟他来往，所以呼延敏到了30多岁还没娶上个媳妇，这让他的家人非常着急。

有一次，呼延敏跟一帮狐朋狗友赌博后，一下子赢了几千元。为了庆贺一下自己少有的好手气，他请朋友们美美地大吃了一顿，酒自然是喝得多了些。酒壮色胆，有人提议去找个地方"活动"一下，呼延敏满口答应。酒足饭饱后，他们一同来到了一个小巷，钻进了李连婷坐台的歌厅。

按照规矩，领班招来了十几个小姐供他们挑选，一边剔牙一边叼着烟的呼延敏看见了娇艳的李连婷，毫不犹豫地点了俏美可人的她。而李连婷这时候坐台不久，呼延敏发现跟李连婷开荤玩笑她都会脸红，顿时有点怜香惜玉起来。李连婷趁机告诉呼延敏，自己是刚刚来坐台的，这更让呼延敏高兴，经常在娱乐场所混，碰上个雏儿还真不容易。

呼延敏没有想到在这个灯红酒绿的地方居然有这样看起来像个中学生的美人，他顿时对李连婷的年轻貌美垂涎三尺。一番软语温存之后，呼延敏就用早已在风月场上练就的“本事”对李连婷展开猛烈攻势。分手的时候，他们互相交换了联系方式。

此后，呼延敏三天两头都要去李连婷的歌厅，每次都点李连婷为自己服务，而且每次都出手很大方。呼延敏也不像别的客人那样在李连婷身上乱抠乱摸，慢慢地，李连婷也喜欢起这个“敏哥”来。30多岁的呼延敏看起来比他的实际年龄小三四岁，再加上他出手大方，为人仗义，让没有见过多少世面的李连婷感到幸福和心动。

这样的日子持续了一个多月，呼延敏知道火候到了。春季的一天晚上，呼延敏早早地就把李连婷接出了歌厅。在一家颇有情调的饭店吃完饭后，呼延敏带着李连婷到一家旅馆开了一个房间。

呼延敏拥着李连婷进了房间。此时的李连婷虽然满脸羞愧，却还是顺从地任呼延敏不停地亲吻。李连婷小声地问了一句：“敏哥，你能爱我一辈子吗？”

呼延敏自然是信誓旦旦，说以后一定娶她，爱她一辈子。李连婷放心了，幸福地闭上了双眼，呼延敏猛扑了上来……

李连婷就这样成为呼延敏的女朋友。开始的时候，李连婷虽然隐隐觉得呼延敏比自己大10岁，差别大了些，但转念一想，这样也没有什么不妥。因为这时候，李连婷还不知道呼延敏是在赌博，只知道呼延敏花钱如流水，人又仗义，对自己又呵护有加，就坦然接受了这份爱情。交往中，他们有很多的共同语言，做什么事情都非常默契，李连婷还是快乐的。因为呼延敏很有“实力”。有一次，一个客人闹事，李连婷和他们发生了几句口角，那个客人不依不饶，李连婷给呼延敏打了个电话，呼延敏带了几个朋友来，结果事情立即就摆平了，这让李连婷感激涕零。

李连婷决定带呼延敏见见自己的父母。为此，呼延敏专门找朋友开着一辆桑塔纳轿车，带了一些礼品，拉着李连婷到了她农村的家，从街坊邻居那艳羡、惊讶的目光中，李连婷一家感觉到了一种从未有过的骄傲。李连婷的家人对呼延敏这个未来女婿也比较满意，他们以为这辆桑塔纳轿车是自己未来女婿的，这贫寒的一家人觉得李连婷好像捡了一块金元宝，在呼延敏去了李连婷家几次以后，李家便把他敬为上宾，恨不能立即让女儿嫁给呼延敏。

打扮得花枝招展的李连婷也去了呼延敏家，全家人也乐得脸上像开了花。整天愁着呼延敏找不着个媳妇儿，现在竟然领回家这么一个像中学生似的小女孩来，全家人自然心花怒放。年轻娇美的李连婷自然也成为呼延敏在朋友圈内炫耀的资本。呼延敏有几个无话不谈的朋友，他们看到什么本事也没有，整天晃晃悠悠的呼延敏竟然泡了一个这么年轻的女孩，自然羡慕得要死。现在，呼延敏再带着李连婷和朋友一起玩，大家都夸他最有“本事”。

呼延敏和李连婷堂而皇之地住在了一起。但是，开始的时候，呼延敏纯粹把李连婷当成了他的玩物，根本没有要跟李连婷结婚的意思，因为他知道李连婷年龄小，不到法定年龄，也没有理由跟自己提出结婚的要求，所以，呼延敏整天跟李连婷两人在家里卿卿我我，什么活也不干。

家里人觉得呼延敏好不容易找了个对象，眼下最重要的任务就是谈恋爱，也没有强求呼延敏出去工作。而李连婷和呼延敏两人，只要有饭吃，有钱花，他们才不管别的呢。所以，他们度过了最快活的一个时期。两个人玩得花样百出，李连婷这时候已经铁了心要嫁给呼延敏了。

这期间，李连婷曾被呼延敏搞大了肚子，她顿时六神无主，但是呼延敏却让她去医院打掉了孩子，虽然李连婷不情愿，哭得大雨滂沱，她拉着呼延敏的手苦苦哀求，求他与自己结婚，然后名正言顺地让她做母亲。但呼延敏残酷地推开了她，告诉她还不够结婚年龄，不能结婚，最后，李连婷无奈地走进了医院……

当李连婷打掉孩子从医院蹒跚出来的时候，呼延敏也没有在外等候，甚至以后的几天也没有照顾她，李连婷深深地伤了心。但这时候李连婷已经深深地爱上了呼延敏，她觉得，唯一能够结婚的理由，还是怀孕。

刚满 20 岁的李连婷又一次发现自己怀孕了。她跟呼延敏商议，这时候，随着交往的不断深入，呼延敏越来越看清楚李连婷好吃懒做、油嘴滑舌的缺点，呼延敏开始想跟她分手了，就随口说干脆打掉算了。但李连婷这次却坚决不同意，提出要跟呼延敏结婚。

呼延敏开始只是抱着玩玩的想法跟李连婷交往的，没想到李连婷会以怀孕为由赖上自己，他发现自己与李连婷的距离越来越远，可是为了面子，他不敢和家人说，也不敢跟朋友说，更不敢再逼迫李连婷去打掉孩子。因为他知道，年纪轻轻的李连婷性情偏执，要是惹急了她，她是什么事情都会干得出来的。

呼延敏受不了李连婷天天在自己身边唠叨和以生下孩子作为要挟，于是，勉强答应跟李连婷结婚。因为李连婷还没到法定的结婚年龄，他们没有去领结婚证。李连婷挺着大肚子，草草地跟呼延敏结了婚。

结婚的目的达到了，婚后不久，李连婷很快就去医院打掉了孩子。李连婷不想马上就承担起一个做母亲的责任，因为她还没玩够呢。

最初的时候，李连婷还对呼延敏抱有一丝幻想，觉得呼延敏会撑起这个家，但是李连婷越来越发现，呼延敏除了赌博之外，跟自己其他的共同点完全一样，只会好吃懒做、坑蒙拐骗，别的什么也不会干，而且呼延敏家也没什么积蓄。这样下去，两个人都不去工作，吃什么，喝什么呀？

李连婷想到了一个字：骗！在这之前，她在歌厅当坐台小姐的时候，曾经以开商店的名义成功地骗过一个商人老板的两万元。

骗别人不灵，最好骗的首先是自己的亲友，李连婷选定的第一个行骗对象竟然是她的丈夫呼延敏。

这天早上一觉醒来，李连婷搂着呼延敏的脖子问："老公，咱俩都没上班，没钱花怎么办啊？"

呼延敏一听老婆提钱，就很不耐烦地说："我上哪儿弄钱去？你有本事你去搞钱去。"

李连婷假装抖了个包袱说："钱倒是有现成的，就看你要不要了？"

呼延敏一屁股坐起来："傻媳妇儿，哪有不见钱眼开的？快说，怎么搞钱？"

李连婷说："我舅舅家的表哥在市区开了一个公司，非常红火，一年能挣几十万呢，如果咱们入点股，什么也不用干，到年底分红，就会有一大笔收入呢。"

呼延敏想都没想就同意了，没过几天，就东取西借弄来了一万元交到了李连婷手上，催她赶紧去入股。李连婷拿到钱就直奔市区，不过，她没有到表哥那里去，而是直奔珠宝店，先花了3300元给自己买了一根18K的白金项链，转身又到电讯器材商店给自己买了一部手机，最后又从头到脚买了一身新衣服。当然，李连婷也顺便给呼延敏买了一根便宜的项链。

武装好自己的李连婷手头上还剩下几千元，这些钱没有花掉她是很不舒服的，于是她动员呼延敏陪自己去海岛旅游。呼延敏也很纳闷儿，自己的老婆明明是没有钱，怎么现在一下子变得阔了起来。在海岛，呼延敏问李连婷：“你又买手机，又买项链，现在又来海岛旅游，你哪来那么多的钱啊？”

李连婷笑了笑说：“就是你给我的钱啊！”

呼延敏纳闷儿了：“那钱你不是拿去入股了吗？”

李连婷“咯咯”地笑了：“老公，我那是骗你的，根本就没有那么回事，我就是想弄点钱，咱俩好潇洒潇洒！”

呼延敏一听就火冒三丈：“我不管你用什么办法，最晚到年底你必须把钱还上，不然我跟你没完……”说这话的时候呼延敏没有太多底气，毕竟这钱自己也花了一部分。而李连婷压根儿就没打算还这笔钱。

一万元没过几天就让他们俩折腾干净了。两个人没有钱的时候，李连婷再一次想到了骗。因为第一次骗钱让呼延敏知道了，呼延敏并没有拿自己怎么样。李连婷跟呼延敏商量的时候，呼延敏说：“你要这样，咱们就破罐子破摔，也别好好过了。”虽然是气话，但这正中李连婷下怀，她当即出主意说：“这次要骗就多骗点，你就以买房子的名义骗点钱吧。”

呼延敏一听李连婷又让自己骗钱，很不高兴地说：“那我从我家这边骗点钱，你也得从你们家那边骗钱，不然我不干。”李连婷当即干脆地答应了。

呼延敏当即抓起电话打给了大姐。呼延敏的大姐虽然知道自己的这个弟弟不成器，但毕竟是亲骨肉，买房子这样的大事不能不帮，答应借给他们一万五千元。呼延敏暗喜，扭头去找自己的母亲，母亲说自己有一万元在呼延敏大姐那里，让呼延敏跟大姐要，呼延敏竟然不知廉耻地又向大姐要了五千元。

李连婷也不示弱，马上打电话跟母亲借了一万元钱。李连婷的母亲说家里哪有那么多钱啊，我给你凑凑看吧。第二天，李连婷回娘家，她妈妈给她借了八千元。不到一周的时间，李连婷的一个点子，两个人就轻而易举地骗来了两万八千元。

这一下子他们马上阔了起来。他俩马上拿着钱到电器商店买来进口大彩电，李连婷还给自己添置了一辆摩托车。为了表达自己的孝心，李连婷还给自己的妈妈买了一个戒指和一对耳坠。

剩下的钱，就放在他们的柜子里，谁花谁拿。没过多久，两万八千元很快就让他们挥霍一空。当李连婷再次提出骗钱的时候，呼延敏唯一的要求或者说哀求就是："你千万别再骗我们家人的钱了。"李连婷一看呼延敏这样，也没有说什么，一赌气回了娘家。

回娘家之后，李连婷的母亲提出上次借的那八千元中有李连婷邻居哥哥的三千元，人家催着要债。李连婷趁机诱骗母亲给呼延敏打电话，就说自己被绑架了，要花四万元赎金。李连婷的母亲坚决不同意，李连婷说，那样我就没有办法还邻居的钱了。万般无奈之下，李连婷的母亲给呼延敏打了电话，说李连婷被绑架了，绑匪要四万元赎金，让呼延敏赶紧想想办法……

正在跟舅舅和二姨聊天的呼延敏一听说妻子被绑架，连忙赶到岳母家。呼延敏到家后，李连婷装作刚被绑匪放了回来，张口就说："我妈为了赎我，花了四万元，这些钱都是借的，得还人家，你看怎么办？"呼延敏说："那咱回家再想想办法吧。"

回家后，呼延敏去找他的大姐要钱，大姐不给，呼延敏就又哭又闹说："出了这么大的事情，你们没有一个人帮我的……"正好呼延敏的二姨在他们家，给了他们一万元，呼延敏又跟舅舅借了三千元，全部交给了李连婷。

李连婷把三千元给了母亲还债。剩下的一万元，跟呼延敏两人很快又挥霍掉了。呼延敏的亲友们万万没有想到，这是李连婷和呼延敏两个人合演的一出双簧，他们见二姨和舅舅在他们家，就耍了这样一个花招。事后，呼延敏还得意扬扬地跟李连婷吹牛说："怎么样，我演得够像的吧，我不哭不闹，他们也不会给我钱。”

经过多次骗钱，亲戚朋友也让他们骗得差不多了，李连婷似乎再也想不出别的办法骗钱了。正月没过，李连婷跟呼延敏提出来要去海市打工赚钱，一看妻子终于愿意出去工作了，呼延敏很高兴，也就很快地答应了。

李连婷一家一家到呼延敏的亲戚家去告别，告诉他们自己要去海市打工赚钱，亲友们也都为李连婷的变化而高兴，毕竟是穷家富路，大家你三百他五百，一下子又凑了几千元送李连婷去了海市。谁都没有想到，这又是李连婷骗钱的一个花招。她哪里是去海市打工，而是没有去过海市，想到那个花花世界里去玩几天罢了。

李连婷到了海市，花光了身上带的所有的钱，最后身无分文时，重操旧业，到凯旋路的一家歌舞厅当了坐台小姐，等赚了几百块钱后，她坐飞机回了京北。回京北后，李连婷没敢去见呼延敏，而是回了娘家，母亲见她出去没几天就回来了，忙问缘由，李连婷随口胡诌说：“我在海市胃疼，去海市的大医院检查，大夫说我得了胃癌。”李连婷的母亲一听吓坏了，赶紧拿出家里仅有的一千元让她去看病。

李连婷拿着这个钱当然没有去看病，在京北玩了半个月后，觉得在海市当坐台小姐还不错，接着又去海市当了半个月的坐台小姐……

李连婷从海市回来，身上并没有剩下几个钱，呼延敏一看李连婷两手空空地回来了，气就不打一处来。到家的时候，呼延敏和母亲都吃完饭了，剩下了一碗面条，李连婷端了面条就坐在呼延敏身边吃面，呼延敏正烦着，恶狠狠地说：“你滚一边吃去！”李连婷接茬儿说：“你不会滚一边看去？”并且站起来把电视关掉了，呼延敏正没处撒气，拿起饭碗就把一碗面条扣在了李连婷身上，两个人当场厮打起来。

李连婷也不是个饶人的主儿，一边厮打，还一边破口大骂。呼延敏把李连婷按在沙发上，抄起身边的一个小凳子，用脚一踹，折下一条板凳腿，照着李连婷就噼里啪啦地打了下去……再后来，呼延敏还把李连婷绑在树上，拿皮带抽，用凉水浇……

两个人虽然打打闹闹，但毕竟还有很多共同语言，新婚的热乎劲头还没过去。转眼半年过去了，因为李连婷去海市“打工”，呼延敏有了属于自己的时间，他也越来越不在乎李连婷了，甚至晚上通宵都不回家，经常一大早才回来，李连婷以为呼延敏又去赌博了，她也没有在意。但突然有一天，李连婷在呼延敏的衣服上闻到了自己最熟悉不过的劣质香水的味道……

第二天，呼延敏又出门了，李连婷像往常一样没有过问。但呼延敏一走，李连婷马上跟随在呼延敏后面……她惊讶地在路上看见呼延敏搂着另外的女子，她迷迷糊糊地跟踪他们，竟看见他们走进了一幢单元楼里……这时候李连婷才知道，呼延敏除了赌博，竟然还有别的女人……

呼延敏高兴地回家后，可是李连婷用身子背对着不理他，呼延敏温柔地问她怎么了，李连婷伤心欲绝地说：“我还以为你就爱我一个人，你昨晚干什么去了？”

“我干啥去了，我玩女人去了，小贱人你还敢跟踪我！”呼延敏狠狠地扇了李连婷一个耳光，并威胁她少管自己的事情，说罢摔门而去。剩下绝望的李连婷独自哭泣。呼延敏始终没有改掉他的坏毛病，他除了赌博、找女人，就是让李连婷跟自己合伙骗钱……

呼延敏赌博总是输得多，赢得少，有时候一输就是上万元，输钱之后，债主找上门来，用什么堵窟窿呢？两个人不约而同地想到了骗钱，但是，现在能骗的人都已经骗了个遍，谁也不再相信他们俩了……

没有骗钱的门路，呼延敏又在外面拈花惹草，李连婷的心里特别难受，也很矛盾。李连婷想跟呼延敏分手，但李连婷又下不了这个狠心。这段时间，李连婷整个人都变了，变得沉默寡言，整整瘦了一圈儿。几乎同时，两个人的矛盾升级，由冷战转为肉搏战。当然，几乎每次都是呼延敏占上风。

自从李连婷从海市回到家，两个人就争吵不断，原因是呼延敏一直认为李连婷在海市赚了钱却不拿出来，而他们骗亲戚朋友的将近五万元，很多亲友都催着要。呼延敏每次问李连婷，李连婷只有一句话："不还，我没钱。"

呼延敏和李连婷吵了起来，呼延敏一如既往地狠狠教训了李连婷一顿。这一次，李连婷打了"110"报警，甚至还编造了呼延敏给她下毒，逼迫她吃药的情节。当地派出所及时赶到，传讯了呼延敏。呼延敏当然怒火攻心。

李连婷跟呼延敏的缘分已经到头了。她向呼延敏提出了离婚，呼延敏当即表态同意离婚，但要李连婷把骗他们家亲友的四万八千元还上之后，马上就可以离婚。不然，呼延敏就把李连婷在歌厅当"小姐"的事情告诉李连婷的家里人。

李连婷渐渐也见识了呼延敏的厉害，吓得李连婷做了几天噩梦。李连婷的心有种撕裂般的疼痛和难以言表的屈辱。她知道，再和呼延敏这样下去不是个事了。

而呼延敏根本没把李连婷的话当回事，除了出去赌博，就是在家折腾李连婷，甚至李连婷来了月经，呼延敏都不放过她。有一次，呼延敏迫不及待地发泄了一次兽欲后，呼延敏突然面目狰狞地一把把李连婷反手双剪压在地上问："想离开我？没门！给我老实说，想跟我分手是因为啥？"暴怒的呼延敏最恨自己的女人背叛自己。李连婷没有敢说话，只是哀求呼延敏。

最后，呼延敏抛下一句话："我养你、宠你，你敢离开我，我就把你的丑事全部张扬出去！"

李连婷几乎绝望了，她的心在滴血。

晚上，李连婷一边看着电影《本能》，一边胡思乱想着。电影里面，女主人公为了杀害男主人公，就把男主人公绑在床上，做爱后杀死了男主人公……这故事情节让李连婷产生了一个罪恶的念头。她立即准备了水果刀，甚至还模仿电影中的情节，准备了一双手套。

第二天上午，李连婷一起床就把水果刀藏在了床边上，然后给呼延敏的姐姐打了个电话，问呼延敏的姐姐要不要到家里来，确定呼延敏的两个姐姐不来后，自己就有机会动手了。吃过午饭，呼延敏的妈妈像往常一样出去打牌了。

饭后睡午觉是呼延敏的一个习惯，看见婆婆走了，李连婷就把大门锁上，转身上床钻进了呼延敏的怀里。呼延敏只穿了内裤在床上午休，一抱住李连婷的身子，呼延敏就激动起来。恰好前几天李连婷来了月经，有好几天两个人没有在一起做爱了。呼延敏自然而然地提出了做爱的要求，这正中李连婷的下怀。李连婷趁机说，我看过一个电影，女的把男的手脚捆上玩，很刺激的。呼延敏正是欲火攻心，哪顾得想别的，当即同意了，李连婷拿起准备好的红绳，把呼延敏的双手捆上，然后紧紧拴在床头上，然后又用秋裤捆住双脚，再用围巾蒙上呼延敏的眼睛，然后脱下了他的内裤……

十多分钟后，两个人忙活完了，累得筋疲力尽的呼延敏让李连婷把蒙在眼睛上的围巾拿下来，话音还没落地，脖子上就被狠狠地扎了一刀，刀刃全部插进了肉里，呼延敏挣扎着身子反抗，但他已经失去了反抗的力气，任凭李连婷在自己身上扎了十几刀……

直到呼延敏的身体渐渐冷却了，李连婷才把刀子和手套等作案工具藏在一个玩具狗里面，然后从容地穿上衣服，去找打牌的婆婆。李连婷甚至编造了一个歹徒入室抢劫杀人的故事讲给婆婆听，而且还煞有介事地报了案。当然，警察当场就拘捕了李连婷，李连婷还把歹徒入室抢劫杀人的故事讲给警察听，警察当即揭穿了她的谎言……

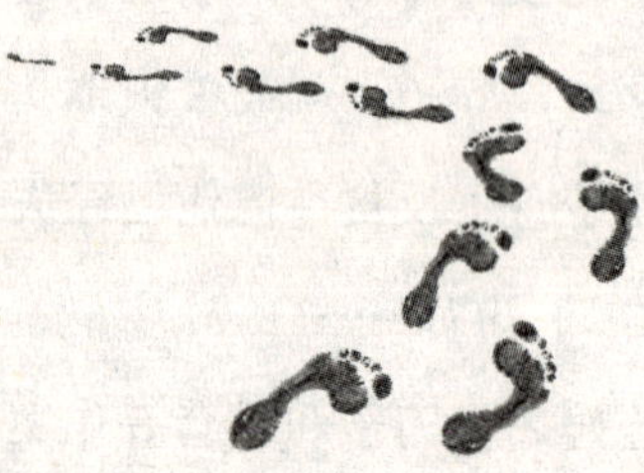

第六篇

黑心女畸情劫杀

在任何人眼里，陈媛媛都是一个近乎疯狂的蛇蝎女人，谁要沾上她就等于一脚踏进了鬼门关。她先是伙同情夫杀死了自己的丈夫，随后另谋新欢，又伙同第二个情夫杀害了第一个情夫。

案发后，陈媛媛和情夫都因杀人罪被判为死刑。这个年近半百的女人，亲手把自己的丈夫和两个情夫送上黄泉路。而她自己到奈何桥上与她的丈夫和两个情夫相会时，在黄泉路的尽头，那三个男人能够饶得了她吗？

陈媛媛是一个只有初中文化程度的普通京北女人。早年她嫁给了刘兴，她们的婚姻是父母包办的，没有什么感情基础。刘兴个子不高，身材还特别胖，陈媛媛对他没什么好感，婚后他们感情一直不好。

32 岁之前，陈媛媛在相对封闭的家庭环境里，她还是能够恪守妇道的。直到陈媛媛到一个铸造厂上班，在这里她认识了厂里的司机张全。张全比她大三岁，人高马大，身材魁梧，外表也比刘兴要顺眼多了。这个张全也是个有家有室的人，两人本该各走自己的生活轨道，经营各自的事业和家庭，但婚姻都有点不如意、工作又都马马虎虎的他们，时常在其他的异性目光里找寻闪烁的眼神，以期为飘摇的身心寻找一个令自己心仪的寄托，更希望婚外能有一种不用负责任的激情，填补他们平淡生活中心灵和肉体的每一个空虚的角落。于是，两人在交往中从彼此暧昧的眼神里嗅出了相投的臭味，彼此产生了十分默契的好感。

很快他们成了情人，并经常在一起做爱，这让他们曾如白开水一般的生活一下子变得有滋有味了。这种关系持续了两三年，后来，张全的老婆有所察觉，两个人又都没有各自离婚然后结合在一起的真情实意，毕竟他们彼此相吸的不像真正恋爱的男女那样大部分是感情因素，他们之间的欲望之火终如汹涌过后的潮汐，波澜散尽，恢复了大海最初的平静。为了不让各自的家庭破碎，两个人的关系渐渐冷却，彼此没什么联系了。两个人的心暂时都回到了各自的爱人和孩子身边。

随后，陈媛媛又到了一家门窗厂当了一名业务员，在新的环境里，这个耐不住寂寞的女人又开始了新的寻觅，不久便认识了给厂里拉活的个体户李艳国。李艳国也是个有妻有子的男人，但他们心照不宣，各自在彼此身上添加着感情的砝码，两人的私情发展到色胆包天的程度，陈媛媛趁丈夫在单位值夜班，便把李艳国叫到家里，两人竟然在陈媛媛与丈夫生活的床上厮混了一夜。第二天早晨，陈媛媛的丈夫下班回来见到在自己家里的李艳国，便起了疑心。但巧舌如簧的陈媛媛骗丈夫说，李艳国一大早来是要给自己送货，刘兴便没再怀疑，轻信了妻子后两人相安无事。

但此事让陈媛媛惊出了一身冷汗，后来陈媛媛对李艳国说她丈夫脾气不好，如果让丈夫知道他们的事，准没好果子吃，让李艳国以后别到她家来了。李艳国一听心里不是滋味，事业上可以平平淡淡，女人的事我可不能示弱，于是他张口就说："不行就把刘兴干掉，我们好踏踏实实地在一起。"陈媛媛没加犹豫地痛快答应了。

其实，干掉丈夫的想法早已在她心田罪恶的土壤里萌芽了，尽管他们都有了孩子，而且这么多年生活在一起，但他对丈夫没有一点兴趣。

长时间的厮守不但没让她日久生情，哪怕是那种不是爱情的一般感情。她不爱刘兴，不是想办法和他离婚，而是在外面与别人搞不正当关系。他背叛了丈夫，不但没生一丝愧疚之心，还因怕脾气不好的丈夫知道而产生了先置丈夫于死地的想法。这个极度自私的女人心里想的只是满足自己的欲望，想着怎样踢开这块绊脚石好让自己纵情地享乐。放纵像毒瘾，一旦征服了一个人的精神或肉体，她的人性便会滋生出变异的细胞，最终可能会做出野兽都难做出的事情来。否则正常的女人是不会对没有感情的丈夫起杀心的。以前她没有合适的机会怂恿李艳国这样做，毕竟一个女人能说杀死自己的亲夫让人听了有点毛骨悚然，况且她也怕一般男人听了她这话而不敢做自己的情人了。

罪恶的念头产生后，他们便商量起弄死刘兴的细节安排，最后决定假装让李艳国带刘兴去郊区打猎，在路上找机会用猎枪把刘兴打死。

陈媛媛对丈夫说，晚上要到冀北去拉货，一起坐李艳国的130货车去，人多点防止抢劫等意外事故发生，刘兴同意了。三人先在路边的一个饭馆吃了饭，陈媛媛和李艳国先用白酒把刘兴灌醉，然后李艳国开车向目的地驶去。他们往冀北方向行驶了一个多小时，刘兴在车上睡着了，过了冀北他们又往北州方向走了两个多小时，这时他们想在路边把刘兴杀死。

往前面走了不久，他们开到一处路边，前面是个村子，李艳国停下车来看了看地形，感觉不大安全，也有点害怕，便回到车上说："今天月亮太亮了，车也挺多，明天再说吧。"陈媛媛同意了，于是他们往回返，到了郊外刘兴才醒酒，问怎么回来了，他们谎称冀北工地没人，明天再去。刘兴丝毫不怀疑地相信了。

第二天晚上五点多，他们又开车往冀北走，两人还是先在京北把刘兴灌醉，刘兴上车就又睡着了，酒后酣睡的他，哪里嗅到满车杀戮的味道？哪里会知道今夜他将像一只野味一样，被和他生活了多年的女人伙同情人，把猎枪的子弹射入身体而结束他的生命？

走到半路，李艳国让陈媛媛回去，或许他不想自己喜欢的女人看到自己杀她丈夫这样毛骨悚然的场面，或许他不想让自己喜欢的女人看到自己杀人时野兽般的表情。陈媛媛觉得不用自己动手就能把心患除掉而过上自己想要的生活，何乐而不为呢，于是她自己回去了。

这一夜，陈媛媛的心里没有犹豫、愧疚、不安和恐惧，没考虑过自己将失去丈夫、家庭，孩子将失去父亲，公公婆婆将失去儿子的幕幕人间惨剧，却想象着解开镣铐跳舞、放心地投入另一个男人怀抱的放纵生活图景。

在她的心中，只有自己没有别人，只有游戏没有规则。

第二天下午，李艳国回来对她说用猎枪把刘兴打死并扔到附近排水沟去了，陈媛媛满心欢喜，还与李艳国一起编造了刘兴失踪的谎言。此后，陈媛媛对外人说刘兴认识了一个外地的女人并和她跑到别的地方去了，家中竟无人怀疑、无人报案，陈媛媛和李艳国也侥幸地逃过了法律的惩罚。可怜的刘兴就这样在还不知晓自己老婆和情人奸情的情况下，被他们送到了阴曹地府，成了一个不能瞑目的冤死鬼。

刘兴死后，李艳国自然而然地成了陈媛媛家的常客，李艳国就像出入自己的家门一样自如。可厮守时间长了，两人也常因一些琐事产生矛盾，就像朝夕相处的夫妻一样，这本是正常的。李艳国被激怒时曾威胁过陈媛媛说：“你要不和我好了，我就把你杀夫的事情说出去，谁都别想好过了。”李艳国有口无心的一句话让陈媛媛的心中弥漫了阴影，从此李艳国成了陈媛媛心头的又一个祸患，潜意识里逐渐滋生了除掉李艳国的想法。杀死自己丈夫的事情多年来没有败露，她曾经暗暗得意自己的高明，这一次她胆子更大了。此后陈媛媛和李艳国的日子过得越来越不开心，这时精神空虚的陈媛媛又想起了以前的情人张全。

陈媛媛给张全打电话，张全心中一阵喜悦，继而告诉陈媛媛自己的妻子在郊区的一家养殖场搞养殖，不常回家。陈媛媛心领神会，来到张全的家。陈媛媛也不失时机地向他诉说自己和丈夫的婚姻是父母包办，丈夫对她不好，现在和别的女人跑到外地去了，她动情地说只有和张全在一起时才感觉得到幸福。这话真是说到张全的心坎里了，他再次强调他媳妇儿在郊区养殖场，和他感情不好，也不常回家。各有所需，又有机可乘，两人就像分别已久的恋人，轻车熟路地燃起昔日的激情，恢复了以前那种不正当的关系。

两个儿女满堂的半百男女频频约会，张家成了他们鬼混的场所。此时的张全以为找到了幸福，却不知陈媛媛的脚还踏在另一只船上。张全对陈媛媛说想和她结婚，陈媛媛便问他能否离婚，张全说可以，但房子不能归他。陈媛媛告诉张全，自己家的房子快搬迁了，能补偿一百多万，足够买房花了，不用张全的房子。

这个心肠狠毒的女人倒不图男人的物质，自己还很大方，看来她为了自己的感官和精神享受是不惜一切代价的，况且他还想利用张全杀死李艳国。张全说："那就结婚吧。"陈媛媛假装面有难色，摆出一副欲言又止、万般惆怅的样子，张全忙问怎么回事，陈媛媛万分诚恳地又万种柔情地对他说她很想和他结婚，可是不能，因为他们之间有块石头挡着他们结婚的路，必须把这块石头搬开才能结婚，否则他们就只能永远这样偷偷摸摸下去了。她告诉张全有个名叫李艳国的男人纠缠她，不让她结婚也不让她和别人好，他还告诉张全，她之所以怕他干涉是因为她有把柄在李艳国的手里，张全自然想知道什么把柄，可陈媛媛说除非他把李艳国杀了才会告诉他。

被欲望冲昏头脑的张全未加思考地说："那就杀了他！"张全说

这话就像说杀一头猪那样痛快而无所谓。这正中陈媛媛下怀，她正想杀人灭口呢！他们俩商量好让张全见李艳国一面，认清楚后好让张全下手杀人。之后的一天，陈媛媛以自己要买张全家的房子为由，把李艳国骗到张全家看房，这样他俩就认识了。张全当时就想整死李艳国，但陈媛媛怕引起别人的怀疑，没敢让他下手。李艳国的有生之日也因此增加了几个月。

看房后，他们又商量起了杀死李艳国的事，就像当年她和李艳国商量杀她的丈夫刘兴一样。而此时的李艳国也如当年陈媛媛的丈夫一样无知无觉。他们决定用张全的三轮摩托车撞死李艳国，并定在陈媛媛过生日的时候，让李艳国来她家吃饭，然后张全在李艳国回家的必经之路上用三轮摩托车撞死他。

生日当天晚上，陈媛媛和李艳国一起在外面吃晚饭，吃完饭后他们分头回家，陈媛媛立刻给张全打电话告诉他他们吃完饭回来了，让他赶快过去行动。张全开着摩托车手拿锤子在路边等候。

一会儿，张全看见李艳国骑着自行车从陈媛媛家出来，便开着摩托车迎面向李艳国撞去，李艳国被撞倒在地后坐起来了骂了他一句，张全过去用锤子打他的头，可这时锤子柄断了，没使上劲儿，张全连忙逃跑，李艳国又免于一死。

这次行动失败后，张全把作案用的三轮摩托车烧了，还听从陈媛媛的劝告到外地躲了几天。李艳国痊愈后也没怀疑是张全干的，因为当时他没看清袭击他的人的相貌，他也没想到会是张全，就如当时陈媛媛的丈夫没对自己起什么疑心一样。看来一起生活了这么久，他还没认清陈媛媛这个女人的心有多么狠毒，不但杀了和她没有感情的丈夫，还要对他这个多年的情人下毒手。

在外地待了四天后，一看没有什么风声，张全又回来了，他们继续商量干掉李艳国的策略。因为摩托车一下撞不死人，两人决定改用汽车撞死李艳国。陈媛媛不惜又拿出一万元来买车撞死李艳国。于是，他们花了九千元买了一辆蓝色的二手130汽车。

陈媛媛和张全商量好，让他晚上还是在李艳国的必经之路，等李艳国从她家出来时将他撞死。当天晚上李艳国在陈媛媛家吃饭，9点多钟他走时，陈媛媛给张全打了传呼告知“请速回家”，这是他们事先定好的暗号，意思是李艳国出门了，让张全做好准备，可这次他又没得手，李艳国机灵地躲开了，然后报了案。李艳国感觉到了有人要故意撞他，可他依然没有多想是因为什么，也未多做防备，未能抓住挽回自己生命的机会。

汽车撞人失败后，他们把车退给了卖主，决定再改用摩托车。张全拿着陈媛媛给的1000元钱买了辆摩托车，还预备好了家伙准备撞完后再打李艳国的后脑勺儿。

李艳国如约到陈媛媛家聊天，陈媛媛便偷偷给张全打电话告诉他李艳国在她家，并让张全9点30分以前到。张全准备了一根一米长的水管和一把菜刀出发了，路过陈媛媛家门口时，他看到这个长着蛇蝎之心的女人在冲他笑着，这种笑竟令老男人张全感到汗毛耸立，他惊叹身边的这个女人做“大事”时，竟然如此从容、镇定。

晚上10点左右，李艳国从陈媛媛家里出来，他虽然最近感觉有人要故意撞他，可他那愚钝的大脑从未把这几次被车撞过的事情加以联系，更未想到他的相好陈媛媛已经像厌倦她的丈夫一样厌倦了他，并要他像她的丈夫一样从世界上消失。所以他逃过了这一难，却无法躲过下一个劫数，或许这也是老天对他的报应，以安抚黄泉下刘兴那颗不平衡的心吧。

张全冲着骑车过来的李艳国迎上去，趁其不备，用钢管将其打倒在地，接着又拼命在他头上打了四五下，张全估计李艳国必死无疑，便把钢管放到摩托车上，开车到荒无人烟的郊区小路上，把钢管和菜刀扔到路中央，把摩托车推倒在路边，然后打车回了家里。

爱别人等于爱自己，恨别人也等于恨自己，杀别人更等于杀自己，这是生命的法则，也是人性的方程。李艳国终没逃过被杀戮的劫难，陈媛媛和张全也没再有上次陈媛媛和李艳国杀刘兴之后那样侥幸。事发不久，陈媛媛和张全便被法律的绳索缚住，生命的大门即将在他们面前关闭。

几天后，陈媛媛和张全被京北市高级人民法院判处死刑。

他们的疯狂，让这个世界上不仅消失了四个人、三个家庭，还深深地让他们的父母、儿女、亲人、朋友甚至整个社会的人们都陷入了心灵的困境而久久找不到出口。何以至此？他们不是生活在孤山僻野的蒙昧之人，也没有深仇大恨之后的变态心理驱使，却怎么让人性在他们面前变成了一道无遮无拦的自由跑道而任由他们驰骋、践踏？最终，剖析到底，我想只有四个字是我们要找的答案：极度自私。为了自己的私欲，什么事都可以做，什么情都可断，什么人都敢杀。

让人不解的是，一个年近半百的女人，本该守着丈夫教育儿女操家守业，安安稳稳地过日子，为何多年来以错乱的情和性作为生命的支点？又何能以蛇蝎之心谋划杀害曾与自己多年生活在一起的两个枕边人呢？而两个半百男人，又为何都能与一个女人盛满毒汁的黑心一拍即合产生共振呢？此案除了让人感叹人性恶的一面的不可测性和复杂多样性之外，又该让生活在这个充满诱惑的社会的人们获取什么样的人生思考呢？

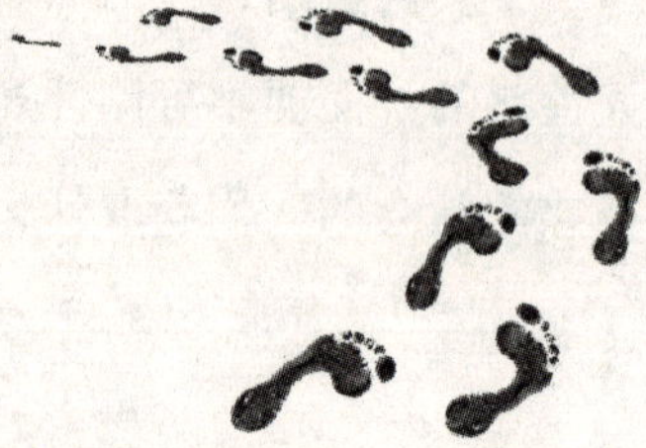

第七篇

美女主持致命伤

从看守所的监号里走出来的24岁的叶晓菲，在冬天凛冽的寒风中清新得像五月的铃兰，不带侵略性地翩然走来。让人无法想到的是，正是这个电视台的美女主持人，这个如玫瑰般美丽动人的女孩，却在像罂粟一样充满诱惑的爱情面前，变得伤痕累累、神魂颠倒。最后为了索要欠款，奋不顾身地和自己的新婚丈夫舒辛洋非法拘禁了前男友赵华涛，因此而身陷囹圄。

当法院法官向她宣读了以犯非法拘禁罪判处有期徒刑1年6个月的一审判决后，叶晓菲的表情是难以置信的惶恐与不安。由于难以相信和接受判决结果，叶晓菲手持判决书翻来覆去看了许久，她甚至不愿意在宣判笔录上签字，但最终她还是用悔恨的泪水接受了现实。临别的时候，叶晓菲搂着向她宣判的女法官抽泣了很久。在回看守所的时候，叶晓菲更是眼含泪水一步一回头地张望着法庭。

那一刻，在场的人无不为之动容，眼泪几乎同时涌了出来。然而，无论是我们的眼泪还是叶晓菲的眼泪，都无法清洗叶晓菲所受到的爱情伤害，那是像罂粟一样的有毒的爱情。

给叶晓菲带来爱情伤害的这个男人叫赵华涛，在这起非法拘禁案件中，他的角色最后却变成了“被害人”。

2005 年 9 月，叶晓菲不会忘记那个给她带来噩梦的夏天，刚刚从大学毕业的叶晓菲应一家时尚杂志社之约，来到一家摄影工作室拍摄广告照片。为叶晓菲拍摄照片的摄影师是一个操着南方口音的 30 岁的年轻人。

在按照摄影师的要求摆出各种不同造型之后，累了半天的叶晓菲匆匆离开工作室赶赴下一个拍摄地点。因为叶晓菲有着高挑的身材和姣好的面容，很多时尚媒体都纷纷请她做模特，而叶晓菲为了用自己赚的钱解决学费和平时的花销，也非常喜欢这种闪光灯下的日子，况且自己毕业后还没有最后确定工作去向，下一步找工作也需要一些花销，所以在这个炎热的夏天里，个性好强的叶晓菲不停地奔波着。

叶晓菲刚刚走出工作室，没想到那个操着南方口音的摄影师却随后追了出来，并叫住叶晓菲递给她一张名片。此时，叶晓菲才知道，这个摄影师叫赵华涛，正是这家工作室的负责人。

外表精干的赵华涛在刚才的拍摄过程中专注的工作状态，给叶晓菲留下了不错的印象，所以当赵华涛很绅士地索要她的联系方式时，叶晓菲毫不犹豫地把自己的手机号码留给了赵华涛。因为赵华涛说：“希望你能够经常来我这里，我愿意为你效劳，给你拍摄更多更好的照片。我跟很多时尚媒体有合作关系，可以送你的照片上封面。”

上封面是很多女孩梦寐以求的愿望，叶晓菲也不例外，可在赵华涛嘴里，仿佛是轻而易举、小菜一碟，这无法不使叶晓菲感到快乐，她爽快地答应下来。而对于赵华涛提出的给她发短信或者打电话的请求，叶晓菲答应得同样爽快。

赵华涛没有食言，自从这次见面之后，赵华涛的电话和短信像大海涨潮的波浪一样，一浪高过一浪。早晨起床的时候，叶晓菲收到的短信会是“宝贝，该起床了”；晚上睡觉的时候，她收到的短信会是“宝贝，早早睡吧，女人的美丽是睡出来的，梦里要梦到我”；即使是行走在路上，叶晓菲都会收到一些满含着款款深情的温情提示，几乎句句都是叶晓菲想要的贴心的话。

23岁的叶晓菲从来没有这样被一个男人关心过。叶晓菲5岁的时候，他的父母就离婚了，她一直跟着母亲一起生活。虽然在一家房地产公司当老总的父亲也给予了叶晓菲很多的关怀，但是父亲毕竟再婚了，不可能经常同她在一起生活。叶晓菲无论是生活和学习都十分要强，上大学之前，她的学习成绩都是名列前茅。叶晓菲生活上也非常独立，尤其是上大学之后，尽管百万富翁的父亲和收入不错的母亲会争着给叶晓菲很多钱，但她还是靠自己的努力，靠节假日打工来赚钱养活自己。在上大学的四年里，叶晓菲先后在很多不同的公司打过工，干过推销员、模特等很多工作。

叶晓菲的性格中除了有超出同龄人的坚强之外，还有超出同龄人的敏感。在叶晓菲23年的情感旅程中，从来没有一个男人像赵华涛这样对自己体贴入微，所以，她很快陷入了赵华涛为她编织的情网之中。

叶晓菲虽然个性坚强，但她同时又是一个单纯得近乎透明的女孩，她坚信自己真诚的付出一定会收获别人善良的笑脸。但她却想不到，这场爱情却像罂粟一样，在灿烂至极的光芒背后，却是一种蚀骨的毒药。

在享受着赵华涛带来的爱情同时，叶晓菲的工作也有了着落，一家电视台向叶晓菲抛来了橄榄枝。经过层层严格的选拔，电视台决定录用叶晓菲担任一档谈话类节目《今夜有话聊》的主持人。在得知这个好消息之后，叶晓菲第一时间告诉了赵华涛。赵华涛当然为之高兴，并为此专门设宴庆贺了一番。

2005年10月，在接到电视台录用的消息之后，叶晓菲依依不舍地告别了京北，告别了赵华涛，来到了南方的新城市，很快投入到新的工作中。她与赵华涛的联系，也只好靠短信和煲电话粥来维持了。

在南方没有暖气的阴冷冬天里，叶晓菲却依然感受到来自赵华涛的融融暖意。赵华涛不时地从京北邮寄沙发靠垫和热水袋给叶晓菲，不但让叶晓菲感到赵华涛的细心，更让她感到对方的深深爱意。

更令叶晓菲意想不到的是，2005 年 12 月，赵华涛突然坐火车来看望叶晓菲，就是这次见面，使他们的感情发生了第一次质的变化，他们同居了。

同居之后，因为两人天天厮守在一起，赵华涛的第一个隐私被叶晓菲发现了。有一次，叶晓菲发现赵华涛接电话的时候不用普通话而用南方话，而且隐隐约约提到孩子的事情，等他接完电话，叶晓菲忍不住好奇地询问赵华涛。赵华涛这时候才告诉叶晓菲，他曾经有过一次短暂的婚姻，还有一个女儿，离婚后前妻带着女儿去了法国。尽管已经离婚，但是前妻还经常从法国给他寄钱，支持他的摄影事业。

听后，单纯的叶晓菲并没有因此责怪赵华涛，因为叶晓菲觉得自己就生活在一个曾经分离过的家庭中，她不忍心触痛自己心上人的伤口，也没有因此和赵华涛分手。叶晓菲觉得爱一个人就要包容他的一切，她甚至还容忍赵华涛当着她的面给前妻和女儿打电话。

赵华涛对于自己离异的隐瞒并没有影响他们感情的发展，反而促使叶晓菲坚定了马上嫁给他，给他家庭温暖的决心。2005 年 1 月 16 日，叶晓菲获得了她从艺以来最高的荣誉，成为某选美比赛中国分赛区总决赛的亚军。带着这个好消息，2006 年春节前叶晓菲来到京北，与赵华涛一同回到了自己的老家拜望自己的父母。叶晓菲希望好事成双，尽快让父母答应他们的婚事。

但是，这次老家之行却给兴冲冲的叶晓菲一个意想不到的打击。她的父母坚决反对叶晓菲跟赵华涛谈朋友，尤其是母亲在接触了赵华涛之后，坚决反对他们的爱情。

尽管父母坚决反对，但是，叶晓菲还是毅然决然地跟着赵华涛回到了京北。

回到京北后，叶晓菲一直催着赵华涛结婚，但是，赵华涛这时候却以“时机不成熟，还不想结婚”为由，多次拒绝了叶晓菲。

叶晓菲并没有细想赵华涛拒绝结婚的原因，她也觉得赵华涛“赶紧创业”的说法有道理。因为赵华涛的这家工作室主要是为平面媒体提供图片赚取稿酬，加上赵华涛还聘请了几个助手，所以，工作室的收入并不高，有时候甚至入不敷出。每当赵华涛以“父亲住院”、“公司搬家”或者“给员工发工资”为由向叶晓菲开口借钱的时候，叶晓菲毫不犹豫地拿出了自己辛辛苦苦赚来的钱，后来又向父母要了一些钱借给了赵华涛。

但是，让叶晓菲没有想到的是，两人回到京北后不久，叶晓菲无意中看到的一个短信，引发了两人感情第二次质的变化。

有一次，赵华涛的手机突然收到了一个短信，但恰好他去了洗手间，叶晓菲就顺手查看了短信的内容，这个短信的内容让叶晓菲花容失色。这是一个女人发来的，上面赫然写着：我正从家往爸爸家走，家里水管破了，你来家修理一下吧。

很显然，这口气是一个妻子发给丈夫，或者是女友发给男友的短信。叶晓菲拿着手机正在看短信的时候，赵华涛回到房间，一看此景，立即火冒三丈，两人抢夺起来，情急之中赵华涛大打出手，几个耳光把叶晓菲打得晕头转向。

长这么大，叶晓菲从来没有被别人动过一指头，叶晓菲伤心地哭了。更让叶晓菲伤心的是，赵华涛在跟自己同居的同时还有别的女人，这是无论如何也不能让叶晓菲接受的现实。为了弄清事情的来龙去脉，叶晓菲按照来电显示的号码打了过去，当听到对方的指责时，叶晓菲顿时感到五雷轰顶。

电话那边的女人说：“你这个女孩真蠢，我和赵华涛共同有一个温暖的家，上个月光装修就花了 6 万多。我们还去过法国、德国、意大利旅游，你去过吗？”

6万多？上个月？这两个数字恰恰是叶晓菲借给赵华涛钱的时间和数额啊！同时，叶晓菲想起来赵华涛告诉她的一个习惯，赵华涛在工作的时候绝对不接电话，让叶晓菲尽量发短信联系。难道他跟别的女人外出旅游，就是怕自己打电话打扰了他们的好事吗？

叶晓菲无论如何也想不到会有这样的爱情骗局，但是，接下来一个叫何媛媛的女人打来的电话，让叶晓菲陷入巨大的悲哀之中，那个叫何媛媛的女孩责备叶晓菲说："我没有想到他在向我表白忠诚的时候，竟然跟你在一起厮混！你是一个不折不扣的第三者！"

天哪！怎么会是这样？

叶晓菲的钢琴、电脑、衣物，还有叶晓菲在京北全部的财产，都搬到她和赵华涛在京北的"家"，他们都已经开始谈婚论嫁了，这个看起来非常绅士的男人，一个媒体圈里小有名气的摄影家，怎么会是一个爱情骗子呢？除了感情，被骗走的还有叶晓菲所有的积蓄和从父母那里要来的钱。

2006年3月15日，叶晓菲跟赵华涛分手了。

突然的感情变故让叶晓菲猝不及防，这时候她已经欲哭无泪，哀莫大于心死了，她不知道该向谁去诉说自己积郁在心中的烦恼。离开亲人，叶晓菲一个人在京北，举目无亲、茕茕孑立。

这时候，一个身材高大的身影站在了叶晓菲的身后。他叫舒辛洋，是一家公司的老板。三年前叶晓菲读大二的时候，曾经在他的公司打工，虽然舒辛洋深深地爱着叶晓菲，但他觉得自己配不上她，况且当时叶晓菲还只是个学生，所以舒辛洋把这份爱深深埋在心底，两人保持着很好的友谊，但只是限于兄妹之间的感情。

无论外表和性格看起来是多么坚强的女性，内心总是希望有人疼有人怜，有人来安慰，尤其是在孤立无援的时候。在初春料峭的寒风中，舒辛洋静静地站在叶晓菲身后，什么也没有说，只是默默地看着她，他的眼神中带着爱恋和责备。面对叶晓菲突然的感情变故和充满泪水的脸，舒辛洋只是把宽厚的肩膀递给了叶晓菲，并轻轻拍了拍叶晓菲的头说："嫁给我吧，我会对你好一辈子的！"

"你肯马上娶我吗？我现在就要嫁给你，而且是马上！"叶晓菲仰着脸看着舒辛洋。舒辛洋笑笑说："不要赌气做决定，你考虑好了再说！"

"我已经决定了！而且是马上！"叶晓菲的泪眼中闪着坚定的光芒。

"好吧，我们去办手续！"舒辛洋爽快地答应了。

双方的父母都没有想到，两人闪电般地仓促结婚了。当然，这也是赵华涛没有想到的。

在决定结婚的时候，叶晓菲给赵华涛发送了一个短信，告诉赵华涛自己要结婚的消息，并请赵华涛把属于自己的东西送到她和舒辛洋的家，赵华涛答应了，并把叶晓菲的东西送到了舒辛洋的家门口。

赵华涛来送东西的时候，叶晓菲没有跟赵华涛见面，而是让自己的丈夫出面接待了赵华涛。她不想再触动那些带血的爱情伤口。但是，她没有想到，正是赵华涛知道了自己的家门，才使这种伤害越来越大。

在 2006 年 3 月 26 日叶晓菲和舒辛洋结婚后的新婚蜜月里，赵华涛却鬼使神差地不停地出现在叶晓菲的生活里。头一天晚上叶晓菲和舒辛洋的活动，甚至是夫妻间的对话，赵华涛第二天就会用短信发给叶晓菲，而且，还有一些肉麻的短信此起彼伏。

这种让人心惊肉跳的短信连续不断地出现在叶晓菲的手机上，也让舒辛洋觉察到了什么。这样下去，家庭的安全感完全没有了，舒辛洋愤怒了，他决定去找赵华涛"谈谈"。

但是，叶晓菲阻止了舒辛洋，她不希望丈夫去处理这件事情，她希望依靠自己的能力来解决自己的感情问题。于是，2006年3月底的一个晚上，叶晓菲跟赵华涛约好在赵华涛的工作室见面。

让叶晓菲没有想到的是，当她独自一人赶到赵华涛的工作室，赵华涛突然把工作室的门锁上了，两人没谈几句话，暴跳如雷的赵华涛就大打出手，把叶晓菲摁在地上重重地打了六个耳光！情急之下，叶晓菲用手机给丈夫打了求救电话，刚刚打完电话，恼羞成怒的赵华涛一把把手机抢过去，在地上摔得粉碎。

当舒辛洋匆匆赶到赵华涛的工作室时，却发现大门被反锁着，他只好打电话报警。等警察赶到时，赵华涛才感到事态的严重，他哀求叶晓菲和舒辛洋放过他一次。看到眼前这个自己曾经深爱过的男人，叶晓菲心软了，她连忙向警察解释说："我们这是朋友之间的矛盾，是家庭纠纷，我们自己来处理吧！"警方见状，也没有再追究。

但是，赵华涛的短信和电话骚扰并未因此而停止，忍无可忍的叶晓菲觉得不能再这样纵容这个变本加厉的男人了，她决定与赵华涛做个了断，把以前借给赵华涛的钱要回来。

但是，叶晓菲在借给赵华涛钱的时候，根本没有让他打过借条，赵华涛当然不会认账。叶晓菲把这些情况告诉了丈夫，舒辛洋决定跟叶晓菲一起去讨要这笔钱。他们打电话约见了赵华涛，赵华涛担心他们闹到工作室去，主动提出到舒辛洋家去谈。

2006年4月2日，赵华涛来到舒辛洋和叶晓菲的家。在自己家，舒辛洋面对这个严重影响他们婚姻生活的男人，没说两句话便气愤至极，拿起水果刀把赵华涛赶出了家门。在楼下，舒辛洋气愤地说："你也看到了，我和叶晓菲已经结婚了，你还来打搅我们，这事怎么办你还不知道吗？"

令人意想不到的是，赵华涛突然哀求着说："你们放过我吧，那笔钱我一定会还，等缓缓再说好不好？"见此情景，叶晓菲只好拉着丈夫离开了。

如果赵华涛因此收手，也许就不会引发一起轰动全国的非法拘禁案了。但是赵华涛在叶晓菲和舒辛洋的两次警告后，依然没有停止对叶晓菲的短信骚扰。心力交瘁的叶晓菲觉得自己已经无能为力对付这个男人了，她必须借助外力，用以恶治恶的方式来索要属于自己的钱。

于是，叶晓菲想到了自己的高中同学赵强，这个在京北闯天下的小伙子有着一身蛮力，也有一副为朋友两肋插刀的侠肝义胆。叶晓菲一个电话过去，他几乎连想都没想，就带着两个同样来自北州的哥们儿来了。

2006年4月21日，叶晓菲、舒辛洋和赵强以及赵强的几个哥们儿见到了赵华涛，随即，他们开车强行把赵华涛带到了事先已经安排好的酒店。

在酒店内，叶晓菲终于壮起胆子还给了赵华涛三个嘴巴，并逼着赵华涛写下了两张欠条，数额分别为17万元的欠款和3万元的精神赔偿。为了保险起见，叶晓菲等人又先后把赵华涛转移到了两家酒店继续拘禁。在挨了几顿打后，赵华涛终于同意先还一部分钱给叶晓菲。

从4月24日中午开始，赵华涛就被叶晓菲等人先后带到了新天地世界商城附近的几家银行，从赵华涛的银行卡中共取出4.19万元。4月25日下午5点多，叶晓菲让舒辛洋和同学把赵华涛送回了公司。临走的时候，叶晓菲有点于心不忍，她从索要回来的钱中拿出2000元给了赵华涛，善良的叶晓菲说："给你点钱当生活费吧，我不想赶尽杀绝。"

4月24日赵华涛回到工作室。4月28日，赵华涛向刑警支队报案，称自己被绑架。不久，叶晓菲、舒辛洋等人因涉嫌非法拘禁被捕。

2006年11月15日，在被关押了165天之后，叶晓菲、舒辛洋非法拘禁案在法院开庭审理，叶晓菲和丈夫舒辛洋，以及同学赵强和赵强的两位朋友共五名被告人在法警的看押下排队走进法庭，叶晓菲戴着手铐走在最前面。身穿整套休闲服装的她，马尾辫翘得高高的，走路也是昂首挺胸，丝毫不避讳众多镜头。

核实被告人身份时，叶晓菲首先很有礼貌地打了个招呼："法官好。"据叶晓菲陈述，她和赵华涛从2005年9月至2006年1月底是恋人关系，在交往过程中，赵华涛以父亲生病住院、公司搬家等理由不断向她借钱，数额达17万元。2006年3月叶晓菲结婚后，赵华涛仍然发送骚扰短信，叶晓菲想将欠款要回来却只能借助外力，于是给高中同学赵强打了电话，赵强又找到以前的两个同事，一起相约拘禁了赵华涛。叶晓菲承认，在拘禁期间，她出于愤怒打了赵华涛三个耳光，然后让他写下欠条。

在法庭上，叶晓菲没有提及她和赵华涛的感情恩怨，但她的辩护律师向法庭说明了她不想提及从前自己受到的伤害。据律师说，赵华涛在得知叶晓菲在2006年3月结婚后，仍然多次发暧昧短信来骚扰她。叶晓菲之所以打他，也是因为赵华涛说她主动勾引他。此外，叶晓菲曾到赵华涛的公司要过债，当时对方把她关在公司里，叶晓菲还为此报了警。在法庭上，叶晓菲的律师还向法官出示了叶晓菲获中国歌舞剧团九级证书和选美决赛亚军等证书，以证明她的才干，希望法院能适用缓刑。

在法庭调查阶段，叶晓菲和舒辛洋争着往自己身上揽过，两人都称"是我提出的要钱"，"拘禁地点也是我选的"。

最后陈述阶段，叶晓菲拿起准备好的讲稿，先向父母及审判人员等问好，才声情并茂地读道："大家上午好，我叫叶晓菲。经过165天的看守所生活，我终于可以再次与家人见面了。牢狱生活使我学会了原谅，这世界上有的人很可恶，有的人很卑鄙，但我已经不会再去怨恨任何人，因为我发现他们比我还要可怜。我要对父母表示感谢，生病的母亲和忙碌的父亲，不问路途遥远坚持每月来看望我两次，我真的很感激。对于报纸上登出的消息，我很坦然。人类最伟大之处是坠落后还能再升起。”

“原谅生活中卑鄙的人，他们比我更可怜。”这句话叶晓菲在法庭上重复了两遍。因为与案情无关，叶晓菲顶着被法官几次喊停的压力，做了她的最后陈述。

2006年11月17日，法院开庭两天后，很快下达了对于叶晓菲的一审判决，以犯非法拘禁判处叶晓菲和舒辛洋有期徒刑1年6个月，她的同学赵强也被判处有期徒刑1年。叶晓菲没有想到会判得这么重，但她最后决定放弃上诉的权利，并最终决定申请回原籍服刑。

在对叶晓菲报以同情的同时，我们无意粉饰叶晓菲的犯罪，她犯了罪自然会有法律做出裁决。作为一个感情上的“伤员”，她因为非法拘禁赵华涛给自己的伤口撒上了一把盐。但是，叶晓菲在法庭上重复了两遍的话，让我们久久不能忘记。在采访中叶晓菲质问记者“为什么受伤害的总是无辜的好人，而卑鄙的人却在一边偷笑”时，记者无言以对。

叶晓菲的这个问题也许没有人能够回答清楚，但是北岛先生的一句名诗，也许是这篇文章最好的结尾：卑鄙是卑鄙者的通行证，高尚是高尚者的墓志铭！

第八篇

三少女同性畸情

这天是星期六。刚刚下过一夜雨，把天空冲刷得瓦蓝瓦蓝。这样的天气，对于正处在高考冲刺阶段的少年们来说，是难得放松心情的好天气。早已憋坏了他们，一大早就通起了热线电话，相邀去柳风公园玩。柳风公园既偏僻又荒凉，正好契合了少年们追求个性的心理。然而孩子们做梦也没有想到：正是在这个乐园里的一个早已废弃了的防空洞里，他们看到了可怕的一幕：一具尸体，一具全身赤裸满是血污的女尸……

死者叫柳慧，只有18岁，中专学校的在校生。据柳慧的奶奶回忆说，两天前，她跟一个叫梅雨涵的女孩一道出的门。梅雨涵是柳慧的同学，经常来家玩，两人一块儿上的中学，又一块儿上的旅游中专学校。说到梅雨涵，奶奶的目光中露着满意。奶奶非常喜欢这个女孩，文静、乖巧。

奶奶时常当着梅雨涵和柳慧的面开玩笑说，要是柳慧是个小子就好了，她一定要让梅雨涵做她的孙媳妇。每回奶奶这么说，柳慧就嬉皮笑脸地回应奶奶：“您老就当我是您的孙子好了，把梅雨涵替我娶回来。”说完柳慧就上前搂梅雨涵一把。每回这样，奶奶都很开心。

对于柳慧跟梅雨涵这样的女孩交往，奶奶二十四个放心。奶奶非常讨厌一个叫范世峰的女孩，满口粗话。范世峰也是柳慧和梅雨涵上初中时的同班同学，中考时，连垫底的学校也没考上，成了待业青年。奶奶觉得柳慧现在的疯疯癫癫状，都是跟范世峰学坏的。

范世峰每回来家里，奶奶都不给她好脸色看，好在这几年也不见这个女孩来家。尽管如此，每回柳慧和梅雨涵一道出门时，奶奶都要询问叮嘱一番：你们别和范世峰一块儿玩……

柳慧确实有好几年没有和范世峰来往过，两人的关系已不像从前。梅雨涵明了柳慧和范世峰之间为什么不睦，所以从来不把她们往一块儿凑。可这回真让奶奶说中了，几年没有跟柳慧往来的范世峰突然想起了柳慧，她让梅雨涵去柳慧家叫柳慧。

范世峰知道，自己是叫不动柳慧的。而向来乖巧的梅雨涵，这回却没跟柳慧和柳慧的奶奶说实话，她对她们撒谎说，叫柳慧一道去职业介绍所找工作。快要毕业了，对这个理由谁也没有多想。

再说了，两个女孩子出门，又是大白天，能出什么事呢？然而，直到晚上十点，奶奶仍不见柳慧回来。柳慧和梅雨涵一块出门很晚才回来是常有的事情，有时晚了，柳慧索性就住在梅雨涵家，但回来不回来，柳慧准会给奶奶打个电话，省得奶奶惦记。

柳慧打小就跟着奶奶长大的，在她还不记事的时候，母亲就和父亲离了婚，可以说，柳慧一直视奶奶为“母亲”，奶奶也视柳慧为掌上明珠，只要一天不见柳慧，奶奶便心生恓惶。

“这么晚还不回来，又没给家里打电话，这鬼丫头疯到哪去了呢，是不是又住在梅雨涵家了？”奶奶心里七上八下。

奶奶不知道梅雨涵家的电话，更不知道梅雨涵家住哪儿。奶奶想打电话把柳慧的父亲叫回来，让他去找。可奶奶刚拿起电话又放下了。

柳慧的父亲在一家摇摇欲坠的工厂上班，虽然上班也拿不了几个子儿，但耗在工厂里的钟点必须够数。奶奶知道，现如今有一份工作不容易，因此，奶奶不到十万火急的时候，一般不叫柳慧的父亲。

直到第二天早晨柳慧的父亲上夜班回来，奶奶才把柳慧一夜未归的事告诉了柳慧的父亲。柳慧的父亲顾不上休息，连忙骑车赶往梅雨涵家。

那天梅雨涵没出门，她把自己关在家里。听到有人敲门，开始她没有应声，她以为是范世峰来了。

早晨，父亲上班不一会儿，范世峰就打过来电话，说有事找她，让她不要出门。她真想躲着范世峰。可敲门的人是个男人，还喊到她的名字，听声音，她知道准是柳慧的父亲来找她。

于是，梅雨涵起身打开门，端过笑脸，把柳慧的父亲让进屋子，又是端座椅，又是递茶水的。搁在以往，柳慧的父亲准要坐下来和这个孩子说上两句，和柳慧的奶奶一样，他也非常喜欢梅雨涵这孩子，体贴、懂事。可今天他坐不下来，他急着知道柳慧到哪儿去了。听到柳慧父亲向自己打听柳慧的下落时，梅雨涵一脸的茫然。梅雨涵对柳慧父亲说，昨天，我们本来说好，一块儿到职业介绍所找工作，可半道上柳慧改主意，邀她一道去批发市场转转，可她俩在去批发市场的路上不知为什么事拌起了嘴，后来就各走各的。

“柳慧没回家吗？”梅雨涵关切地问。

几天以后，梅雨涵也是这么跟办案刑警如是说的。

好多跟梅雨涵打交道的人都说，梅雨涵说的话，让你不由得不信。她是一个乖巧的孩子，从里到外都透着朴实。梅雨涵曾经是父亲唯一的骄傲。作为一个男人，梅雨涵的父亲实在不能算一个成功的男人，他也在一家不太景气的工厂出卖体力。还在女儿9岁那年，妻子因不忍贫困，连一句话也没留下，撇下他和女儿就跟一个有钱人跑了。曾几何时，他的遭遇成为街坊邻居的笑柄，让他抬不起头。那时，支撑他活下去的信念就是女儿。

女儿梅雨涵非常懂事，自打母亲离家后，9 岁的她默默地充当起母亲的“角色”，挑起了料理家务的重担。在父亲的记忆里，女儿每天总是一早就起床，为自己准备早餐。那时，他所在的工厂经常要上夜班，很晚才能回来。不管多晚，台灯下，女儿永远都是那个姿势：安静地趴在打开的课本上睡着了。她在等父亲回来。父亲一回来，她就迫不及待地端上早已焖在锅里的热腾腾的饭菜。每每这时，父亲心里便涌起一股温暖。他暗暗地发誓，不管吃多大苦，受多大累，一定要把女儿培养成一个有用的人，再也不能像自己这样窝囊了……

女儿似乎明白父亲的心思，尽管她比别的孩子多承担些繁重的家务，但从来没有因此而耽误学业。每回考试，梅雨涵都在班里名列前茅。在学校，老师每每教育那些不用功的学生时，总是拿梅雨涵当榜样。那时，父亲最愿意去开家长会，因为只有在这种场合，他的身上才会聚集着众多羡慕的目光，他才感到作为一个失败男人的一丝成功慰藉。

可是，这种慰藉竟是那样的短暂！命运把他的爱女和这两个女孩安排在一起。

应该说，柳慧和范世峰都不是坏学生，她俩和梅雨涵一样都是各自所在学校里的佼佼者，因为她们都以优异的成绩考上了这个区的一所重点中学。这让三个承载同样命运的破碎家庭中的父亲们脸上增添了许多光彩，三个女儿的骄傲和三个父亲的命运，一时成了广为传诵的佳话。而她们三人，也正是在这种越传越广的佳话声中走到了一起，成了好朋友。那时，她们形影不离，一天到晚总有说不完的话题。

三人的家本来在三个方向，为了能多说上一会儿话，她们总是结伴而行。梅雨涵在她们三人中最显女孩子气，腼腆内向，举手投足都透着娟秀。在范世峰和柳慧眼里，梅雨涵就是她们的“幺妹”，她俩也习惯随口称她为“幺妹”。柳慧和范世峰虽然性格相向，但范世峰比柳慧更像男孩子。因为没有母亲，父亲对范世峰的爱总是男性的，从名字、衣着到性格，处处透着大大咧咧的劲儿，甚至连怎样应对青春初潮这样的事都得不到指导。每次月经来潮，她都特别憎恶，希望自己是个男儿身。而柳慧奶奶重男轻女，一直把她当男孩养。

在范世峰和柳慧看来，两个“男孩”和一个女孩结伴而行，自然要先将女孩梅雨涵送回家。好多见过此情此景的人都说，这三个孩子将来准比亲姐妹还亲。在学校，同学们也戏称她们为“魅力组合”。

然而，谁也没有想到，这样亲如一人的“魅力组合”，竟然互相举起了屠刀……

范世峰杀死了柳慧。

范世峰为什么要杀柳慧呢？

事情得从几年前的一天下午说起。前面说过，她们三人形影不离，可那天下午放学，三人破天荒没有一起结伴回家，柳慧不知为什么事一个人独自走了。梅雨涵和范世峰结伴而行。行之途中，天突然阴下来，随后下起了小雨。两人谁也没有带雨伞，不一会儿，衣服都湿透了。按说，天下雨了，范世峰应该早点回家。可范世峰这时却对梅雨涵说：“多浪漫，雨中漫步，我送送你。我可得保护好你，万一碰上了坏人劫色，可怎么办。”说完那样搂着梅雨涵。

“别瞎说，”梅雨涵嗔怪地说，“天气不好，你赶紧回去吧，晚了咱爸该着急了。”她们三人都称对方的爸爸为咱爸。

“没事，他对我一百个放心，谁敢把我怎么样啊！”

梅雨涵一想也是，范世峰要是上来脾气，一点儿也不亚于街上的小痞子。她遂笑了笑，没拿范世峰的话当回事儿。到了梅雨涵家，天渐渐地黑下来了，摸上四楼，铁将军把着门，爸爸还没回来。梅雨涵扭头对范世峰说：“我也到家了，你回去吧，我还得做饭，也陪不了你。”

范世峰上下打量一下自己，湿得也差不多了：“小姐，你总得给我找件衣服吧，你是到家了，我还有十分钟的路呢！”对梅雨涵的逐客令，范世峰假装不高兴。

“是是是，是应该换件衣服。”梅雨涵说。

进了门，梅雨涵找了两条毛巾，扔给范世峰一条，自己一边擦着湿漉漉的头发，一边把脱下的外衣随手扔到沙发上，尔后旁若无人地在衣柜里找着范世峰能穿的衣服，全然没有发现此时的范世峰正在目不转睛地看着梅雨涵的一举一动，直勾勾的眼神犹如捕捉到小鹿的狮子一样，透着贪婪和得意。她的眸子里：梅雨涵雪白的肌肤，略带卷曲的短发，微微突起的胸脯，少女独特的曲线……

眼前的景象，让范世峰一阵血涌，猛然间，从心底升腾起一股强烈的欲望，犹如猛虎扑食一般，把她推了过去。她不顾一切地扑向全身赤裸的梅雨涵，双臂紧紧地箍住她的腰，两只手交叉压在她的前胸，脸颊紧紧地贴在梅雨涵的脖颈上，鼻孔擦着梅雨涵的肌肤，深深地吸了一口气，她醉了。

梅雨涵吓坏了，她被眼前突发的一切吓得手足无措，她不敢动，她不知道身后这个人还是不是范世峰？她怕极了。

“幺妹，我喜欢你。”范世峰极尽温柔地对梅雨涵说。

梅雨涵本能地挣脱了范世峰的怀抱。

“你疯了？”梅雨涵以为范世峰在搞恶作剧，她等待着范世峰做出嬉皮笑脸的样子。

可是，范世峰没有，她仍含情脉脉地盯着梅雨涵：“幺妹，我喜欢你，我一直都很喜欢你！”说完，又朝梅雨涵扑过去。

梅雨涵木讷地站在那里不知所措，任凭范世峰搂抱着、亲吻着……

第二天，梅雨涵没有上学，她病了。躺在床上的梅雨涵，满脑子都是昨天的一幕。她知道那是男女之间的事情。对这事，她比一般女孩明白得早。

七岁那年，她就有过这方面的体验。梅雨涵清楚记得那事发生在那个忧郁的夏天。那时，妈妈和爸爸经常因为一些鸡毛蒜皮的事吵架，每次父母吵架，小梅雨涵就会被送到姥姥家。

梅雨涵也愿意住在姥姥家里，姥姥家不仅温馨，还有一个大她十岁的舅舅经常逗她开心，给她讲故事、做游戏、看录像，然后带她出去玩。可就在这温馨宁静的地方，让七岁的梅雨涵经历了人生第一个梦魇。

那天，姥姥不在家，家里只有她和舅舅两个人。舅舅没有像往常那样给她讲故事，带她做游戏，而是将小梅雨涵领进了他的卧室里，接下来……没有挣扎，没有反抗。

打那以后，梅雨涵变得自闭了，变得不爱说话了。从此，她就以一个懂事听话的好孩子形象出现在大人们面前。直到上了中学遇见范世峰、柳慧以后，梅雨涵才渐渐活泼起来。然而，随着青春期的到来，梅雨涵越来越厌恶男人。在学校，她从不主动和男老师、男同学说话。即便到了情窦初开的时节，她对男同学依然没有好感。她的心灵之窗只朝女同学打开，她觉得和女同学交往，安全！她甚至懵懂地觉得，这辈就找一个女人生活，挺好的。

可是，她万万没有想到，范世峰却向她投来了“爱”……

然而，让她更意想不到的是，此时的柳慧也“爱”上了她。

得知梅雨涵病了，没来上学，柳慧一阵窃喜。柳慧觉得这是天赐良机，她终于有机会独自一人面对梅雨涵了。这几天，她一直为如何摆脱范世峰而苦恼。她知道，要想摆脱范世峰，必须首先从“魅力组合”中撤出。为了放学不和她们一起走，柳慧编织出许多谎言。没想到，机会来得这么快。

这天放学，柳慧照例编织了谎言，撇开范世峰，独自一人走了。她快步回到家中，将放置多日的“秘密”小心翼翼地塞进书包里，招呼也不打就疯跑了出来。在去梅雨涵家的路上，柳慧又特意跑到花店里买了一束鲜花，然后惴惴不安地来到梅雨涵家的楼下。

“梅雨涵在家吗？”柳慧站在梅雨涵的楼下喊。

“谁呀？”梅雨涵听到有人喊，便打开窗户。

“是我，柳慧，我有东西送给你，放在你自行车车筐里，你下来取，我不上去了，我走了啊！”柳慧显得很急切的样子。

“哎……”没等话说完，柳慧就骑上自行车消失在渐渐暗下来的暮色里。

一束鲜花，一个精美的礼品盒，色彩斑斓的包装纸散发着掩饰不住的温馨。梅雨涵不知柳慧搞的是什么鬼名堂，拿回家打开盒子一看，一张彩色信纸卷着一枝含苞待放的红玫瑰。搞什么鬼？

蒙蒙细雨，唤醒了我对你的思念，细雨蒙蒙，再也掩不住对你的爱恋……

恋你、念你的柳慧

待看完信上的内容，梅雨涵险些晕了过去。天哪！太离谱了！这怎么可能，好好的密友，怎么突然间都变成了……

梅雨涵的头一下子大了。

如果梅雨涵能够冷静处理这起荒唐的感情纠葛，事情也就不会发展到今天这个地步。可世间好多事情不可能按如果的方向发展。此时的梅雨涵，突然被一种莫名其妙的兴奋刺激着，她觉得好玩。于是，她决定要在两个女孩面前，扮演一个被追逐者。

她要找两个“男”朋友！

事情就是沿着这个轨迹向前发展。接下来，整整两年，梅雨涵把全部精力疯狂地投在了恋爱上。她像《涩女郎》里面的结婚狂一样，游戏在柳慧和范世峰之间。开始，梅雨涵还能游刃有余，可时间一长，范世峰和柳慧都有所察觉，矛盾也由此产生了。

加剧这一矛盾的发展，是毕业那年那个该死的中考。曾经成绩优异的三个伙伴全都成了学校升学率攀升的累赘：梅雨涵和柳慧勉强考上了一所旅游中专学校，而范世峰连一个垫底的学校都没考上，直接进了社会大学，成了待业青年。这一变故，让范世峰十分惶恐。她比谁都清楚，她的竞争者柳慧，将比她有更多的时间和梅雨涵在一起。她必须想出办法，扭转这种劣势。

一天傍晚，范世峰带着几社会上的朋友，堵在柳慧和梅雨涵放学必经的路上。几个朋友戴着墨镜，流里流气地站在一边，一个个社会痞子的打扮。范世峰叼着烟，在梅雨涵看来很酷的样子，走到她和柳慧跟前，堵住了她俩。范世峰像热恋中的情侣那样温柔地搂着梅雨涵，一副玩世不恭的样子对柳慧说："梅雨涵是我的！我不许你跟梅雨涵一块走，告诉你，下次再让我碰见，撕了你！"慑于范世峰有一帮黑社会"弟兄"，打那以后，柳慧真的没敢再和梅雨涵一起走了。

柳慧的胆怯，某种意义上增添了范世峰和梅雨涵感情天平上的砝码。在梅雨涵看来，范世峰更有"男子汉"气味，和范世峰在一起，有那种两性在一起的感觉。而柳慧，更像她的姐妹。

按说，事情不应该朝着那个可怕的方向发展。可偏偏在这个节骨眼儿上，她们之间的不正常关系让梅雨涵的父亲觉察了。一天，她俩正在家亲热的时候让梅雨涵的父亲撞上了。待范世峰走后，父亲狠狠训了梅雨涵一顿，并要求女儿保证从此不要和范世峰往来，更不允许梅雨涵把范世峰领回家来。

梅雨涵打小就是一个听话的孩子，父亲不让她带范世峰来家，她就不敢把范世峰带来，可是心中的那种难以名状的焦渴，又不得不让她偷偷摸摸地和范世峰幽会，可是两个女性在大街上手挽手可以，要是像青年男女那样旁若无人的亲热，准会招来很多怪异的目光。范世峰家也没有安静的场所，父亲没有固定工作，不知道父亲什么时候突然回家。没有场所，两个人感到越发的煎熬……

是谁坏了我们的好事呢？父亲以前不是这点下班，父亲为何提前下班呢？谁是告密者？莫非是柳慧！这个疑惑像阴魂一样在两个女孩心中飘荡。

“找个机会教训教训她。”范世峰对梅雨涵说。

“对，教训教训她，谁让她坏了我们的好事。”梅雨涵附和道。

梅雨涵以为范世峰只是说说玩玩而已，岂料仇恨的种子已经在这个少女身上可怕地燃烧起来。但她知道，要教训柳慧，必须得到梅雨涵的配合，可是梅雨涵能配合自己吗？怎么才能说服她呢？

两人的卿卿我我，给了范世峰“灵感”。她深知，每每她们耳鬓厮磨时，总感到缺点什么？就像极度的焦渴得不到酣畅淋漓的畅饮一样。每次完事之后，范世峰都有一丝歉疚感。她知道，梅雨涵身体内最深处的强烈欲望，是她不能给予的。起初，梅雨涵总是安慰范世峰，说她不在乎有没有正常夫妻生活的体验，只要拥有范世峰就是自己最大的幸福。可时间长了，范世峰觉察出梅雨涵对她们之间的激情不像从前那样热衷了，她害怕梅雨涵厌倦了这种隔靴搔痒式的激情而离开她。为了她们能长相厮守，范世峰想到了变性。但这一“灵感”初现时，她还没有把它与柳慧联系起来。

一天，范世峰将这种想法告诉了梅雨涵。梅雨涵苦笑，她知道，变性可不是闹着玩的，尤其是女性变男性，需要很多钱。她记得在旅游学校上学时，老师在讲世界各国风情时曾提到这方面的事，说韩国的整容、美国的变性手术在世界上有很高水平。她还记得课堂上有位男同学打趣地问老师去美国做变性手术需要多少钱时，老师笑着回答他说：“你准备 20 万就可以成为漂亮女生。”20 万人民币，这么一大笔钱，上哪儿弄去呀！

“绑架！”范世峰冷冷地说。

梅雨涵扑哧一笑：“你绑谁？”

“柳慧。”范世峰觉得这是报复柳慧的好时机。

“她哪有那么多钱？”

“有！你没看她又是买了电脑，又是买手机……她妈后嫁的那主儿很有钱！”

梅雨涵以为范世峰一时说着玩玩，也没当真。没想到几天以后的10月22日，在范世峰的家里，范世峰又向梅雨涵提到要绑架柳慧的事，梅雨涵听完二话没说，起身要走。她想用这种方式阻止范世峰这种愚蠢的想法。范世峰没有阻拦她，可就在她拽开门欲走时，她听到范世峰尖叫一声。梅雨涵回头。天哪！只见范世峰右手举着一把刀，左手手腕上有一道向外翻着白肉的血口，殷红的鲜血顺着胳膊往下淌。

“你这是干什么？”梅雨涵扑了过去，紧紧抱住了范世峰。

“你要是不答应我就死给你看。”

“我答应……”

范世峰丢下刀，紧紧地抱着梅雨涵，温情地说：“我这样做也是为了你呀！如果出了事，全由我一个人顶着。”

“我答应你……但你必须答应我一条件，如果要不来钱就算了，权当吓唬吓唬她。”

范世峰点头应允。

事情就这样朝着那个可怕的、无可挽回的方向发展。

梅雨涵依计来到柳慧家，以去职业介绍所找工作为由把柳慧骗了出来。从职业介绍所出来，梅雨涵对柳慧说她要和范世峰分手，有些东西在范世峰那里，范世峰约她到柳风公园见面，她有点害怕，让柳慧陪她一块儿去。柳慧没多想就答应了。

可柳慧哪里知道，从她奶奶家里一出来，范世峰就一直跟在她们身后。

来到柳风公园，柳慧在防空洞门口见到了早已等在那里的范世峰。按着事先商量好的，梅雨涵开始和范世峰争吵，进而动起了手。柳慧不明就里，上前劝架，劝着劝着就和范世峰吵起来。范世峰骂柳慧，柳慧也不示弱，一边骂范世峰自讨没趣，一边要带梅雨涵走。这时，范世峰一把扯住柳慧的衣服，说："有种你跟我七哥说，我的事他做主。他要是同意，你把她带走。"

望着身后黑乎乎的防空洞，柳慧犹豫了。她看了一眼梅雨涵，一双近乎哀求的眼神，让她油然而生一种"男人"的豪气。

"说就说！"柳慧只身跟着范世峰进了防空洞。

进去以后，柳慧就后悔了。虽然是中午，但防空洞里什么也看不见。柳慧没敢深入，而是站在那里问范世峰："人在哪里？"范世峰没吭声，趁柳慧不备，从地上抄起早已准备好的一块砖头，朝柳慧的头部砸去。柳慧眼冒着金星，昏倒在地上。范世峰点着蜡烛，随手从背包里取出早已准备好的有线电视线，把柳慧结结实实地捆在了地上。

过一会儿，柳慧醒来。

"要命还是要钱？"范世峰恶狠狠地对柳慧说。

"要命。"

"听说你们家挺有钱的，我现在急需钱用。赶紧给你们家打电话，送 20 万过来，否则，别怪我翻脸。"范世峰开门见山，直截了当。

柳慧知道上当了，从范世峰说话的口气和布满血丝的眼球里，隐隐有种不祥的预感，她知道这个时候不能把范世峰惹急了，遂缓和口气说："我们家是有点钱，可没那么多，最多也就是三五万……"

"妈的，还敢跟我讨价还价！"范世峰愤怒地抽了柳慧一个耳光，然后从柳慧身上搜出手机，“赶紧给家里打电话，让他们送钱过来。”正在这时，外面传来了两个男青年和梅雨涵说话的声音，他们想到洞里看看，梅雨涵对他们说里面有女生在不方便。两个男人随即离开。

可柳慧像抓到一根救命稻草似的对他们呼喊：“救命——”“命”字还没出口，柳慧又被范世峰一砖头给砸晕了过去。这下柳慧彻底没了动静。

待两个男人走后，梅雨涵走进洞里，眼前的一幕让她惊呆了：柳慧趴在地上，四周流了很多血……再看看范世峰，一副若无其事的样子，只见她弯下腰，老练地将手探了探柳慧的呼吸，似乎还有点温度。如果这时范世峰罢手，后来的结局肯定不会像现在这样。可是杀红了眼的范世峰选择了一不做二不休，她把电线缠住柳慧的脖子，用力勒紧，末了，掏出水果刀，恶毒地朝着柳慧的脖子和背部狠狠地扎去……

整整两天，梅雨涵都在噩梦中惶惶不可终日，总觉得柳慧在她身边转悠。梦里，老感到柳慧用手在抓她的小腿。父亲看着女儿整日没精打采，精神不振的样子，便盘问她。梅雨涵起先不说，在父亲的再三盘问下，她终于道出了实情。

根据梅雨涵的举报，警方很快将范世峰抓获。

经过审理，法院以绑架罪、抢劫罪判处范世峰死刑，剥夺政治权利终身，并处没收个人全部财产；以绑架罪判处梅雨涵有期徒刑10年。判决后，范世峰被押赴刑场执行枪决。而等待梅雨涵的，将是10年的牢狱生涯。

第九篇

富豪夺命桃花劫

据媒体报道，上市公司董事局主席林牧双被劫杀，此消息一出立即引起轰动。

在法庭上，这起轰动一时的惊天大案终于露出冰山一角。涉嫌杀害林牧双的一男一女两名犯罪嫌疑人出庭受审。

令人百思不得其解的是，男被告人钱明宇是个刚出狱不久的重刑犯，女被告人赵晓婷只不过是一个打工妹。他们如何轻易绑架并杀害了上市公司的大老板？经过层层剥茧的庭审，一个令人惊诧不已的桃花劫案展示在法庭上。

原来，富豪林牧双多年前就与只有 15 岁的赵晓婷相熟并发生过性关系，令人不可思议的是，之后赵晓婷还曾多次为林牧双介绍年轻貌美的女子。后来，赵晓婷认识出狱不久的钱明宇并与之同居。两人密谋策划搞一笔钱时，将目标锁定为林牧双。赵晓婷以“介绍靓女”为名打电话约林牧双到深州后，与情夫钱明宇在一家宾馆绑架了林牧双，并勒索 100 万元现金。林牧双不答应，钱明宇恼羞成怒将林牧双殴打成重伤，并用床单将昏迷的林牧双包裹起来后逃走。酒店工作人员发现林牧双死亡后报警，逃亡的钱明宇和赵晓婷随后被捕。

法院最终以抢劫罪判处主犯钱明宇死刑，赵晓婷以抢劫罪被一审判处有期徒刑 13 年。

一个是上市公司的老总，一个是13岁就到外地打工的南州妹子，两人并不是因为这宗杀人抢劫案才联系在一起的。赵晓婷在被捕后说出了他们之间恩怨的缘由："林牧双在我15岁时强奸了我，毁掉了我的青春。如果他不是这么好色，也许不会成为刀下鬼，而我们也不会变成阶下囚。"

根据检察机关提供的材料显示：赵晓婷出生于南州一个小山村。她父亲嗜酒、好赌，每天回家后便殴打母亲。母亲离家出走后，赵晓婷辍学在家，13岁便随村里的姐妹到外地打工。

据赵晓婷的供述，15岁那年，在某酒店做服务员的赵晓婷遇上了欧阳海，欧阳海一开始对她不错，经常买礼物给她，带她出去吃饭。有一天，欧阳海说带她去玩，涉世未深的赵晓婷于是随欧阳海去了深州，随后被"交给"办制衣厂的商人林牧双。赵晓婷说，当时她亲眼看到林牧双给了欧阳海一笔钱。

赵晓婷供述说，林牧双当晚就在一座别墅里强奸了她。事后，赵晓婷曾想过死，但第二天，林牧双带她去吃喝玩乐，她就稀里糊涂地在林牧双那里住了一个多月。之后，林牧双开始冷落赵晓婷，赵晓婷只好回到以前工作的酒店继续当服务员。

此后，赵晓婷便开始自暴自弃，不停地更换男友。可是，在此期间，赵晓婷仍与林牧双保持着联系，并不断介绍其他女孩子给林牧双"认识"。至于赵晓婷有没有从中获取经济利益，赵晓婷没有交代。

直到几年后，赵晓婷认识了钱明宇。

赵晓婷在饭桌上和钱明宇相识后，两人在一个镇子上租房同居。两人相恋不久，钱明宇得知了赵晓婷痛苦的经历后，并没有离开赵晓婷，怜香惜玉的他准备跟结婚不到三年的妻子离婚，然后和赵晓婷在一起生活。

比赵晓婷大十几岁的钱明宇在家中排行老二，小时候是个品学兼优的人。从小就比较聪明也很仗义，但是他很贪玩，玩大了之后竟然去盗窃汽车，并因犯盗窃罪被判处无期徒刑。

承办钱明宇、赵晓婷杀人案的检察官介绍说："钱明宇是一个有感染力的男人，长相英俊，跟管教处得非常好。他因盗窃被判无期徒刑，但他在服刑期间表现好，曾经四次减刑。他在假释期犯罪，太令人遗憾了。"

在服刑期间，钱明宇还意外地收获了他的婚姻，也就是他现在的妻子李翠萍。李翠萍因为给监狱送货时接触了钱明宇，经过接触后，李翠萍觉得钱明宇是个好男人，不顾一切地爱上了这个正在服刑的男人。于是，倔强的李翠萍等了钱明宇好几年后，直到钱明宇被假释出狱后，他们才登记结婚。

但是，婚后的境况并不像他们想象得那么顺利，他们经常因为钱的问题吵架，两人感觉并不幸福。于是，钱明宇开始在婚外寻找情感寄托，直到他遇到赵晓婷，这个娇小的南州妹子让他感到男人的强大。

两人的婚外恋情被钱明宇的妻子李翠萍发现之后，钱明宇决定与妻子离婚，并与小他 16 岁的赵晓婷结婚。纠缠半年后，妻子最后提出：除非钱明宇拿出 40 万元离婚费，否则免谈。钱虽然"砍价"砍到 10 万元，但这也足以让钱、赵二人一筹莫展了。

当时他们两人的积蓄都花光了，到哪里去筹集 10 万元离婚呢？

正在他们一筹莫展之时，林牧双给赵晓婷打来一个电话，询问赵晓婷有没有新的女朋友介绍给他认识。这个电话令说者无心，听者有意。也就是因为这个电话，林牧双后来命丧黄泉。

赵晓婷后来供述称："我和钱明宇在一起后不久，钱明宇就通过手机里储存的手机号码知道了我的社会关系，并由此知道了我曾被拐卖、强奸的经历。当时我还和钱明宇说，你要是在意我的过去，我们就分手，钱明宇当时表示不在意。但是当钱明宇得知林牧双打电话给我的时候，还是表示出很恼怒。”

钱明宇虽然早在一年前就知道赵晓婷的经历，但当知道强奸赵晓婷的就是富商林牧双时，他认为现在的女友赵晓婷受了这么多苦，都是林牧双害的，他应该为此对赵晓婷做出补偿。如果能从林牧双那里得到一笔钱，也能让赵晓婷今后的日子过得好一些。经过密谋，两人决定由赵晓婷将林牧双约到深州来敲一笔钱财。

春节将至，赵晓婷传来好消息。林牧双在生命的最后一天曾经格外高兴，63 岁的他依然神采奕奕。因为这天上午，赵晓婷打电话给林牧双，称要介绍“女朋友”给他，约好当天下午见面。林牧双满口答应。

林牧双哪里知道，这一次赵晓婷给他介绍的“女朋友”是一个人高马大的男子，还是假释期中的重刑犯，并且已经酝酿了一个抢劫勒索的计划。在钱明宇和赵晓婷商定的这个计划中，他们还对其中一些细节做了商讨：将林牧双骗到房间后先捆绑，等到钱财抢劫勒索到手后，再让林牧双喝酒、吃安眠药。“让他昏睡不能报警”是他们的最终目的。由于胆怯，他们还买了一把弹簧刀、一瓶桂花酒和安眠药，以备作案。

赵晓婷用化名“黄庆”的假身份证办理了银行卡，并在火车站旁边的大酒店开了间豪华双人房，再将钱明宇藏到卫生间里。一切准备就绪之后，当天上午，林牧双的电话响了，正是赵晓婷打来的。

林牧双兴冲冲地于当日下午来到与赵晓婷约好的大酒店赴约。赵晓婷把林牧双接到房间。寒暄一阵子过后，洗手间内传出水龙头放开的声音。赵晓婷解释说：“那女孩正在洗澡。”林牧双信以为真，眼睛眯成了一条缝，喜滋滋地等待着“抱得美人睡”的那一刻。其实，那里面躲藏的正是钱明宇。

赵晓婷先后到卫生间两次，告诉钱明宇人来了。钱明宇当时有点害怕，直到第三次赵晓婷催他时，钱明宇喝了几口桂花陈酒壮胆，并用毛巾蒙上脸从卫生间冲出来，当时右手握着的弹簧刀由于紧张都没来得及打开。

钱明宇朝着林牧双冲上去，用左手掐住坐在沙发上的林牧双的脖子说："我们只求财，你不要叫。"

林牧双见到这突如其来的架势也蒙住了，他下意识地反抗起来。钱明宇怕闹出太大动静被别人发现，于是用弹簧刀刀柄冲着林牧双的头部打了几下。之后，钱明宇将他推倒在地。在钱明宇打林牧双的时候，赵晓婷在一旁吓得直发抖。

林牧双完全被控制住后，赵晓婷曾地对他说："我十几岁就被你强奸，你害了我一辈子，现在向你要点钱，你给我们 100 万，我们拿到钱就走。"但是，林牧双当时很凶地拒绝了。

赵晓婷继续向林牧双要银行卡密码，林牧双表示不记得，但答应开支票给他们。钱明宇没有答应，骑在林牧双的身上，打开弹簧刀抵住林牧双的脖子逼问，并割伤了一个口子。林牧双到这个时候完全停止了反抗。钱明宇打开林牧双的提包，将其中的两部手机、2000 元人民币、数张银行卡、身份证等物品倒在茶几上。

随后，钱、赵二人将林牧双用事先准备好的胶带将其捆住，并用被子包裹好，再用双人沙发压在他身上。此时已经是晚上 20 时 25 分，钱明宇背着背包离开房间。

后来经过法医鉴定证实，林牧双死亡时间应该是在 21 时至 23 时之间，属于机械性损伤使得硬膜下及蛛网膜下出血死亡。

惶恐之中，钱、赵二人先后逃往赵晓婷的老家。临走前，钱明宇还四处探听林牧双的情况，但没有结果。逃到南州的两人当时商议着，等过完春节后，两人到一个没有人认识他们的地方，打工、做小生意，然后就过完下半辈子。但他们没想到，最终还是落入了法网。

富豪被杀死在火车站旁边的宾馆，这个案件足以引起警方的高度重视。警方接到报案后，在案发酒店取证时发现，犯罪嫌疑人登记住宿使用的居民身份证属伪造。随后，警方通过翻看监控录像将犯罪嫌疑人锁定为一男一女。很快，警方将犯罪嫌疑人锁定为钱明宇和赵晓婷。

随后，省公安局接到指令，有两名犯罪嫌疑人出没于辖区，外貌特征跟一起劫杀富豪林牧双案的凶手极其相似。当晚，警方把赵晓婷所在的整个房子全部包围起来。民警用脚把门踢开后，迅速将正在熟睡的犯罪嫌疑人钱明宇和赵晓婷制服。

“请你们千万不要把这事告诉我母亲，她知道会伤心的。”赵晓婷哀求抓她的民警说，这是她对民警提出的唯一请求。

当民警将手铐铐到她手上时，她都没想到林牧双会死。回望着黑夜中自家那栋白色的土坯小屋，赵晓婷低着头，一声不响地径直走上警车，紧跟在她身后的是她的“男朋友”钱明宇。在被抓获后，钱、赵两人才知道林牧双当晚死于酒店。也就是在这个时候，钱明宇意识到“可能一辈子不会再有自由了”，因为案发时钱明宇正处在假释期。

富豪林牧双被杀一案开庭。与钱明宇一同出庭受审的赵晓婷戴着冰冷的手铐、脚镣走上法庭，她回头往旁听席上望了又望，最终有些失落地坐上被告席。白皙清秀的赵晓婷始终低着头，说话怯生生的，很难让人把她与抢劫杀人犯联系起来。

法庭上的钱明宇除了对作案的细节有一些意见之外，对起诉书上的指控都没意见。他还大包大揽称，这个案子都是他一个人的主张，不是赵晓婷的主意。

赵晓婷在法庭上坚持说，骗林牧双过境、进酒店开房都是钱明宇逼她这么做的。作案主谋是钱明宇，是钱明宇逼她抢劫林牧双的，在钱明宇殴打林牧双的时候，她怕出人命，让钱明宇不要打了，钱明宇还反问“你是不是心疼了”，吓得她不敢再出声。

公诉机关追问：“如果你不约林牧双会怎么样？”

赵晓婷回答说：“要是我不这么干，死的人就是我，或者是我的家人，钱明宇说过，要烧了我的家。”

当问及他们为何要将林牧双置于死地时，两名被告人都在法庭上表示，他们的本意并非如此，“从来没想过要弄死林牧双”。

钱明宇说：“当时，林牧双反抗得很强烈，我害怕其他房间的客人听到，才打了他。”

被告人钱明宇及其辩护人提出，赵晓婷小时候被拐卖后曾被被害人强奸。找被害人要钱是为了替赵晓婷拿回一定的补偿，被害人有一定的过错。但这些并没有有力证据，法庭没有采信。

在开庭之后，公诉人说：“赵晓婷很单纯，想法简单，是个身世可怜的人。由于没有有力证据证明以前被强奸，对于她而言不能不说是个遗憾。”

白手起家的林牧双，于20世纪60年代纺织业崛起之时从事针织品业务。他创业时年仅21岁，40多年来将公司由一间小企业，发展为国际知名的针织成衣集团，上市后出任公司董事局主席兼任行政总裁。

林牧双死后，公诉机关几次提示他的家人可以提起刑事附带民事诉讼，但是其家人对此并不理会。他的儿子们则希望尽快判决，只有这样，林牧双的遗产才能继承和分割。

林牧双死后，公司暂时由其大儿子掌管，遗产的具体继承还要等到案件终审之后才能确定。

而钱明宇的妻子李翠萍则一直深恶痛绝地认为，是赵晓婷害了自己的丈夫，也害苦了自己。钱明宇的母亲哭红了眼睛说：“儿子是因为被女人所害，所以惹下了滔天大祸。”

相反，赵晓婷在南州的亲戚却一直处在懵懂中，不知道她惹下的究竟是多大的祸。她的父母和亲戚都没有去看她，因为家里穷，连路费也没有。

在这些活生生的现状之后，下一步就是我们该如何看待这个轰动一时的案件的问题了。

本文中有些细节并没有展开来讲述，比如赵晓婷供述她 15 岁时被林牧双玩弄，因为这个情节没有足够的证据证实，所以也无从考证，我们不能断言赵晓婷供述是真实的。但是，赵晓婷多次介绍女孩给林牧双是存在的，不然一个富豪也不会因为一个打工妹的电话就赶来见面。

另外，很多媒体对钱明宇在法庭上的表现表示赞赏，甚至称赞钱明宇在生死关头能够保护赵晓婷而把罪责包揽到自己身上，是一个真正男人该做的，也证明了他是真爱，这种举动当然是很多人都无法做到的。但是，请不要忘记，钱明宇是个曾经被判处无期徒刑的人，他对刑法感同身受的了解，远远超过一般意义上的法律工作者，更何况是我们普通老百姓。涉嫌抢劫、杀害被害人，他最知道自己应该接受什么样的处罚。当他知道辩解无用、罪不可赦时，“大祸独揽”便成了他所谓的“男人标签”。这跟“20 年后又是一条好汉”没什么差别，不值得同情和赞赏。

赵晓婷的命运是苦涩的，在现代社会里，她连获得爱情的机会都没有，她的所谓爱情竟然要靠犯罪去获得。赵晓婷属于社会的底层，她的乡亲们对她的印象仍停留在小时候那时候她家很穷，有时饭也吃不上。但是，无论命运有多苦，无论是否被强暴，也无论碰上什么样让自己死心塌地喜欢的男人，都不该去犯罪甚至杀人。其实，赵晓婷也许不知道，在给林牧双介绍女孩时，她已经开始了犯罪，也许赵晓婷根本没有意识到这是犯罪。

但是，应该记住的是，任何人都要坚守住自己的道德底线和法律底线，只要越过这条底线，就要受到相应的惩罚。

无论他是谁！

第十篇

姊妹嫁血腥满地

怀孕的姐姐张大花从京北回冀北娘家待产，临走前让当时17岁的妹妹张小花到京北帮忙照顾丈夫和生意。但几个月后，当张大花带着刚出生的女儿返回京北后，她吃惊地发现妹妹已经跟丈夫同居一处。在丈夫的拳脚相加和妹妹的冷言冷语之下，张大花黯然在离婚协议书上签字，拱手将丈夫让给了自己的亲妹妹。

张大花没有想到，自己的退出并没有给妹妹带来幸福，而身为第三者的妹妹张小花嫁给姐夫成为张家的奇耻大辱，张小花多年不敢回家，母亲和大哥受不了邻居们的非议，先后得了精神分裂症卧床不起。而张小花生下女儿后，经常遭到丈夫的打骂，矛盾重重之下她多次向丈夫提出离婚，丈夫逼迫她净身出户，走投无路之下，她带着弟弟张一男，当着8岁多女儿的面杀死了丈夫。得知这个噩耗，被深深伤害的姐姐将夺夫的仇恨化为宽容，卖掉全家的粮食从冀北赶赴京北，踏上了拯救妹妹、拯救家庭的心酸之路。

张大花20岁那年从冀北农村到京北打工，由于没有多少文化，她只在一个公司找到了一份卖牛奶的工作。尽管工作不如意，收入也很少，但张大花依然非常快乐地把这份工作干得有声有色。很少有人知道，她已经暗暗喜欢上了同在公司卖牛奶的小伙子袁守刚。

袁守刚的主要工作就是到超市等各个销售网点送货，由于他能说会道，人又勤快能干，他每天卖的牛奶是所有雇员中最多的。在一起打工的过程中，袁守刚对比自己小三岁的张大花也很照顾。有时候老板让张大花去取钱或者到附近的超市换大笔的钱时，袁守刚都会像保镖一样主动陪着张大花。有一个强壮的男人在身边，张大花感到一种从未有过的安全感。

两个身在他乡的年轻人走得越来越近。通过聊天得知，袁守刚跟自己一样来自农村。两个都市放牛的年轻人相恋了，他们的恋情没有瞒得住同事们的眼睛。

很快，老板也得知了两人相恋的消息。为了挽留住着这两个工作出色的年轻人，在老板的撮合下，21 岁的张大花与 24 岁的袁守刚结婚了。由于两人都没有什么积蓄，他们商量都不回各自的老家办喜事，而是举办一个简单的婚宴之后，两人把铺盖合在一起，在京北租房过起了小日子。

虽然老板待两人很好，他们也愿意跟着老板干下去，而以往单身的时候需要的钱不多还可以维持生活，但两人结婚后开支就大了，加上两人继续干下去也永远是个每月赚千儿八百的打工者。袁守刚是个聪明人，他不想这样一辈子给别人打工，于是他跟张大花商量着出来单干，依然卖牛奶。

对丈夫言听计从的张大花很快听从了丈夫的建议，尽管老板不舍得他们离开，但还是支持他们单干。于是，两人开始单独出来租了一个摊位，开始了卖牛奶的生意。两人一个蹬着三轮给超市、商场送牛奶，一个在家看摊，生意就开张了。

创业之初最艰难，因为两人结婚借了钱，加上买三轮车、租摊位等费用，手头特别紧，两人的日子也经历了最苦的阶段。最困难的时候，两人到菜市场去批发一大筐白菜回家，再到副食品市场买些馒头回来，两个人能对付吃上好几个星期。

日子虽然穷，可是小两口却很开心。随着时间的推移，他们的牛奶生意慢慢红火起来。随着生意逐渐进入正轨，两人的爱情也开始结晶了。张大花发现自己怀孕，两人喜不自禁地憧憬着抱上个大胖小子。

眼看张大花快要生产了，但他们打听到在京北的医院生育要花好几千块钱，而且生育后还需要有人照顾，但他们租住了一间小屋，平时只能住下两个人，根本无法坐月子，加上袁守刚要做生意，也无法照顾妻子坐月子。两人商议之后，张大花决定回娘家待产，等生完孩子再回来。

张大花一走，牛奶摊上的生意就没人照顾了，袁守刚一个人根本忙不过来，于是张大花决定让自己当时 17 岁的妹妹张小花来京北帮忙看摊卖牛奶。尽管袁守刚在这之前觉得这个小姨妹太木讷，但为了生意，袁守刚还是答应了下来。

可是，等几个月后张大花带着刚出生的女儿返回京北时，她发现家里的气氛变得越来越奇怪起来，从前总是呵斥妹妹的袁守刚现在却事事哄着妹妹开心，而从前土气的妹妹不但穿上了几身新衣服，还有的是不错的名牌。更奇怪的是，张小花反而对袁守刚爱答不理，有时候还偷偷地躲在暗处抹眼泪。张大花不明就里，她分别问过妹妹和丈夫家里到底发生了什么事，但两人都说什么事都没发生。

不过，袁守刚对张大花的态度却来了个一百八十度的大转弯，原先的亲热变得冷若冰霜，以往的甜言蜜语变成了冷嘲热讽，尤其是看着张大花喂女儿时，袁守刚都会嘟囔说："养个丫头片子还好意思回来，干脆你回老家算了。"

虽然张大花做过种种猜测，但她并没往深里想，她仅仅是认为丈夫因为自己没生个儿子而失望，她委曲求全地说："过两年咱再生个儿子，不就儿女双全了。"但是，袁守刚依然对他冷言冷语，却对张小花百依百顺。

解开张大花疑惑的是一个下雨天的早上，丈夫和妹妹一大早就去奶站上货，不巧他们刚走就下起了大雨。放心不下的张大花连忙追着他们去送伞，一直追到奶站后发现奶站还没有开门，也不见丈夫和妹妹。回来的路上张大花一直担心，却发现两人在路边的一个角落争吵着什么，妹妹的肩膀抽动着在哽咽，看起来哭得非常伤心。突然之间，丈夫与妹妹拥抱在一起。张大花以为是看花了眼或者是雨雾的作用，当她揉揉眼睛定睛一看，两人果然久久拥吻着，此时的张大花站在倾盆大雨里，气得浑身颤抖。她没有想到今天亲眼看见了丈夫的私情，而且第三者竟然是自己的亲妹妹。她想冲上前去打骂一顿，可是她知道，如果这样会让自己的两位亲人无地自容……

张大花不知道自己是怎么昏昏沉沉回的家，抱着自己的女儿，张大花痴痴地坐在家里等待着两人的归来，冷汗不住地冒出来。半个小时以后，两人一前一后回来，看到张大花脸色惨白，袁守刚连忙让张小花离开，然后上前扶起摇摇欲坠的妻子，他看见的是张大花那一脸的冷汗与热泪。

“我再傻也看明白了，什么都不需要再问了。”张大花知道这样的日子没法再过下去了。面对丈夫提出的离婚要求，张大花并没有感到吃惊，只是觉得内心冰冷。而亲妹妹张小花的态度却让她坠入万丈冰窟，此时的张小花仿佛变了一个人，她不但对张大花冷眼相向，而且时常冷嘲热讽，最后甚至公然在姐姐面前与袁守刚亲热。

面对自己两位亲人的背叛和伤害，张大花万念俱灰，她不明白只有 17 岁的妹妹为什么会鬼迷心窍抢走自己的丈夫，更不明白朴实天真的妹妹为什么突然变得凶神恶煞。每次张大花要找丈夫谈谈时，袁守刚不是闭口不谈就是挥拳相向。而张大花哭着询问妹妹时，张小花只有翻来覆去的一句话：“姐，你别问了，也别管了。”

张大花等待了多半年，希望丈夫和妹妹能够回心转意，她多次劝说妹妹回冀北老家去，不要破坏他们的婚姻，但张小花宁死不走。张大花也无数次哀求丈夫回心转意，但丈夫也仿佛铁了心要抛弃自己和女儿。

张大花不知道丈夫和妹妹之间发生了什么，她认为是妹妹无知被丈夫蒙骗，她只知道妹妹成了抢走自己丈夫的第三者。

眼看婚姻走到了尽头，张大花带着满腹狐疑在离婚协议上签了字，对于那个曾经属于自己家庭的财产，张大花什么都没要。

办完离婚手续，在带着女儿返回冀北老家前，张大花苦苦劝说妹妹跟自己一同回老家，她哭着说："我刚结婚时，你姐夫也说过一辈子不会变心，结果没过两年就变了，他的话我已经不信了，妹妹你还小，不知道人心险恶，你也不要信他。姐姐到现在都不明白，你怎么会抢姐姐的老公，你能告诉姐姐吗？"可是，张小花只是冷冰冰地留下一句话说："姐，你别管了。"

张大花与袁守刚那短暂的一年多婚姻生活，就像是药丸外面的糖衣，含化了，剩下的就全是苦涩与不堪。

张大花从京北回到冀北老家后，并没有将自己离婚的事情说出来。但是，父亲突然收到一封张小花的来信，打开一看，父亲惊呆了，原来是张小花在信中请父亲给自己开证明，以便和袁守刚结婚。而且，张小花在信中催促着让父亲快办。

收到信后，张大花的父亲老泪纵横地说："家门不幸，奇耻大辱啊！你让我们老张家怎么做人啊！"

"姊妹易嫁"只是戏剧里的故事，这种发生在现实生活中的奇事，很快在当地风传开来。每次张大花走在街上，她都能感受到街坊邻居们在背后指指点点、议论纷纷。因为这桩婚事，全家人与张小花断绝往来。父亲干脆把张小花的户口从家中迁走，扔给了张小花，她只好把户口落在了袁守刚的老家。

张小花如愿以偿地嫁给了姐夫袁守刚。而这桩婚事也同样遭到了袁家人的反对。袁守刚的父亲得知袁守刚要离婚娶张小花时，特地从老家赶到京北来规劝儿子。

当老父亲质问儿子为什么要与张大花离婚时，袁守刚竟然抛出一个可笑的理由说："妹妹比姐姐对我好，我爱吃米饭，张小花每次专门给我做米饭，她自己下面条吃。"

这个可笑的借口尽管遭到了父亲的呵斥，但所有人的规劝都已经无济于事。袁守刚的父亲之所以赶来京北，首先是觉得儿子离婚有辱门风，其次他们对张小花的印象糟糕，认为妹妹抢姐夫有伤风化。最后，袁家人依然阻挡不住袁守刚变心的脚步，无奈地将张小花的户口落到袁家，但他们拒绝张小花到婆家来。

张小花嫁给了袁守刚之后，两人继续在市场上做牛奶生意。在邻居眼里，他们天不亮就骑着三轮板车拉牛奶到早市上卖牛奶，看起来两人相敬如宾，日子也过得红红火火。加上后来两人还买了辆金杯车，引来了很多人的羡慕。

但是，鞋子合不合适只有脚知道。自从张小花抢了姐夫袁守刚之后，给她的全家带来了噩运。

在她嫁给袁守刚之后，虽然家里人高调宣称与张小花断绝关系，但却堵不住街坊邻居的嘴巴，张小花的母亲和大哥受不了邻居们的非议，先后得了精神分裂症，一直卧床吃药治疗，每年为了给母亲和大哥治病要花上几千元，这使本来并不富裕的家庭雪上加霜。后来，忍受不了家庭贫困的大嫂无奈地离开了大哥，留下一个女儿。

而张大花在离婚之后，带着女儿再嫁给当地的一个农民，尽管丈夫家里很穷，但再婚后丈夫对张大花呵护备至，对张大花几近破碎的娘家也付出了很多。尤其是对张大花最小的弟弟张一男，更是当作自己的亲弟弟一样看待，这使得张大花得到了很多宽慰。

但令张小花无法预料的是，她把姐夫变成自己的丈夫后，并没有感受到幸福，而是陷入了比姐姐更加痛苦的深渊。在张小花为袁守刚生了一个女儿后，袁守刚对她的态度也突然改变了。

在别人眼里，尽管两人从未吵过嘴、红过脸，但痛苦只有张小花自己知道。

有一次，张小花闲来无事跟一起摆摊的摊主闲聊家务事，正巧被送货回来的袁守刚看到，当时袁守刚什么也没说。但回到家后，袁守刚却黑着脸将张小花臭骂了一顿，如果再在外面说起家里的事情，袁守刚就撕烂她的嘴巴。此后，张小花再也不敢跟街坊邻居聊家务事了。

这个看似平静的家庭其实暗流奔涌，两人的生意做得越来越大，家庭状况也从贫困变得越来越富裕，尤其是袁守刚买了一辆金杯车之后，就很少在家待着了，常常晚上很晚才回来，有时候甚至夜不归宿。

由于照顾生意和孩子，两口子随着岁月的流逝渐渐少了年轻的激情。只有小学文化的张小花一心只想嫁鸡随鸡、嫁狗随狗地做个家庭妇女，什么事情都是听从袁守刚的，尤其是生下孩子以后，她的身材一下子变得肥胖臃肿起来，最重的时候达到了180斤，袁守刚看她的时候总是皱眉头，但木讷的张小花却一点也没有感觉出来。两人除了生意上的事情似乎无话可说，这种冷漠在邻居们眼里却变成了平静和谐。

让张小花伤心欲绝的是，有一天晚上袁守刚开车出去，回来的时候满嘴酒气，身上还带着劣质香水的味道。张小花禁不住提醒丈夫开车出门喝酒危险，接着追问袁守刚身上的香水是哪里来的。刚开始袁守刚懒得回答，张小花却在不停地絮叨追问，气不打一处来的袁守刚一看张小花一定要刨根问底，左右开弓的耳光就劈头盖脸地打来，嘴里还口口声声地说：“老子找女人去了，怎么着？你管得了老子吗？你生个丫头片子还有脸管老子吗？你跟你姐姐一样没用。”

此后，袁守刚和张小花常常因为家庭琐事从争吵开始到拳脚结束。婚姻的平静很快被家庭暴力的阴云所吞噬。由于袁守刚明目张胆地在外面找小姐，张小花受到精神的痛苦和肉体的双重折磨。

张小花没有将拖鞋放在鞋架上要挨打；做生意花钱没有经过袁守刚同意要挨打；甚至张小花抱小孩在外面玩的时间太长，都要招来一顿拳脚……

开始的时候，张小花觉得所有的责任都在自己，一是自己不争气生下了个女儿，没有给袁家留下香火；二是自己只上过几年小学没有文化；三是自己生孩子之后体型变化太大。为了挽回丈夫的心，张小花下决心开始减肥，平时只吃一点水果和蔬菜，有时候连水都不敢多喝一口，硬是从 180 斤减到只剩 110 斤。同时，张小花也开始注意打扮自己，以前舍不得买的好衣服也咬咬牙买了几件，可等她穿回家问袁守刚好看不好看时，袁守刚不但不正眼看，还把张小花痛斥一番。

经过多番努力，张小花并没有看到袁守刚回心转意，对他的打骂也变本加厉。尽管张小花非常委屈，但她无处可诉也无处可去，没有别的办法，只好独自忍受着。毕竟当初是自己抢了姐姐的丈夫，导致父亲跟她断绝关系，母亲和哥哥精神失常，只有年龄还小的弟弟跟自己有来往，她已经失去了娘家的亲情，而婆家更视她为异类不待见她。

天有不测风云，袁守刚突然得了肝炎。在惶恐之中，张小花第一次打通了姐姐张大花的电话，哀求姐姐说：“我担心女儿染上肝炎，想回娘家躲些日子。我怕你不让我进门，看在孩子的分儿上，你让我回家吧……”

昔日反目成仇的亲姐妹，在危及生命的关头，血浓于水的血脉亲情还是超越了仇恨，张大花心软了，答应了妹妹的要求。

但回到娘家的张小花躲开了肝炎的传染，却担心躲不开乡亲们的非议。住在老家的一个多月里，张小花很少出门，实在郁闷了，就叫姐姐来陪她说话。

有一次，张大花刚进门，张小花就迫不及待地问："姐，这么多年，你还恨我吗？我错了！"

"你是我亲妹妹，我恨你管用吗？这些年过去了，都成家了，你现在的姐夫对咱家也很好，对我和孩子也好，我已经很知足了。只要你过得好好的，我就放心了。"张大花大度地说。

张大花的一席话却让张小花顿时泪水涟涟，面对姐姐，她忍不住将这五年来的苦水一股脑儿倒给了姐姐。随着一个惊天秘密被揭开，张大花才知道当初妹妹为什么会那么绝情地抢走了袁守刚。

在张小花含泪的讲述中，张大花才得知：五年前，张大花回老家生孩子的第二天，袁守刚背着张小花在水里放了迷药，并在她不知情的情况下让她喝下，之后袁守刚占有了只有 17 岁的张小花。等到张小花醒来后，被夺去贞操的她哭得死去活来，并要打电话报警。但是，袁守刚一边跪在地上诅咒自己，一边哀求张小花不要报警，并信誓旦旦地对她说一定会对她负责，一定跟张大花离婚然后娶她，让她在京北过上好日子。毕竟，一个只有 17 岁又没有多少文化的农村女孩考虑问题还是很简单的，张小花就相信了袁守刚的话。等张大花生完女儿回到京北后，袁守刚很快提出和张大花离婚，张小花毫不犹豫地站在了袁守刚这一边。

尽管张大花非常不理解妹妹为什么会突然做得这样绝情，但张小花还是没有说出实情，她担心姐姐一气之下报警，她和姐姐会同时失去袁守刚。

张大花终于明白妹妹为什么那么着急嫁给袁守刚了，毕竟一个农村女孩把贞操看得跟生命一样重要。张大花明白了妹妹的无奈，她劝慰着妹妹。

令张大花意料不到的是，旧伤疤被揭开之后，新的伤痛更令人难以忍受。张大花以为妹妹婚后过得挺好的，没想到妹妹遭到和自己一样的噩运。张小花把这几年生完女儿后自己遭受的家庭暴力一一告诉了姐姐。说到伤心处，姐妹俩抱头痛哭、泪如雨下。

张小花告诉姐姐，她无数次想过要离婚，但却没脸回来见老家的父母亲人。张大花也劝妹妹说："能凑合着过就凑合着吧，能不离就不要离。姐妹俩都被同一个男人甩了，传出去太丢人了，咱全家的面子可就真的丢尽了！"

张大花不知道怎么才能帮上这个可怜的妹妹，她只能陪着妹妹一起哭，一起叹气。

终于，袁守刚的肝炎经过治疗之后，竟然神奇地好了起来。张小花带着女儿返回京北。张小花最小的弟弟张一男此时已满 18 岁，临走的时候，他想跟着姐姐一起到京北打工，但袁守刚和张小花都拒绝了他。袁守刚拒绝是不想添麻烦，而张小花是不想让弟弟看到自己生活得不如意。

张小花跟丈夫回到京北后继续做着牛奶生意，但夫妇之间的矛盾不但没有缓和，而是不断加剧。张小花一次次打电话向姐姐诉苦，哭到伤心处忍不住发狠说："整整十年了，就因为袁守刚，咱们一家人过着屈辱的生活，在村子里都抬不起头来，我恨不得杀了袁守刚，出一口气。"

听到这些，张大花连忙苦口婆心地劝阻妹妹，张大花也没有更好的主意，唯一的办法是让妹妹忍着。

随着袁守刚与张小花矛盾的加剧，两人已经闹到水火不容的地步。无奈之下，张小花主动向袁守刚提出离婚，袁守刚一听，立即火冒三丈说："你走可以，你净身出户，别想拿走一分钱。"

"哪怕你给我三万五万也好啊，我一个人带着孩子怎么活啊！你怎么这么狠心啊！"张小花无奈地哭泣着，她知道离开丈夫自己难以独立生活，但她想不到丈夫会如此绝情。张小花打消了离婚的念头，她觉得这十年的婚后生活，全是被袁守刚骗了。袁守刚不但骗了她和姐姐，还害了全家，让她全家无颜活在世上。

几年后，张一男到京北打工。虽然张一男偶尔也到张小花家看看张小花，但基本都是待上一会儿就走，更不愿意见到姐夫。因为刚到京北的时候，张一男特别希望能够买个手机，想让姐夫借给他点钱，但被袁守刚拒绝了，张一男一气之下摔门离去。后来还是一起打工的张大花的丈夫送给他一部旧手机。

张小花被打骂后，孤立无援的她无处可诉，她在京北没有任何朋友，又得不到家人的支持，张小花彻底陷入了绝望，仇恨无处发泄的张小花对袁守刚起了杀心。此时，能够说话的人只有自己的弟弟张一男。于是，张小花一个电话把张一男约到了玲珑塔下。

这么多年的婚姻中张小花被压抑得太深太久了，在她一把鼻涕一把泪地诉说了自己的委屈之后，本来就痛恨袁守刚的张一男也咬牙切齿，他觉得袁守刚先后伤害了他的两个姐姐，更是伤害了他的全家亲人，现在他是家里唯一有能力的男人，一定要帮姐姐出这口恶气。在张小花问他敢不敢杀死袁守刚时，跟姐姐一样只有小学文化的张一男毫不犹豫地答应了。

当天深夜，张小花带着张一男来到她和袁守刚租住的公寓。此时，丈夫和女儿正睡在床上。不需要更多的语言，张一男掐住袁守刚的脖子，张小花按住袁守刚的腿。

袁守刚突然惊醒了，挣扎着反抗起来。三个大人滚到了地上，扭打声也把孩子惊醒了，张小花呵斥孩子接着睡觉后，张一男抓起一块砖头砸晕了袁守刚，最后又抽出一把刀砍向袁守刚。最后，张小花和弟弟在女儿惊恐的眼神中杀死了袁守刚，而张小花的女儿此时并不认识自己的亲舅舅。

案发后，张小花向小区保安报案称丈夫被陌生人杀害，但是警察很快发现她有重大嫌疑。

警方询问张小花的女儿时，孩子说："我被吵醒后，看到妈妈压在爸爸的身上。一个陌生人拿把菜刀过来了。我妈带我买药时教我说，警察问起就说晚上去遛弯儿了。"

随即，张小花被警方控制。

案发后第二天早上，身在冀北的张大花突然收到弟弟张一男从京北打来的电话，让她跟张小花联系一下，但张一男一直没说什么事情，张大花打电话也一直没联系上张小花。

第三天上午，张大花突然接到警方让她到京北的电话，她不知道张小花出了什么事，连忙打电话让张一男先到公安局看看出了什么事。但无论张大花怎么哀求，张一男总是说上班太忙，走不开。没说两句就把电话挂了。

张大花只好联系京北警方，等警方把张小花杀死袁守刚的事告诉她，又问她张一男的联系方式时，张大花心里一沉，直觉告诉张大花弟弟一定参与了这次糊涂的杀戮。

在赶往京北的路上，张大花还是怀疑警察弄错了。

"妹妹胆子那么小，她不可能杀人的。"张大花一路安慰自己，小时候家里杀鸡，妹妹见了就害怕，总是跑到老远躲起来不敢看。

袁家人也得到了袁守刚出事的消息。起初袁家人以为袁守刚出了车祸。来到京北才知道袁守刚是被杀害了。

在袁守刚尸体火化当天，张大花带着妹妹和袁守刚的女儿去见袁家人。在火葬场，张大花含泪给袁守刚的大哥跪倒在地，哀求他们放过自己的妹妹和弟弟。而失去亲人的袁守刚的哥哥也沉浸在悲痛之中，最后也只说了句：“等着法院判吧。”

张小花、张一男杀人案在京北市第一中级人民法院开庭。表情木然的张小花和张一男站在了法庭上。庭审伊始，公诉人宣读了起诉书，其中提到“张小花因家庭矛盾对其丈夫袁守刚怀恨在心，与其弟预谋杀害袁守刚”。

听完后，张小花的情绪一下子激动起来，当众说出了她保守多年的秘密：“我丈夫原来是我姐夫，但他在我姐姐怀孕待产时，强暴了我，那时我只有17岁。后来，他跪着扇自己耳光，说要对我负责，我那时太小，就信了。”

自称是“千古罪人”的张小花在谈到与弟弟一起合谋杀害亲夫时说：“我本身就不识字，更谈不上懂法。我没有别的办法来解决，只有杀了他。我很后悔当时我的所作所为，我想和大家说，有了矛盾一定要通过法律来保护自己，千万不能蛮干。”

“袁守刚害我两个姐姐，我要报仇。”张小花的弟弟张一男受审时说。

在等待法院判决的日子里，张大花不停地拨打袁守刚家人的电话，时间长了，袁家人不是不接电话就是很快挂断电话。此时的张大花整天琢磨着妹妹和弟弟究竟会怎么判，除了照顾自己的家庭，她还要照看妹妹的女儿和弟弟的三岁儿子，两个孩子吵着要见妈妈和爸爸，她不知如何回答，只能背着孩子们抹眼泪。要是妹妹和弟弟死了，两个孩子就再也见不到妈妈和爸爸了。

张大花觉得，只要袁家人能原谅妹妹和弟弟，他们就能保住性命。为了能得到袁家人的谅解，张大花卖掉家里收上来的5000多斤玉米，换来3000多元，接着又卖掉现在婆家的10000斤玉米，得了5000多元，再加上向亲戚借的钱，总共凑了 1 万元，请法官转交袁守刚的亲人。她能够筹到的钱只有这些了。

法院以故意杀人罪分别判处张小花、张一男二人死刑，缓期两年执行，并判令两人赔偿被害人家属经济损失 48 万余元。

张大花在宣判过程中，始终哭泣不止。法官宣读判决时着重强调说，张小花、张一男故意非法剥夺他人生命，致人死亡，其行为均已构成故意杀人罪，罪行极其严重，均应依法惩处。鉴于该案是由于家庭内部矛盾引发，所以在量刑时予以慎重处理。

宣判后的张小花表情很平静，说得最多的是“对不起”三个字。对于死刑缓期两年执行的判决结果，她坦言愿意接受。而对于不堪回首的往事，她不愿再多提，张小花说：“对于这样的判决结果我没什么可说的，我对不起我姐姐，对不起所有人，我伤害了好多家庭，包括我姐姐、弟弟还有袁守刚家。我姐姐本身身体就不好，还要为我带孩子，我只希望我能够早点出狱，回到家人以及孩子的身边。”

“这样的判决太轻了，我们不服。”袁守刚的亲人认为袁守刚死得太惨了，袁守刚的父亲参加庭审回家后大病不起，医生说老人是忧郁成疾。袁守刚的亲人提出了上诉，仇恨，也许将在两个家庭间持续下去。

当法警将张小花、张一男带出法庭后，张大花仍坐在旁听席痛哭流涕，口里念叨着：“袁守刚是个大骗子，他骗了我和妹妹。”宣判结束后，张大花不停地自责着，对妹妹夺夫一事她却没有一点怨恨。

死刑，缓期两年执行，对犯下故意杀人罪的张小花和张一男来说，这已是一个足够好的结局，这意味着日后有获得减刑的机会。但在张大花看来，这样的判决依然足够击碎她的神经。

在张小花和张一男宣判后被法警押出法庭的那一瞬间，失神的张大花跟在法警后面跑了十几米，徒劳地喊着：“求求您，行行好，让我见她一面吧，我就看一眼啊！”

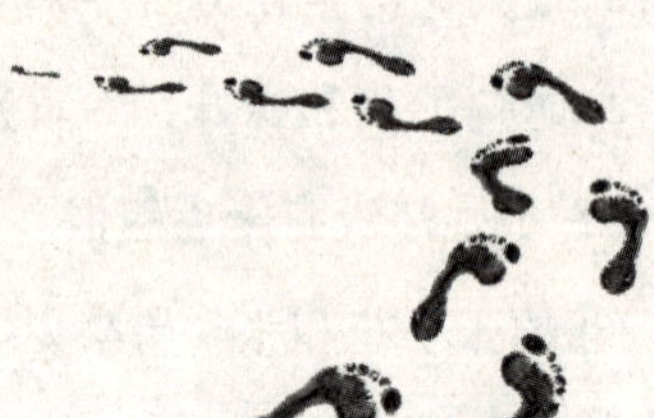

第十一篇

痴空姐挥刀绝情

因为杀人，颜妤成了电视上的明星，也许有人会问，颜妤杀人案之后，竟然还有那么多人惦记着她，是因为她的美貌吗？新闻中的颜妤，如花美颜，是泪，是笑，都犹如一朵花的绽放与凋零。

颜妤之所以杀人，是因为她在某航空公司当空姐时，在飞机上邂逅了青年富商顾子斌。一年后颜妤到京北大学读书时，在顾子斌的追求下与之产生感情并同居。之后颜妤发现顾子斌在老家早有了妻子并有了孩子，颜妤不能容忍顾子斌欺骗她，要求顾子斌离婚与她结婚。但顾子斌双方都无法割舍，加上生活中的纠纷，颜妤与顾子斌产生分歧后远赴瑞士逃避感情。在颜妤回国后，本已尘埃落定的感情纷争再次陷入了噩梦般的深渊……

很多人关注颜妤，是因为她是空姐，有一张还算漂亮的脸蛋，在颜妤的案件中，她的定位既是杀人犯，又是受害者，因此很多人对她怜香惜玉起来。

颜妤杀人案在媒体上一经报道，立即引起强烈反响。当时案件尚在二审阶段，就有一位姓宋的先生给记者打来电话，要通过记者联系见颜妤一面。

在被回绝之后，这位宋先生非常执着，声称要亲自到法院找院长为颜妤求情，后来这位宋先生不知道从哪个渠道得到了颜妤亲友的联系方式。据宋先生说，后来他还真的跟正在服刑的颜妤开始了通信，似乎有想为颜妤鼓起生活风帆的意思。

如果仅仅是怜香惜玉，也就罢了，但是还有更极端的。一家地方报纸用一个整版的篇幅，报道了颜妤在女子监狱服刑的一些情况。文中还提到，说是有一个青年跑到女子监狱门口，哭着喊着要见颜妤一面，还说正是看了颜妤杀人的报道，他才打消了杀人的念头。文章中这样写道：

颜妤，一个柔弱而美丽的女子，在成为别人的“第三者”后不能自拔，最后亲手杀害了自己所爱的人。颜妤的案件被报道后，一名叫杨辉的男子来到了女子监狱，要求见颜妤一面，声称自己与她有过相似的经历，如果不是看到了颜妤的报道，自己早已将相爱十年的爱人杀死了……这究竟是怎么一回事？颜妤与他有着怎样的相似经历呢？

女子监狱文艺监区孙副监区长的平静生活被一封来自高墙外的信打破了。

青年杨辉在信中称自己看了颜妤的经历感触很深，“和我相爱十年的爱人喜欢上了别人，残忍地把我抛弃了，我以她的名义买的房子也被霸占了，我怎么也想不明白，曾经爱得死去活来的爱人怎么在一夜之间变得那么冷酷无情呢？我恨她，我要杀了她和她的家人。我已经计划好了一切，过完正月初七我就动手……”杨辉说，颜妤的经历使他暂时将自己的“杀人计划”搁置了，他现在最大的愿望就是见一见颜妤，如果能见到颜妤，他就重新开始新的生活，如果见不到颜妤，他就杀了“那个狠毒的女人”。

杨辉向单位请了两天假，坐火车来到了颜妤所在的城市，经过几番周折终于找到了女子监狱，但门卫说什么也不让他见颜妤。杨辉说，那让我见见孙监区长也行，但门卫仍然拒绝了他。

杨辉在女子监狱门口站了四五个小时，就为了能在孙监区长下班的时候见到她，求她帮忙，让他见颜妤。但眼睁睁地看着一辆辆警车从自己身边开过，杨辉也不知道孙监区长究竟在哪个车上。无奈之下，杨辉只得踏上了返程的列车。

杨辉回到老家之后，便给孙监区长和颜妤各写了一封信。他在给孙监区长的信中说："孙大姐，当我在电视上看到你为改造颜妤付出了那么多的心血时，我就知道你是一个好人，我就想听你劝我几句，许多大道理我都懂，但我就听你的……"

孙监区长看到这里再也坐不住了，她立即拿起电话按照杨辉留的手机号拨了过去，结果对方却关机了。孙监区长脑中浮现出了不好的结果：杨辉是不是已经杀人了？他是不是正在逃命？难道他已经被逮捕了？各种各样的念头交织在一起，孙监区长急得坐卧不宁。后来孙监区长查到杨辉单位的电话，接电话的人说杨辉休息，周一能上班，孙监区长一听对方的口气很平静，便猜测杨辉可能没有出事，于是暗暗松了口气。她告诉对方让杨辉周一早上 9 点给她回电话。

周一上班后，孙监区长一直等在电话机旁。9 点整，电话铃声准时响了，孙监区长拿起电话，只听对方说："我是杨辉，请问是谁找我？"

孙监区长告诉杨辉自己就是他想见的孙大姐时，杨辉在电话那边激动地哭了。

杨辉说："姐，我真没想到你能给我打电话，真的，太意外了！"

孙监区长告诉杨辉，她和颜妤都看到了来信，她们都很担心，怕杨辉一时冲动做了傻事。孙监区长说："颜妤还让我转告你，如果能从头再来，她一定不会做这种糊涂事的，她劝你别步她后尘，等到失去了一切才后悔莫及……"

孙监区长的一番话让杨辉感动不已，他答应孙监区长暂时先把这些儿女情长放一放，认真工作。孙监区长放下电话，心情既欣慰又担忧。欣慰的是杨辉暂时放弃了“复仇”的念头；担忧的是，不知道在这个社会上究竟还有多少有过和颜妤一样经历的人，他们是否都能理智地解决问题呢？

颜妤被改判“死缓”后，因为她的母亲已经远嫁国外移居加拿大，颜妤的父亲户籍所在地是北州，所以颜妤被安排到北州女子监狱服刑。

据女子监狱的孙监区长讲，颜妤刚到监狱的时候，很孤僻，整天不说话，人也瘦得不成样子。为了解开颜妤的心结，孙监区长想尽各种办法，让颜妤办报纸、主持节目，就是想让颜妤发现自己的价值。没事的时候她就主动找颜妤聊天，还教颜妤吹长笛、弹吉他。慢慢地，颜妤也变得开朗了，脸上也露出了久违的笑容。

得知颜妤杀人，颜妤的母亲特地从国外赶回来。母亲那次来的时候，穿的还是五年前的衣服，头发乱乱的，人苍老得不像样子了。更让颜妤无法接受的是，母亲是拄着双拐来的。原来在颜妤出事后，母亲便一病不起，因为膝关节坏死而截去了一条腿。母女两人这次见面没有太多的语言，只是不停地流泪。颜妤说，她真想砸碎阻隔母女的大玻璃，摸一摸母亲的脸，握一握母亲的手，眼睁睁地看着近在咫尺的母亲却无法感受到她的温暖，颜妤的心就如刀割般难受。

母亲走了，也带走了颜妤的心，就在这一刻，颜妤深深地体会到，在这个世界上，自己最爱的就是父母，最爱自己的也是父母。后来，颜妤收到了母亲的一封信，信中说：“我最亲爱的女儿，自从你出事之后，我经历了许多磨难。但身体上的病痛对于我来说算不了什么，心里那种无法言说的痛苦以及日日夜夜对你揪心的思念才是我真正的痛苦……这次来看你是因为我马上还要进行一次大手术，这次的结果无法预测，我怕我闭上眼睛就再也醒不过来了，再也看不到我的女儿了……”

颜妤在监狱中积极配合民警的工作，为文艺监区办报纸、写文章，用自己的亲身经历告诫所有的人。而她所做的一切，都只为了能有机会早日出去陪母亲。

颜妤的努力换来了好的结果。入狱三年后，颜妤因为表现良好，被减刑为无期徒刑，并成为女子监狱业余演出队的主持人兼笛子独奏员。

颜妤是一个曾经当过空姐、上过大学并且出国留过学的只有25岁的漂亮女子。无论在庭审还是在提讯中，颜妤都一直为自己的罪行寻找开脱的借口和理由。在颜妤讲述她下毒和杀人的经过时，一直表现得非常轻松。我们可以想象，颜妤是一个心理素质极好的女人，但是她的这种超人的心理素质和她的所作所为，在她时而笑语朗朗、时而充满哀怨、时而语气淡淡地讲述她对情夫的妻子下毒、杀死情夫的过程中，她的理智和冷静实在让人毛骨悚然。

曾经有记者问过颜妤一个问题：在你有条不紊地实施犯罪的过程中，你有没有觉得你所做的一切已经超越了一般女性的那种理性和逻辑性？

颜妤说，我从小就这样，决定了的事情就一定去做，没有人可以阻止。

在初秋天气还非常炎热的法庭上，尽管有手持警棍的法警和表情严肃的法官在场，看着颜妤灿若鲜花的笑脸，听着她银铃般的笑语，她的这句话还是让人感觉后背直冒冷汗。

这样的感情就如同罂粟，是畸形和偏执的性格让这个美丽的女人变得像罂粟一样，把美丽和邪恶集于一身。她和情夫超越道德的疯狂恋情最后以悲剧告终。最初提及案件的时候，颜妤都不曾对她的行为做出忏悔。她一直在讲述自己的美好，讲自己本性善良，讲自己下毒和杀人是在某种特定的因素下突然迸发出来的恶，甚至是小孩子式的恶作剧。

颜妤杀人的时候只有 25 岁。

颜妤说自己从小倔强，小时候，妈妈给她梳辫子，稍微有一个辫子歪一点颜妤都不干，都会哭闹着让妈妈梳理好。颜妤的性格非常独立，甚至特别偏执，什么事情都自己做主。她是个追求完美并非常有主见的女孩子，谁的话都不听，长大以后，还是这样。

上中学的时候颜妤就开始住校，后来到航空公司当空姐，很多事情是自己做主，决定了就是决定了，包括颜妤放弃做空姐到京北读书和爱上顾子斌。

颜妤性格的形成，跟父母的离异可能有点影响。她的父母离异后都又重组了家庭，妈妈跟一个外国人结婚，定居在加拿大。爸爸另娶了个年轻妈妈，在北州工作。

颜妤毕业于一个职业高中，这个学校与航空公司联合在全省招一个班，30 个人，如果考试全部合格就可以当空姐。颜妤毕业后做了空姐，领导很赏识颜妤，让她在示范组飞。

在众多的空姐中，颜妤显得非常突出，大家也觉得她干这行能够干得很好，但颜妤觉得自己的学历仅仅是中专文化，将来社会的发展越来越快，对学历的要求越来越高，应该继续学习。在航空公司实习半年后，在最后签订正式工作合同的时候，颜妤放弃了这份令人羡慕的工作，离开航空公司到京北读书，并在京北爱上了顾子斌。

说来也是有缘。作为空姐，颜妤每天都会接触很多旅客，但都是匆匆过客。颜妤在航空公司实习的时候，在飞机上邂逅了顾子斌，这一年颜妤 21 岁。

那天是从京北飞回夏市，颜好看见一个小伙子特别灿烂地看着自己笑。那个小伙子像一个年轻的销售人员，留着小平头，穿得朴朴素素的，很有朝气。当时颜好看着他，就觉得这个大眼睛的男人好像上辈子见过一样，印象特别深刻。

顾子斌不停地要咖啡、要可乐，不停地找机会跟颜好说话。当时要填写旅客意见卡和一些优惠的卡片，他就装作不明白，缠着颜好给他留个电话，借口是以后好找颜好咨询。

公司对空姐们的要求是对旅客有求必应，因为留电话是自由的，再就是看上去顾子斌挺诚恳地一再要求，颜好实在不好意思，就留了传呼给他。颜好经常会碰到一些多情旅客的纠缠，她想，反正手机和家里的电话都没有留，就一个传呼，回不回也就那么回事儿。

后来到了夏市，顾子斌就经常呼颜好，约她见面、吃饭。但颜好只回过一次电话，以没有时间推辞了顾子斌。颜好认为，回个电话只是出于礼貌而已。除了那个电话，就没有别的联系了。在这期间，顾子斌每次来夏市都呼颜好，但颜好除了忙于航空公司的工作，还在到处找学校继续读书，没有理睬顾子斌。

之后，在爸爸妈妈的建议下，颜好来到大学读书，学习工商管理专业。

颜好和顾子斌相爱是颜好到京北读书一年之后的事情。

在大学读书的第二个学期，突然有一天，宿舍楼下看电话的阿姨喊："颜好，你的电话。"

颜好跑去接，对方"喂"了一声，颜好也"喂"了一声，颜好一下就特别清晰地叫出了顾子斌的名字。

虽然隔了一年，但他的声音颜好记得非常清楚。当时颜好很激动，心想，这个人竟然还这么执着，还记得自己。颜好就问顾子斌是怎么知道自己的电话的，顾子斌告诉颜好，是颜好把呼机留在了夏市，他呼颜妤时，颜妤妈妈回了传呼，觉得顾子斌这个人特诚恳，就把颜妤学校的电话留给了顾子斌。

第二天，顾子斌就开着奔驰轿车来学校接颜妤。一年多过去了，颜妤还记得第一次见到顾子斌时候的情景：他微笑起来时好看的眼角，微微上翘的眉毛，以及非常阳光的精神状态。

那天他打扮得特别时髦，西装革履地抱着鲜花，还喷了香水。颜妤出了学校，不知道为什么，看见前面的一辆车就停了下来，果然是他。

就这样，顾子斌对颜妤展开了爱情攻势。顾子斌特别善于交际，他在京北做了十年生意，经历相当丰富。对颜妤这个年轻又没有感情经历的女孩子来说，他表现出来的那种好，是让颜妤非常感动而且很难拒绝的。

那时候颜妤毕竟只有21岁，是个思想比较单纯的女学生。而顾子斌是个非常有朝气的青年富商，他的自信是很让年轻女孩仰慕的。他对颜妤说："我要干出一番大事业，我要当中国最有钱的人。"这番不着边际的自我吹嘘，却让颜妤感到顾子斌有一种"粪土当年万户侯"的书生意气。

其实顾子斌当时在老家早已经有了老婆和孩子，但当时他没有告诉颜妤自己已经结婚了。颜妤也一直以为顾子斌是个钻石王老五。

就这样，顾子斌经常捧着鲜花来学校门口等颜妤，因为他知道颜妤特别喜欢鲜花。顾子斌开车的技术非常好，开得很稳，让颜妤坐在车上就像坐在房子里一样。顾子斌是个经历过很多女人的情场高手，他很懂得生活，很会寻找男女之间生活的那种精神感受，他陪颜妤聊天，带她去玩。为了追求颜妤，他甚至在颜妤的学校报了一个英语学习班，从ABC开始学习。

颜妤想，这人挺上进的，三十多岁了还那么爱学习，尽管颜妤也知道，顾子斌到学校学习的目的是醉翁之意不在酒。后来顾子斌来了两趟，实在听不进去课，就再也不来了。

只要不上课，颜妤就打电话给顾子斌，让他开车来接自己出去玩，顾子斌也成了颜妤在京北最亲密的朋友。有一天，颜妤的手不慎被开水烫伤了，她鲜嫩的手背上马上起了水泡，泪水在她的眼里打转。她捂住手，不知道怎么办才好。她立即想到了顾子斌，刚打完电话不久，顾子斌立即开车来到学校，急忙送她去了医院。

从医院出来后，颜妤真诚地说："今天真是谢谢你了，耽误了你的生意，我实在是不好意思。"顾子斌听后只是笑笑说："这有什么，保护你也是我的职责啊。"他的口气似乎是在保护一个小妹妹，让颜妤心里倍感温暖。

随着与顾子斌越来越深入的交往，颜妤发觉自己好久没有这么兴奋过了，每次看到顾子斌，颜妤都有一种预感，自己跟这个坚韧、执着的男人将要发生点什么，可自己还没有做好恋爱的准备呢。那些日子里，颜妤一直被一种兴奋和痛苦包围着、折磨着、左右着。

有时候下课了，颜妤经常幻想顾子斌会站在教学楼或宿舍楼的门口等自己，她从来没有这样渴望见到一个男人。无论如何，只要能跟顾子斌在一起，她就是快乐的。当然，颜妤知道自己跟顾子斌的距离是很远的，人家是一个功成名就的青年富商，而自己不过是个在校学生，加上年龄也相差十岁，颜妤一下子还跨越不了这些心理障碍。尤其是陪顾子斌出去应酬的时候，别人都争先恐后地给自己和顾子斌敬酒，颜妤知道人家都是冲着顾子斌来的。

颜妤从内心里并不喜欢顾子斌的那些大款朋友，她觉得那些人俗不可耐。有一次她跟着顾子斌去赶一个饭局的时候，轻声劝顾子斌少跟他们来往。顾子斌说："我知道，你同他们不一样，你是好人。"

在颜妤二十多年的生命中，她可能碰到过比顾子斌优秀的男人，但在他心目中他们跟顾子斌相比都黯然失色。颜妤觉得，在这个世界上顾子斌只有一个，而且偏偏就让自己碰到了，这是自己的福分。与顾子斌交往的所有细节，都点点滴滴地在颜妤心里融化成她对顾子斌的爱恋，不可磨灭。顾子斌占据了她全部的心，在颜妤远离老家，独自一人在外求学的时候，她没有理由不需要并拒绝顾子斌对自己的关照。

有一天，顾子斌突然让颜妤下课后去罗马花园。颜妤去了才知道，为了离颜妤近一点，顾子斌在房价很高的高档住宅区罗马花园租了一套房子，他让颜妤去是签租房的合约。

到了那里，颜妤很意外地见到了顾子斌生活中的好多人，有他的同事、司机和生意场上的朋友。颜妤一下子愣了，其实当时颜妤跟顾子斌的关系还没有到那种亲密无间的地步，但顾子斌这样做明显是公开他们的情侣关系。颜妤当时也默认了，顾子斌跟颜妤说，学校的条件毕竟差一些，你就搬过来住吧，颜妤就搬进了罗马花园。

就这样，他们度过了爱情生活中最美好的一段日子。

颜妤与顾子斌同居后，因为生活在一起，顾子斌的一些事情就瞒不了她了。有时候顾子斌用闽南方言打电话，颜妤隐约能听出来他一些事情瞒着自己。虽然颜妤在闽南长大，但长期生活在学校和北方的家庭背景中，没有闽南的语言环境，一直没有学会闽南话，可是颜妤听顾子斌打电话吞吞吐吐的语气听出了异样。

有一次，顾子斌打电话回老家，询问孩子的健康状况时，让颜妤无意中听到了。颜妤开始怀疑他在老家有家庭和孩子。颜妤没有直接询问顾子斌，而是拐弯抹角地向保姆打听。顾子斌家的保姆是他老家的，对顾子斌比较熟悉。但知道内情的保姆支支吾吾不肯对颜妤说，只说:

“顾子斌这个人挺好的，你好好待他就好。”

一听保姆的口气，颜妤明白了一切。虽然颜妤爱顾子斌，但她不能容忍他欺骗自己，尤其是他在老家有了妻子和孩子。对这件事情，颜妤非常生气。

有一天，颜妤拉住顾子斌专门谈如何解决这个事情，还没等开始说话，颜妤就呜呜地哭了。颜妤一边流泪一边说：“你不该欺骗我，你要说清楚到底是怎么回事。”

顾子斌当时也哭了，一个平时在颜妤眼里非常坚强的大男人，哗哗地掉眼泪，的确令人动容。他对颜妤说自己婚姻很不幸，跟妻子没有共同语言。这些年来，他一直在寻找着真爱。

顾子斌说：“我结婚的时候还年轻，不懂得爱情，本来一直想离婚，但后来有了孩子，离婚的事情就拖下来了，自从认识了你，我不想再跟妻子将就着过日子了，我会尽快离婚，然后娶你。”

这一次，顾子斌为了表白与妻子没有感情，无意中泄露了自己在颜妤之前曾经有一个女友，是某服装学院的学生，后来那个女孩跟别的男孩好了，就离开了顾子斌。

颜妤说：“如果仅仅是你结婚了，跟你妻子两个人还好办，但现在有了个孩子，小孩那么小，现在怎么解决？”

顾子斌信誓旦旦地说：“你放心，我一定尽快离婚，给你个名分。”颜妤见顾子斌这样真诚地对待自己，也就释然了。

就在这个时候，颜妤怀了顾子斌的孩子。因为她还是在校学生，又是第一次怀孕，她很害怕，但为了不影响学业，也不想因此牵制顾子斌，颜妤就悄悄地跟顾子斌商量后，把孩子打掉了。

打胎的事情，到现在颜妤都耿耿于怀。颜妤觉得女孩子不应该发生这样的事情，所以心理上一直不平衡，这也是后来她与顾子斌产生矛盾的原因之一。而更深的矛盾是顾子斌是否真正离婚，然后娶自己。

一个女人在委身于一个心仪的男人时，她开始的时候可以只讲感情不求婚姻，但感情发展到一定程度，她最希望得到的同时也是男人最不希望给予的，其实就是一个名分，这个名分不是情人而是“妻子”的称谓。

颜妤打胎后，顾子斌加倍呵护颜妤。但每次颜妤追问顾子斌离婚的事情时，他总是说：“我的孩子那么小，如果现在离婚的话，肯定对孩子的心灵造成创伤，我不能因此伤害了孩子。你给我一段时间好不好？反正你现在年龄还小，也不着急结婚。等你大学毕业后，我一定会处理好一切的。”

颜妤只好说：“我给你一段时间，但只能是在一两年内，看你怎么处理这件事情，然后决定是否分手。如果你不能离婚的话，我不能给你做一辈子情人。”

这期间，正是他们相亲相爱、难舍难分的时候。而且，只有22岁的颜妤很难理智地选择与顾子斌分手，而且颜妤也越来越离不开顾子斌了。一是两个人都在京北，彼此断不了电话联络；二是颜妤上学期间没有收入，也无法独立生活，只好靠顾子斌的资助来维持她的开销。

对于这个问题，法院开庭的时候，法官说颜妤是“争取一份不该属于自己的幸福”，意思是说假如颜妤果断地离开顾子斌，就不会出现后来杀死顾子斌的情况了。对此，颜妤在监狱里曾经进行过多次反思，她深刻明白法官的话是非常理智的，但遗憾的是颜妤到了法庭上才听到。但反过来说，即使当时有人提醒颜妤，她也未必能听得进去。

对于情窦初开的颜妤而言，她与顾子斌在一起生活，慢慢积累起来的点点滴滴的情感，是很难一下子割舍的。

每个人的生活都有其延续性，不可能割裂一段生活，重新开始另一个阶段。尤其是对于需要资助而又有些虚荣的颜妤，她没有足够的能力重新选择一种新的生活。豪华轿车、高档住宅以及美丽的花衣裳，都是颜妤所需要的。如果颜妤从来没有经历过挥金如土的畅快，她可能会安贫乐道，但她经历了，同时还拥有了初恋，这都是她无法割舍的。

现在看来，颜妤的确做了一个错误的决定，当时的优柔寡断导致了后来的拔刀相向。

颜妤的情妇生涯就这样继续下去了，但顾子斌的妻子在颜妤心里一直是个疙瘩。一个刚刚开始初恋的女孩子，面对所爱的男人和他的家庭，情绪不免受到影响。所以，颜妤在生活上遇到一点小事，就会无缘无故地跟顾子斌吵闹，但顾子斌一直让着颜妤。

在这段时间，顾子斌的妻子赵丽晶虽然没有来过京北，但她的存在，对颜妤而言是一种耻辱。顾子斌多次对颜妤说，你不是什么第三者，不是你主动来破坏我的家庭，你是在不知道我家庭的情况下与我相爱的，你没有什么错。错就错在我事先欺骗了你。

转眼到了春节，颜妤跟顾子斌一起回老家过年。腊月二十九日那天，颜妤和顾子斌到了夏市，颜妤催促顾子斌春节期间必须跟妻子摊牌。

颜妤说："你要自己做出选择，要么离婚，要么我们分手。这次回去过春节，你要把你家庭的事情解决了，毕竟我在你们夫妻之间存在着，这种关系不能持续下去了。不然我们就分手。"

顾子斌虽然满口答应下来，但真正要跟妻子离婚，他还是有顾虑的，毕竟跟妻子一起生活了很多年，又有了一个可爱的儿子，况且父母对赵丽晶还是非常满意的。

顾子斌略带为难的表情还是被颜妤看出来了。当天下午，顾子斌开车要回老家的时候，颜妤为了坚定顾子斌跟妻子摊牌的决心，就说："我送你一段吧。"

顾子斌答应了，两人开车离开夏市。当顾子斌驾车快上高速公路的时候，见颜好还没有下车的意思，他就有点生气，以为颜好要跟着他到老家去闹事，催促自己离婚。在车上，两个人你一句，我一句地吵了起来。

颜好是个性格倔强的女孩，顾子斌越让她下车她越不下。她赌气地说："我今天就跟你回老家，看看你是不是真的要离婚，你不是口口声声说爱我吗？"其实，颜好根本没有跟他去老家的打算，她出门送顾子斌的时候，包和衣服都没有带。

没想到顾子斌也不示弱，他恨恨地说："走就走，一起去跟赵丽晶说。"两个人一较劲，他们就闹着去了老家。在高速公路上，气哼哼的顾子斌甚至打电话告诉了妻子赵丽晶颜好要回老家。当时，赵丽晶还不太相信，以为顾子斌开玩笑。因为这时候赵丽晶并不知道颜好的存在。

一路上，顾子斌告诉颜好，他和妻子赵丽晶认识不长时间就结婚了。他的妻子非常善良，是个家庭妇女型的女性。为了防止颜好做出过激行为，顾子斌劝慰说："你要我跟赵丽晶离婚，我就要分一半家产给她，这样咱俩就没有什么了，能不能等一段时间再说？"

但颜好坚决地说："我不管这些，你怎么补偿人家是你的事情，我们这个关系得弄清楚。你太贪了，什么都想要，什么都不放弃，这样不行，这个社会不允许，法律也不允许。"

他们一路争吵着到了老家，但颜好没有勇气去见赵丽晶，毕竟自己的身份很尴尬，顾子斌只好把颜好安排到酒店住下。

第二天就是大年三十了，颜好只好打车回了夏市。临走的时候，颜好咬着牙对顾子斌说："既然事情已经挑明了，你看着办吧。不是我逼着你怎么办，你自己的事情自己处理。"说完，头也不回地离开了这里。

在颜妤的催促下，大年三十晚上顾子斌跟妻子讲了颜妤的事情，提出离婚。赵丽晶这时候才知道自己的丈夫有了外遇，她哭着跟婆婆讲了一遍，顾子斌的妈妈气得又哭又闹又要上吊。大年三十的晚上，顾子斌全家在沉闷的气氛中度过了。

事情闹到这一步，顾子斌想隐瞒也隐瞒不了了。过年之后，他们就匆匆回了京北。没想到，他们刚到京北，顾子斌的妈妈就以生病要到京北治疗为借口随后赶来，目的是来京北看看促使自己儿子变心的颜妤是个什么样的女孩。

顾子斌的父母来京北后跟顾子斌和颜妤一起住。这期间，有时候看到顾子斌和颜妤吵架，顾子斌的妈妈就说："你们吵什么，这不是你一定要选择的人吗？她不是对你好吗？这么好还吵架？"

顾子斌的父母在京北居住期间，颜妤跟顾子斌的父母也产生了一些矛盾。

有一次顾子斌的劳力士手表莫名其妙地找不到了，他们就认为是颜妤拿的，颜妤百口莫辩。这使得颜妤与顾子斌两人冷战了一个多月。在父母面前，顾子斌对颜妤态度也变得冷漠了许多。这次突然出现的不信任，对颜妤伤害特别大。

颜妤知道，事情的起因是顾子斌的妈妈不喜欢自己。颜妤也知道，在这个家庭里，自己的身份是很尴尬的。顾子斌的父母在京北住了一段时间就回了老家，他们无法拆散顾子斌与颜妤，只好默认了这层关系，但他们坚决反对顾子斌跟赵丽晶离婚。

学业结束后，颜妤离开了学校，跟顾子斌生活在一起。由于她与顾子斌的矛盾，颜妤产生了出国读书的念头。颜妤出国有两个目的：一是继续学习，提高自己的文化水平；二是逃避她与顾子斌的感情，互相给对方一个思考的空间。

颜妤的父母都出过国，尤其是她的母亲，常年定居在加拿大，他们也希望颜妤能够出去读书。对颜妤出国读书，顾子斌也很支持。

颜妤去了瑞士，在苏黎世一个学校学习酒店管理。颜妤本来以为，这样远隔重洋，两个人都可以冷静地思考一下这段感情是不是有继续下去的必要，但实际上双方都没有真正冷静下来。

顾子斌的越洋电话无时无刻就会打到瑞士，有时颜妤正在上课，她的手机都会突然响起来。

颜妤在瑞士是边工作边学习，就住在学习的酒店。晚上颜妤把手机关掉，顾子斌找不到，他能给酒店的每一次层挨个房间打电话，直到找到颜妤。顾子斌是一个非常聪明的人，他的脑子特别灵，有时候找颜妤同事喊颜妤接电话，颜妤的同事因为嫌距离远不愿意叫颜妤的时候，他就骗颜妤的同事说自己来瑞士了，正在机场呢，让颜妤的同事满酒店里找她接电话。

颜妤到瑞士的第一个月，仅仅是打越洋电话，顾子斌的手机费就花了三万多，这更使颜妤坚定地认为顾子斌是深爱着自己的。颜妤在瑞士的学习是三个月一个学期，一到学期结束的时候，顾子斌就打电话给颜妤说："你快回来吧，我想你想得快疯了。"

就这样，一到放假的时候，颜妤的同学都到瑞士周边的德国、法国、意大利等地去旅游，颜妤就回国跟顾子斌团聚。颜妤的同学都开玩笑说颜妤坐飞机就像打的一样。当时颜妤和顾子斌两个人虽然有点矛盾，但他们分开后还是互相想念，每次团聚都有种小别胜新婚的感觉。

随着阅历和文化水平的提高，在颜妤眼里，身为商人的顾子斌慢慢变了，他们开始有了分歧。每次颜妤回国都发现顾子斌的变化越来越大，越来越物质化，这大概是顾子斌长期在商场拼搏沾染上很多商人习气的原因。刚开始的时候，顾子斌跟别人合股做汽车零部件的进出口贸易，后来进出口贸易不好做，赶上房地产热，他就改行做房地产。

在顾子斌商业上的合作伙伴中，跟顾子斌合作的一个老板对顾子斌的影响很大。那个人每次来京北都会换女朋友，而且都是名牌大学的大学生、研究生。

颜妤不喜欢顾子斌跟这样的人在一起，但又无法劝阻他。为了应酬，顾子斌经常在夜总会的 KTV 包间里莺歌燕舞。有一次颜妤从国外回来去找他，恰好他跟客户在 KTV 包房里唱歌，颜妤看见顾子斌把手放在歌厅小姐的腿上。颜妤特别生气，把手上的包一下砸在顾子斌身上，在那里大闹一场。

顾子斌是一个敢作敢为的人，他很有性格，也很要面子，这是颜妤喜欢他的一个主要原因。那一次，他觉得颜妤很不给他面子，把自己的客户得罪了，非常生气。他们一路吵闹着回家，快到家的时候，见颜妤还不依不饶，他气急了，从地上拿起一块砖头朝她脑袋打过来，把颜妤打得头破血流，去医院缝了三针。

慢慢地，他们在人生观、价值观上也有了分歧。他们刚认识的时候，顾子斌是个好学上进的年轻人，而现在他在颜妤眼里完全变成了商人。颜妤很痛苦，有时候她问自己："你是爱现在的他还是以前的他？"但他现在已经变了，颜妤很难接受这个现实，但她必须接受这个现实。

在颜妤最后一个学期的时候，她从瑞士回国看望顾子斌。这一次仍然是不欢而散，两人心灰意懒地去机场的时候，顾子斌在路上告诉颜妤，在颜妤出国期间，他买了一套房子，是用妻子赵丽晶的名字买的。

颜妤听后非常生气，觉得顾子斌根本没把自己当回事。但顾子斌解释说："用赵丽晶的名字买房，我们也不会吃亏，因为将来离婚，家产也是一人一半。"顾子斌还告诉颜妤说，这几天赵丽晶就要带孩子来京北，是顾子斌的父母提出来的。颜妤一听就明白了，顾子斌父母的用意是让他们巩固夫妻感情。

颜妤伤心了，顾子斌那么热情地把自己从瑞士接回来，两个人在一起虽然恩爱，说穿了不过是一个情妇的角色。自己转身一走，顾子斌马上要把老婆孩子接回来享受天伦之乐，深爱着顾子斌的颜妤无法接受这个现实。

在机场，颜妤催促顾子斌赶紧下决心跟赵丽晶离婚，但顾子斌的态度依然是吞吞吐吐，一副左右为难的神态。

就在机场，颜妤决定去顾子斌的老家跟赵丽晶谈谈，让他们分手或者想办法让赵丽晶来不了京北。颜妤找了个借口让前来送行的顾子斌离开机场，接着转身把去瑞士的机票换成三天以后的，买了一张机票当天就飞到了顾子斌的老家。

一下飞机，颜妤就买了十支体温计砸碎，找了个小瓶把水银装进去，想给赵丽晶喝下去。同时，在寻找接近赵丽晶借口的时候，颜妤想起顾子斌曾经提起过给赵丽晶办理移居的事情，她给赵丽晶打电话，告诉赵丽晶自己是办理移居的人员，约她面谈，赵丽晶答应了。

颜妤和赵丽晶见面后，赵丽晶询问自称是移居户籍办理人员的颜妤，如何办理移居的户籍。颜妤说移居要做身体测验，说完就给了赵丽晶一张避孕试纸，让她含在嘴里，接着颜妤就让她喝了水银。见赵丽晶喝完水银之后，颜妤很害怕，匆匆找了个借口离开了，赶忙飞回了京北。

赵丽晶喝完水银后，见颜妤神色慌张地离开了，她百思不得其解，一会儿，她感到自己的胃里翻江倒海，立即给远在京北的丈夫打了电话。顾子斌一听赵丽晶描述给自己下毒的女人的情况，马上明白是颜妤干的，顾子斌当天立即飞回老家处理。

而此时，颜妤也乘上了飞往瑞士的飞机。

回到瑞士后，颜妤一直忐忑不安，唯恐国际刑警会找到自己。而赵丽晶被颜妤下毒后，很快被送到当地医院医治，之后赵丽晶经过多方治疗后痊愈了，没有留下后遗症。尽管当时赵丽晶已经向当地警方报案，但颜妤已经离开国内，加上赵丽晶后来痊愈，这件事情就暂时搁置起来。

经过给妻子下毒这件事情，顾子斌开始疏远颜妤，颜妤对顾子斌渐渐失望了，打算跟他分手。恰好这期间，颜妤已经移居到加拿大的妈妈，想让颜妤到加拿大念书。

颜妤从瑞士回国办理去加拿大留学的签证。从国外回来，颜妤的心气也高了，加上价值观不一样，颜妤妈妈也强烈地要求颜妤跟顾子斌分手。颜妤去加拿大学习，一是投奔母亲，将来在国外定居；二是学习文化知识，提高自己的能力；三是逃避与顾子斌的感情。虽然顾子斌因为颜妤给赵丽晶下毒的事情疏远了颜妤，但回国后他们仍然藕断丝连，顾子斌为办签证的事情也是跑前跑后。

这时候，颜妤和顾子斌的关系已经心照不宣。以前颜妤跟顾子斌同居，现在顾子斌的房子，连钥匙都没有给颜妤。在等待签证的期间，颜妤在外面租了个房子居住。

一天晚上，颜妤从住处打车去找顾子斌，从车库坐电梯到了顾子斌家门口等他。因为生意上忙，顾子斌经常晚上12点才回家，颜妤就赶在这个时候去找他。12点左右的时候，顾子斌回来，一见颜妤就问，你怎么又来了？

颜妤说，我想见你，有事情跟你说。

顾子斌说，明天早上我还有事情要早起，你回去吧。

颜妤没有走，顾子斌把门打开，他们就进了门。

进门后，两个人坐在沙发上看电视，颜妤问了顾子斌一些最近的工作情况，他没怎么理颜妤，然后就进了卫生间。颜妤听见他在卫生间打电话，好像是给一个女孩打的。颜妤很生气，关掉电视，就脱了衣服上床等着他。他进卧室后，颜妤跟他说自己有了男朋友和一些气他的话。顾子斌很生气，一下子过来把颜妤摁在床上，疯狂地跟她做爱。

完事后，顾子斌睡着了，但颜妤翻来覆去睡不着，一直在考虑自己跟他这些年来发生的一切。想起刚才他打的那个电话，颜妤想看看他是给谁打的，就拿了他的手机和电话本对照着看。大概是听到手机按键的声音，顾子斌醒了，看到颜妤查他的手机，非常生气，一边抢夺电话本，一边打骂颜妤说："就不该让你进来，上次就该打死你！"

追打颜妤的时候，顾子斌跑到储物柜去掏东西，颜妤知道里面有把锤子，就往外跑。顾子斌拿了一把刀子追了过来。颜妤情急之下把电话本甩给他，把手中的衣服和包扔到他脸上，趁这个时候，颜妤冲过去按住他手上的刀，只听他"啊"了一声，可能是刀子碰到他身体什么部位了。这时候颜妤已经抓住刀柄，在抢夺中，颜妤一使劲就把刀子捅到他肚子里了。颜妤立刻把刀拔出来，他们都愣住了，对视了几秒钟，顾子斌突然把颜妤推向大门口，大喊："救命啊，有人杀人啦。"

颜妤在跟他的抢夺中，又把刀刺向了他的脖子和胸部，总共有十几刀。最后他们都没有力气了，面对面坐在地上，顾子斌说："你走吧，我恨死你了。"

颜妤说："我要带你一起走。"然后颜妤把顾子斌抱到洗手间，把房间里的血迹打扫干净，把带有血迹的床单和窗帘放到洗衣机里洗了。

颜妤找了个垃圾袋把刀子和擦拭血迹用的手纸和毛巾装好，下楼开着顾子斌的奥迪车，到附近的一个小区里扔掉。然后打车回自己租住的地方拿了一个大箱子，又返回顾子斌的家。颜妤用垃圾袋把顾子斌的上半身套起来，把他放进箱子里。因为箱子小放不下，颜妤就下楼去附近的商场里买一个更大的箱子。

等颜妤买了箱子回去，还没推开楼道的门，就听见有人在打电话报警。颜妤猜想可能是保姆发现了顾子斌，就赶紧离开了现场。

颜妤下楼到顾子斌的奥迪车里哭了一会儿，接着回到租住的地方收拾了自己的行李，然后去一家医院治疗手上的伤，又在一个地方租了房子住下来。

深夜，公安局刑侦支队的值班电话骤然响起，有人报称，顾子斌被人杀死在家中。经法医检验，顾子斌身上有十几处刀伤，死亡原因是胸腹部的五处刀伤导致的，死亡时间大约是在报案的五个小时之前。

发现死者并拨打110的，是顾子斌家雇用的清洁工。清洁工打开房门，准备对房间进行清扫时，发现顾子斌倒在血泊中。在顾子斌卧室的床上和墙壁上，有大量的血迹。

据报案的清洁工反映，这套住所平时只有顾子斌一人居住，而且她一进屋就发现了异常并马上报了警，可是侦查员在勘查现场时断定：屋里的东西有明显的被整理和打扫过的痕迹。

根据警方的调查和了解，发现这个楼道陌生人很难进去，因为进入楼道需要房卡或者是按门铃楼上的人开门才能进去。从现场来看，房门和窗户都是完好无损的没有被砸、被撬的痕迹，另一方面现场死者穿得很少，仅仅穿了一条短裤，通过这些情况的分析，警方认为很有可能是熟人作案。

顾子斌被杀后，警方在现场提取了一枚足迹，经过技术部门的分析和判断，断定是一个女子的足迹。侦查员立即将调查重点转移到与顾子斌有接触的女性身上。同时侦查员调取了案发当天该楼的监控录像。在案发这段时间，录像中出现了一名女子，这名女子形迹十分可疑。顾子斌的家人对录像进行了仔细辨认，确认这名女子就是顾子斌生前的情人颜妤。

颜妤为什么会在案发的那段时间出现呢？案发现场的足迹会不会就是颜妤留下的呢？一系列的疑问在侦查员的头脑中汇集，侦查方向也逐渐转向了情杀的范围。

就在这时，顾子斌的家人反映，顾子斌平时驾驶的一辆银灰色奥迪 A6 轿车不见了踪影，颜妤也联系不到了。警方初步判定，颜妤有重大作案嫌疑。

案发的两个多月后，警方通过电视节目对颜妤进行电视通缉，同时警方还在征询顾子斌的那辆银灰色奥迪 A6 轿车的线索。

就在电视节目播出的第二天，警方接到了一名群众的举报，称有一辆银灰色奥迪 A6 轿车一直停在一个停车场内。根据举报人提供的线索，侦查员们很快找到了车辆，果然这辆车正是顾子斌生前驾驶的奥迪 A6。

颜妤为何会将这辆车遗弃在这里，她究竟会藏匿在什么地方，如何才能找到她呢？侦查员决定先将这辆车依法收缴，因为侦查员感觉，如果颜妤果真藏匿在不远的地方，她就一定会发现这辆车已经被警方扣留。在这种情况下，有过出国经历的颜妤，很可能会仓皇出逃。于是警方就从出入境的关口上进行了布控。从火车站、机场、海关等各个方面加大了控制的力度。

就在警方布下天罗地网的同时，突然有人打来了举报电话，说颜妤准备去某使馆办理签证，侦查员火速赶到了该使馆门外。警方在蹲守的过程中，从使馆里走出了一名女子，经过警方分析和对照片的比对，应该就是警方所要寻找的犯罪嫌疑人颜妤，警方立即上前将其抓获。

面对突然出现在眼前的侦查员，颜妤并没有露出丝毫的慌乱，或许她早就意识到自己会落入法网。被带回刑警队后，颜妤始终是一言不发、低头沉思。也许颜妤怀着一种特别绝望的心情，或者还有一种可能是觉得还有一线希望，所以在警方的审讯中她一开始一句话都不说，一直保持沉默。后来经过很长时间，警方做了大量的思想工作，终于慢慢地打消了她的顾虑，颜妤就一点点地交代了她的问题。

经过大量的事实认定，公安局以故意杀人罪，将颜妤杀害顾子斌的这起案件全部移交到京北市人民检察院第二分院起诉。可是，一到检察院，颜妤就推翻了自己在公安局的证词。

在法院庭审时，颜妤显然消瘦了许多，她在法庭上泪流满面。

颜妤为自己辩解她是出于正当防卫，是在正当防卫过程当中，不慎将顾子斌杀死的。从被害人顾子斌的伤情来看，刑事科学鉴定表明，他身体上受了十几处的刀伤，他的致命伤是胸腹部的五处刀伤，致左肺、肝脏破裂，失血性死亡，而颜妤身上的刀伤可以说没有，只是身体部位有一两处的划伤。另外从性别差异上检察官分析，颜妤是一个娇弱女子，在和顾子斌打斗当中，如果是顾子斌手中持刀，那么面对身强力壮的顾子斌，颜妤是否有能力把刀抢过来，进行自卫呢？

案发以后，如果是一种正当防卫行为的话，那么一般的公民的反应是马上报警，但是颜妤相反，从暂住地把东西运走以后，再也没有回来，而且在这个过程中一直在积极办理出国手续，所以说她逃避法律追究的这种行为，应该说是非常显而易见的，因此根据这些客观情况，检察院和法院都认定颜妤犯罪不属于正当防卫。

在最后的陈述中颜妤说：“我跟顾子斌的关系不知道在法律上怎么界定，我认为是实质的婚姻关系。是他首先欺骗了我，告诉我他没有结婚我才跟他来往并成为他女朋友的。发生这个结果既是偶然，也是必然，一是我不懂法，二是性格比较倔强，处理事情比较容易偏执。如果当时冷静一点处理这个事情，去自首或者去寻求法律的保护，也不会出现这个问题。现在我特别痛苦，特别不值得，他也不值得……”

就在检察官刚刚驳回了颜妤的辩解时，被害人顾子斌的家人向检察机关提出颜妤除了故意杀人罪以外，还涉嫌盗窃罪。顾子斌的家人提出来，颜妤曾经开走过一辆帕萨特轿车，这辆车应该是属于顾子斌的。

在查清了案情，补充了大量的证据后，京北市人民检察院第二分院以故意杀人罪、盗窃罪对颜妤提起公诉。京北市第二中级人民法院一审以故意杀人罪、盗窃罪，判处颜妤死刑，剥夺政治权利终身。

初秋的阳光非常刺眼，但监狱中依旧环绕着丝丝凉意。

颜妤杀人案的一审判决书下来时，法警把颜妤从监号里带了出来，她知道今天就要给她宣判了，但她努力表现出平静的样子，拖着沉重的脚镣来到监狱大楼西侧的一所平房边上。这个地方是专门为死刑犯宣判的，宣判后警察会在法官的监督下为死刑犯戴上死囚特用的手铐，警察们说这叫“摭子”或者“死摭”，意思是说，如果死刑犯上诉没有被改判，将会戴着这副“死摭”走上刑场。

一般手铐是戴上即可，而“死摭”需要用重磅油锤砸，就是在死刑犯的双手各套一个用钢筋制作的有铆口的铁圈儿，然后用钢筋楔子直接楔入铆口，靠人力根本无法打开，除非用锯条锯断钢筋才可以。

颜妤被带到宣判现场的时候，跟颜妤同时被宣判死刑的九名犯罪嫌疑人都被砸上了“死摭”，有的在哭喊冤枉，有的泪水长流，有的默默无言，现场气氛仿佛降低到了冰点。所有的警察和法官都严阵以待，唯恐某个死刑犯会突然闹事。显然，等待宣判的颜妤也注意到了这些，但她一直表现出了少有的平静。

在法官为别人宣判的时候，颜妤悄声问旁边的记者关于她的判决情况，她说：“你知道我是怎么判的吗？”因为涉及审判秘密，在法官没有宣布之前，记者不能向颜妤透露，只好轻轻摇了摇头。颜妤的脸上立即没有了表情。

宣布判决前，法官问颜妤“对今天有没有思想准备”，颜妤说“有”。显然，颜妤与同监号的女囚们不止一次交流过，也肯定在监狱里认真地学习了刑法，她清楚自己的罪行是必须承担刑事责任的。怜香惜玉的法警唯恐颜妤听到判决结果后会晕倒，问她宣判时要不要搀扶，颜妤说不需要。

当法官宣判一审判处颜妤死刑时，她的眼光在瞬间的惊恐和木然后转为坦然，仿佛尘埃落定一般，她只说了一句话：“既然我做了，就会勇敢地去承担，但我要上诉。”

那段时间，“颜妤杀人案”经过媒体的报道，在社会上引起了强烈的讨论。在法院内部，颜妤一案也引起了很多议论。

当时，关于颜妤一审的判决，不同的人有不同的观点，归结起来大致有两种说法：一是颜妤死有余辜，原因是颜妤给顾子斌的妻子下毒，又亲手杀死了情夫顾子斌，手段太残忍；另一种说法是“太可惜”，理由是颜妤是被顾子斌欺骗后成为顾子斌情妇的，颜妤杀人是在无奈之下的激情犯罪，给社会造成的危害不大，应该给她生的机会。

由于此案经多家媒体报道后，在社会上引起较大反响，京北市高级人民法院刑事审判庭对此案非常谨慎。颜妤上诉后，京北市高级人民法院刑二庭依法组成合议庭，二审颜妤杀人案。

京北市高级人民法院终审判决颜妤由死刑改判为死缓，剥夺政治权利终身；以盗窃罪判处颜妤15年，剥夺政治权利3年。

据主审法官讲，本案改判的依据一是被害人顾子斌隐瞒已婚的事实与犯罪嫌疑人颜妤恋爱并同居，有过错在先；二是根据最高人民法院关于因家庭和感情纠纷和邻里纠纷引发的刑事案件处理中“慎杀”的意见。

在多次的接触中，颜妤给人留下了非常深刻的印象，不仅仅是她的年轻漂亮，而是因为无论怎样挑剔，颜妤在任何时候都是一个心理素质和应变能力极好的女人。她的话语和讲述几乎可以用天衣无缝来形容，包括她的泪与笑。她为什么会这么理智和冷静？难道杀人也仅仅是畸形和偏执性格的原因吗？

因为法院已经终审宣判颜妤死缓时，她在哽咽之后，显然放松了许多。在谈到她羁押期间的生活时，颜妤说，监狱生活很有规律。每天起床后锻炼身体一个小时，主要是做仰卧起坐和慢跑，两年的羁押生活都这样坚持下来了，这样做是为了锻炼吃苦耐劳的能力。

颜妤还说，在看守所里主要是在读书，把主要精力放在学习外语上，希望将来能够为社会服务。监狱里的每个房间都发了《法律通则》等法律读物，在被羁押的过程中，她学到了很多法律知识。当然，有时候她也读一些名著，比如林语堂的书。有时候到管教那里借书来看，管教也给她很多鼓励，鼓励她多设计一下自己将来的路，认真走好人生的每一步。

现在的她珍惜生命中的每一个日子，她想认真过好每一天。在看守所里，颜妤在排解心理压力的同时，也在思考着自己的人生。对于这一点，颜妤说她有三个收获：一是在个人修养方面一定要加强；二是性格方面过于偏执，以后要磨炼自己的性格；三是要学习法律，以后遇到事情要求助于法律。颜妤说，因为自己从小到大都比较顺利，承受生活挫折的能力比较差，原来对自己的要求不高。与顾子斌的事情，如果早与父母商量一下就好了。对过去发生的事情，颜妤感到特别后悔，感到特别对不起家人。以后人生的步伐要稳健一点，生活上要有计划，不能因为生活的挫折改变追求的目标。

在看守所里，颜妤告诉自己一定要活得坚强。因为她对生总是抱着希望，颜妤始终觉得自己是一个有用的人，将来可以为社会做点有意义的事情。

颜妤说，我以前都不知道世界上还有看守所这个地方。杀人后我才知道自己闯了天大的祸，感谢法院给了我这个机会，我一定要吸取教训，一定珍惜这次机会。终审判决等于让我获得了新生，下一步我一定要认真做人。对于父母，我是巨大的不孝，唯一能够做的是好好改造。现在无法为父母做什么了，但我希望父母平安健康，别再为我操心，这就是我最大的孝心了。颜妤的父亲把她的照片一直带在身上，时刻思念牵挂着她。

颜妤非常认真地说，到了新的地方，在好好改造争取减刑的同时，希望能够再继续读书，将来在监狱里争取获得研究生学位。

刚进入看守所时，颜妤还会爽朗地笑起来；之后在监狱，她更多的表情是木然甚至是淡漠，甚至宣判她死刑时她都非常坦然地抬起双手让法警给她砸上“死搋”；而在法庭上，颜妤每次都会痛哭流涕。谈起这些泪与笑的变化，颜妤说，当初的笑是因为回忆起与顾子斌曾经的美好爱情；之后在法庭上的哭泣是回忆起她在痛苦中度过的爱情和那个永远无法忘记的夜晚，以及犯罪之后的悔过，感受到法律的威严不可亵渎，为自己的错误而哭泣；而现在哭泣是经过两年的羁押和一年多的审判，听到最终判决后激动和感激的哭，是感谢政府和法院给她一个改造的机会。

颜妤在监狱里从来不哭，尽量保持愉快，不能因为哭泣影响他人，自己内心的痛苦只能由自己承担。颜好还说，这两年来我考虑了很多后果，在我住的监室里，判什么刑的都有。但我认为我罪不该死，希望自己能够活下来。在监狱里我就想，如果上诉后维持原判，判处死刑的话，那说明我罪有应得，应该以生命赎罪，我决不会哭，而且一定会坦然赴死。如果我能够活下来，我要怀着一辈子感激的心情好好活着、好好改造，因为生命不属于我自己，而属于这个社会以及我的亲人，我不能辜负社会和我的亲人。

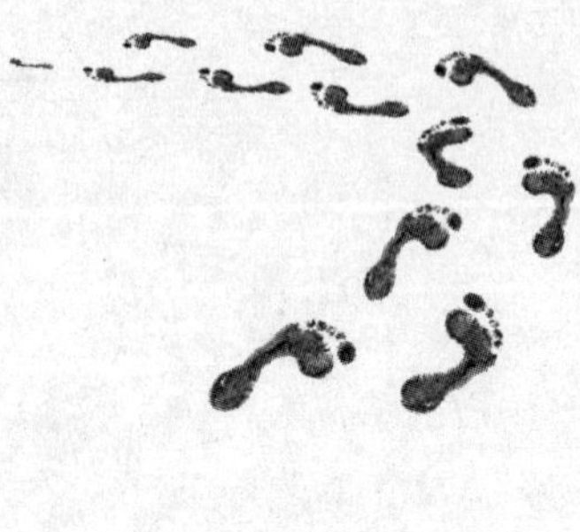

第十二篇

悲情母纵夫成虎

春节前，被押赴劳改农场进行劳动改造的石淑兰，听到女儿石方媛被京北市第一中级人民法院以故意杀人罪判处有期徒刑 8 年时，她蹲在监号里捶胸顿足地哭号着：“孩子啊，是娘害了你啊！”

42 岁的京北女人石淑兰，离婚后带着女儿嫁给来京闯荡的“老实”男人罗峰。石淑兰将全部幸福都押在这个强壮的男人身上，一步步失去经济独立和精神独立之后，最终发现她全身心依赖的这个男人侵害了自己的女儿，为了保全这个来之不易的家，她劝说女儿在罗峰的淫威下一忍再忍，在失去生命尊严和做人底线之后，石淑兰帮助丈夫杀害了女儿的男友。石淑兰的妥协和退让不仅把自己和女儿双双送进监狱，还把苦心经营十年的“家”一并毁掉。

秋天的一个上午，在南郊一个葡萄园内，从天而降的十几名警察将一个废弃多年的水井团团围住。警方从水井里打捞出一具尸体，因为高度腐烂，尸体已无从辨认。

当天，住在葡萄园附近的一家人被警察带走。41 岁的罗峰、他的哑巴弟弟罗海，一并带走的还有罗峰的妻子石淑兰，以及石淑兰 16 岁的女儿石方媛。

与此同时，另一个家庭也陷入巨大悲痛中，已经失踪五个月的儿子林小辉终于找到了，但却成了一具尸体。这是全家人几个月来能想到的最可怕的结果，林小辉刚满 18 岁，刚刚参加工作，刚刚交了个女朋友。

林小辉出门后就再也没回来，家人知道林小辉喜欢上网聊天，交了不少朋友，也经常和网友聚会，所以他们以为林小辉过几天就会回来，但这次林小辉一去之后便杳无踪迹，这才慌乱起来。最后，林小辉的姐姐林小悦告诉父母，林小辉失踪前给她打过一个电话，说是“去找女朋友玩了”。

家人费尽周折，才从林小辉的聊天记录中查到林小辉的女朋友石方媛的电话，林小悦连忙打电话询问弟弟在哪里，对方只说了一句话：“我不认识他。”然后迅速关掉手机。而对于石方媛的情况，林小悦一无所知。

林小辉失踪后，他的家人报案，警方展开调查，但一直没有准确线索。直到六个月后，警方接到报案，南郊葡萄园废井内飘出阵阵恶臭，警方通过查证和遗体鉴定，确认死者是林小辉，而涉嫌杀死林小辉的，却是他的女友石方媛全家。

林小辉的女友石方媛只是一个职业学校的在校学生，她怎么会杀死男友呢？在警方讯问下，石方媛交代是继父逼迫她诱杀了林小辉，继父罗峰才是杀人主谋和主凶。那么，身为继父的罗峰和身为母亲的石淑兰，有什么样的仇恨非要杀死从未谋面的林小辉呢？

随着案情的进一步深入，更大的谜团被揭开。

离异女人石淑兰带着孩子与罗峰组成新的家庭后，罗峰不仅支配和享用着两个女性，而且杀死了石方媛新交的男友。而林小辉这个刚刚 18 岁的孩子，在还分不出什么是爱情，什么是情欲的年龄，如同一只满怀好奇探头探脑的麋鹿，闯入了死亡陷阱。

石淑兰的第一场婚姻在女儿不到10岁时破裂，最初她不想离婚，在丈夫的打骂下依然忍气吞声，但后来家庭暴力成为惯性的丈夫竟然举起了刀，最终石淑兰害怕被害才离了婚。

离婚以后，石淑兰独自带着女儿生活，风里来雨里去，石淑兰唯一的收入就是在集市上卖菜赚点钱，维持娘儿俩的生活。一个女人独自支撑这个风雨飘摇的家毕竟不是长远之计，亲友们都劝她再找一个，甚至有热心人还给她介绍过几个，但不是年龄偏大，就是身有残疾，加上第一场婚姻对她造成的伤害一直挥之不去，她一直没有找到。

在一次集市散场后，她收摊准备回家，三轮车坏了，她蹲在地上一个人怎么也捣弄不好。边上一个卖菜的男人走过来说："我给你看看！"

石淑兰抬起头来，道谢。那男人个子中等，身材壮实，他弯腰下去，几分钟就把三轮车收拾好了。石淑兰说了声："谢谢！"同时心里动了一下。这个男人跟自己年龄相仿，也在集市上摆摊卖菜。

后来，两个人经常在集市上遇见。一来二去，石淑兰得知这个好心的男人叫罗峰，话不多，有一手发豆芽的手艺。

石淑兰暗地里观察，这个人不声不响，豆芽却卖得不错。有一天，她忍不住问和罗峰熟悉的同行："那个卖豆芽的是不是离过婚啊？怎么没见过他家里人啊？"

同行说："卖豆芽的是个光棍儿，人还不错，好像还有个哑巴弟弟，没人愿意跟他。"

石淑兰不再说什么，同行却笑起来："你是不是看上人家了，要不我给你们牵个线？"

石淑兰听完，没有拒绝。

两人在同行家见面了，石淑兰打扮一番出门，而罗峰也特意理了发，一双皮鞋擦得锃亮。

石淑兰坦诚地告诉罗峰："我比你大1岁，而且还有一个女儿，你愿意和我一起过啊？"

罗峰说："不就是多个人吃饭上学嘛！再说，我也有个哑巴弟弟，只要你不嫌弃就成。"

受过坎坷和伤害的石淑兰，正是看上罗峰一直带着弟弟生活，才觉得这是个重情重义有担当的男人。再说，哑巴弟弟很能干，将来一起生活也是个帮手。

于是，两个人几句话就把婚事定下，随后办了结婚手续。两人没有举办结婚仪式，石淑兰就带着女儿跟罗峰住在了一起。

四个人组成一个家庭后，石淑兰对生活充满了新希望。结婚第二天，她把女儿叫到罗峰跟前说："孩子，这是你新爸爸！"幼小的石方媛一声不吭，像受惊的小鹿似的不敢抬眼看罗峰。罗峰自我解嘲说："叫什么都行，反正都在一个屋子里吃饭睡觉，就别客气了。"

吃完早饭后，石淑兰打算去市场，罗峰说："以后你别去卖菜了，就在家帮我洗洗衣服、做做饭，我挣钱来养活你们母女俩。"听了这话，石淑兰心里一热，离婚这几年来，自己顶风冒雨卖菜，连生病都不敢懈怠，现在有了这个男人可以依靠，她突然间觉得有了主心骨。于是，她一心在家操持家务。

时间过得很快，13岁的女儿石方媛已经上初二了，个子也长起来了。有一次，罗峰有意无意地跟石淑兰说："石方媛长大了，等她成年后不用让她嫁人了，让她照顾罗海吧。"

"胡说什么啊你，她还是个孩子。"石淑兰对罗峰的话感到既吃惊又愤怒，没想到，罗峰没等她说完，就一摔门出去了。

丈夫走后，石淑兰有些自责，她以为丈夫是有口无心的玩笑而已。过了不久之后，有一次石淑兰看见女儿当着罗峰的面换裤子，她突然意识到有些事情要嘱咐一下女儿，就悄悄把女儿拉进卧室说：“孩子，你长大了，以后在他面前要注意一下，不要当着他的面换衣服。”没想到石方媛竟然轻蔑地笑了一下说：“你以为他是个好东西啊，他看我的眼神儿一直不对劲儿！”

“你这是说的什么话啊？！”石淑兰对女儿的回击感到生气。但是女儿也没再多说什么，起身就到学校去了。

生活看似平静地过着，几个月后，石淑兰突然发现已经来了一年多例假的女儿，突然例假停了，她连忙带女儿去医院检查，大夫的一句话让石淑兰如坠冰窟：“你女儿怀孕了！”

石方媛还是个 13 岁的孩子啊！

出了医院大门，石淑兰揪着石方媛的耳朵哭喊着：“孩子是谁的？”

石方媛冷冷地说：“罗峰的。”

石淑兰只觉得天旋地转，她一句话也说不出，只在心里喊了一声：“苍天啊！”

回家后，石淑兰质问罗峰，没想到罗峰无所谓地说：“我养活你们娘儿俩不是白养活的！你不让她照顾我弟弟，那怎么办？事情已经这样了，你也不至于为了这点事就离婚吧？！”

石淑兰痛哭起来：“这可是我女儿啊，是我嫁给你，不是我们娘儿俩嫁给你，你这是人畜不分啊？”

“我和她又没血缘关系，睡在一起也不是什么伤天害理的大事情。”罗峰丢下这句话，出门打牌去了。

听到这句话，石淑兰万箭穿心，她一个人呆坐了一整夜。看着刚刚建立起来的这个小家，千思万绪一时无法整理。天亮的时候，想想母女两人还要靠罗峰这棵大树庇护，想想女儿还要长大成人，自己无法独立把女儿抚养成人，再说，就是报警也换不回女儿的清白，石淑兰告诫自己：“这事儿不能让别人知道，不然没脸活下去了。”

第二天一早，打了一夜麻将的罗峰回来后，石淑兰说："以后你不能再这样了，否则让外人知道了，我们还有脸做人吗？你写个保证书吧！"

罗峰答应着"好好好"，便上床打起了呼噜。

石淑兰看着这个做完禽兽之举却泰然自若的男人，她有些麻木了。她想留住这个家，但并不清楚自己留住的是什么，如同抱着一颗随时都有可能爆炸的炸弹，她不知道要它何用，但她只能小心翼翼地捂着，仿佛外人不知道就不会爆炸。在一番掩耳盗铃、自欺欺人之后，石淑兰竟然把自己骗得就像什么也没发生过一样。

日子照旧过着，石淑兰在忍气吞声中失去了做人的尊严和底线。罗峰霸占着母女二人，俨然成了这个独特家庭中说一不二的君王，而母女两人自然就是他领土之内的私有财产。

对于只有 13 岁的石方媛，罗峰的欲望就如浊浪般汹涌。对于罗峰而言，石方媛就像儿童对于玩具一样，谁也不能碰她一根手指头。在外人看来，罗峰这个继父做得很到位，他对石方媛非常好，吃的用的，还有衣服和学习用品，向来都是石方媛想要什么就给什么，甚至还给刚刚考上职业中专的石方媛买了一部手机。

这一切都发生在石淑兰眼皮底下，但她像温水中的青蛙，慢慢地不愿意逃离这个忍让下的家了。

在看似平静却暗流涌动的家庭中，时间过去了两年。石淑兰一再妥协，在生活的重压下渐渐地放弃了生命的尊严。石淑兰唯一的指望就是不要把第二次辛辛苦苦建成的这个家拆开，她一直捂着这颗定时炸弹，对外人的善意提醒，她也一直替罗峰打掩护。

而石方媛在母亲的影响下，从最初的恐惧到最后的默认，慢慢又变成了对罗峰的依赖。就像一个畸形果实的形成过程，她被慢慢扭曲了。

石方媛初中毕业，考入一家职业中专读书。开始罗峰不想让她去，但石方媛之所以要去读书，目的就是想避开罗峰，她哭闹着一定要到中专学校去上学。石淑兰也不失时机地抓住这个机会，因为只要石方媛一住校，罗峰自然就没有机会对女儿进行性侵犯。

最后，在母女俩软硬兼施之下，罗峰答应让石方媛去读书，但他下了一个“命令”：石方媛在外面不能交男朋友，否则绝不客气。

石方媛听后冷笑了一下，罗峰说：“你别笑，我这不是开玩笑的，如果让我知道你交了男友，我就把他杀了！”

石方媛只把罗峰的话当作气话，根本就没放在心上。不到半年，石方媛就通过网络交上了男友林小辉。林小辉只有18岁，高中毕业后在一家工厂打工。他和石方媛通过QQ聊天相识后，两人在一家饭馆见了面，并当场确认了男女朋友关系。网上谈了几个月恋爱的两个年轻人，终于耐不住寂寞相约开房，在一家宾馆发生了性关系。

事后林小辉给石方媛买了一身衣服，石方媛很高兴。她发现，从继父开始，只要让男人占有自己的身体，要吃有吃，要穿有穿，而身体可以给继父，为什么就不能给别的男人？况且林小辉是她更喜欢的同龄人，这个18岁的小伙子给了她并不宽厚的臂膀，充当起了她的“男人”角色。而对于罗峰，石方媛能躲就躲，甚至一连几个周末都不愿意回家了。

实在躲不开家人的追问，石方媛回家后，当着母亲的面接了林小辉的几个电话，石淑兰马上嗅出打电话的人和女儿的关系不一般，她问石方媛：“这是谁？你真的交男朋友了？”

石方媛看了母亲一眼，冷冷地说：“是啊。”

“你就这么胡来吧！”石淑兰只说了这么一句，母女两人没有再沟通。石方媛心想，我交男朋友倒是胡来，继父对我所做的呢？她用手指甲刮着桌沿，心里满是愤恨，但又不知如何解决。索性就这样下去吧，看他罗峰能怎么样？

石方媛从学校回家过周末，带了一部新手机，石淑兰夺过她的手机问：“这是谁给买的？”

石方媛生气地说：“我男朋友给买的，我再也不用你们养活了！我很快就会离开你们这个恶心的窝！”

就在这时罗峰进屋了，他质问石方媛：“看来你真的是翅膀变硬了，交男友了是吧？我当初是怎么和你说的，你答应过我什么？你看怎么办吧！”

石方媛低下了头，像犯人一样，把她和林小辉如何认识，如何去宾馆开房一一告诉了罗峰。罗峰的脸一阵红一阵白，他一把将石方媛推到石淑兰面前说：“你女儿现在交了男友，还去宾馆开了房，你说怎么办吧？”

石淑兰低着头，不说话。

“我要把他弄死！”罗峰说。

石淑兰不敢抬头看罗峰，小声说：“你想怎么办就怎么办吧！”

三个人闷头吃了午饭，罗峰对石方媛说：“你今天就把那小子约来，让他天黑后来，就说让他在家里过夜，他要是真来了，我今天就要了他的命！”

石淑兰也帮腔说：“活该他死，你让他来。”

石方媛猛地站起身来说：“你们爱怎么做就怎么做吧！”

罗峰逼着石方媛给林小辉打电话，两人约好当天晚上到石方媛家吃饭。随后，罗峰嘱咐石方媛：“那男孩来后你带着他去你的屋里，但别插门，你先让他把衣服脱了。等他脱完衣服我就冲进去，你再出去把院门锁了。”

石方媛只说了一个字：“行。”

而此时的林小辉并不知道死亡的危险正在逼近，他兴冲冲地乘坐公交车往石方媛家赶，临上车时，还不忘给姐姐打一个电话炫耀说：“今天我要去媳妇儿家了！”

与此同时，罗峰担心自己一个人对付不了林小辉，就让哑巴弟弟罗海过来帮忙。

晚上6点钟，林小辉赶到石方媛家。罗峰和罗海藏到另一间卧室里，石淑兰找了个借口躲出去了。

石方媛带着林小辉进了卧室，十分钟后，罗峰和罗海冲进屋去，罗峰冲着正在跟石方媛亲热的林小辉就是一拳，石方媛趁机起身跑出家门。罗峰在弟弟的帮助下，用电线勒死林小辉，然后装到蛇皮袋子里，扔到了葡萄园的废井里。

事后，这四个人天真地想：没人会知道的，只要我们不说。

于是，这个奇异的家庭竟然又相安无事地过了半年，就像什么也没发生过一样。这对母女继续像被关进笼里的小动物，一切都被罗峰摆布着。直到警察找上门，他们才知道，杀人是要偿命的。

京北市第一中级人民法院一审以故意杀人罪判处罗峰死刑，判处罗海有期徒刑10年，判处石淑兰有期徒刑8年。

石方媛因为犯罪时还不满18岁，京北市第一中级人民法院少年庭经过审理，以故意杀人罪判处石方媛有期徒刑8年。

石淑兰得到女儿最终被判刑8年的消息时，已经是新年元旦了，石淑兰蹲在监号里捶胸顿足号啕哭喊着：“孩子啊，是娘害了你啊！”

石淑兰害的何止是自己的女儿，为了维护在外人看来似乎完整的家庭，她一忍再忍，让女儿失去贞操，失去花样年华，让自己成为身陷囹圄的杀人帮凶，而在石淑兰的纵容下，罗峰毫不顾忌地放纵着自己的各种欲望，杀人就像杀掉一个小动物一样，让人发指到只能用“禽兽”两个字概括。

第十三篇

女模特刺进牢房

毕业于名牌大学、在各类选美大赛中脱颖而出的“模特之星”孟曼丽，偶遇跨国银行中年男高管，投怀送抱成为中年高管的“爱情临时工”。当男高官女友回国，拿到60万元“下岗补偿”的孟曼丽仍然鸠占鹊巢，在与高管女友的火并中被抓伤脸面，恼羞成怒的孟曼丽带人讨要50万元“分手补偿”，一刀将情人刺下楼梯，也把自己刺进了牢房。

这是个百无聊赖的周末晚上，23岁的女模特孟曼丽突然接到一位闺中密友的电话：“曼丽，有空出来玩吗？我跟男朋友在歌厅唱歌呢，你来吧。”

正在家中无事可做的孟曼丽回答说：“好的，我马上就到。”随即，孟曼丽打扮一番打车赶到闺密所说的歌厅。进到歌厅时才发现，包房里只有闺密、闺密男友和一位40岁左右的中年男子在唱歌。

闺密站起来，将孟曼丽带到那位中年男子面前介绍说：“这位是我老公的哥们儿方一南，名校硕士，现在是一家跨国银行的中方高管，方大哥可是年薪百万的钻石王老五哦！”

闺密说完，诙谐地朝方一南嫣然一笑说：“我的闺密，名模孟曼丽，方大哥可别错过机会啊！”

随即，四个人坐下开始唱歌。孟曼丽和方一南的对唱配合默契，唱到很晚也聊到很晚。孟曼丽的青春靓丽和高挑身材让方一南心动不已，而方一南温文尔雅、宽厚谦让也让孟曼丽怦然心动，加上闺密的热情撮合，直到分手两人都意犹未尽，散场时恋恋不舍地相互交换了电话。

方一南回到他在金融街的公寓后，眼前一直晃动着孟曼丽的影子，他刚到家就发了一条短信给孟曼丽，表达了对她的好感。遗憾的是，当晚他并没有得到回信。这种类似拒绝的沉默愈发激起了他的好奇心。

第二天，方一南再次发短信给孟曼丽，约她周末见面。这次孟曼丽给他回了短信，两人约在一家咖啡厅见面。

这次见面因为没有别人在场，两人谈得轻松自在。在聊天中，方一南得知，孟曼丽考入京北上大学之后，充分发挥身高 1.68 米的优势，在大学期间就进入模特行业。大学毕业后，孟曼丽留在京北当了一名平面模特。她的玉照登上了国内众多知名时尚刊物，在各类选美比赛中也得过许多奖，在模特圈有了一定的知名度。

在得知孟曼丽曾经被一家杂志评为“模特之星”时，方一南禁不住赞美了几句。哪知道，孟曼丽却倒出了满腔的无奈：“别人只看到模特在镁光灯下被聚焦，在鲜花中接受掌声，却看不到我们的辛苦和无奈，这个行当只有名模才有钱赚有社会地位，我们这样的模特不但赚不到钱，有时候还要时刻提防那些色狼占便宜。模特是吃青春饭的，表面很亮丽、很光鲜，背后却异常艰苦，一些稍贵的品牌衣服都买不起，租的房子面积很小，家具也很简单。为了生存，我拍过不知名的小短剧、跟着草台班子走秀，现在还兼职在一个售楼中心当售楼小姐……”

听到这里，方一南只是笑了笑，没有继续往下问。其实他心里明白，模特这个行业很残酷，虽然能赚点钱，也是个销金窟，没有足够的金钱是无法维持下去的。当一些原本怀揣美好愿望的模特不能很好地生存下去时，就会改行或者依靠一些别的捷径维持表面的光鲜。而自己对于孟曼丽而言，就是“终南捷径”。

当然，两人谁都不会捅破这层窗户纸。随后两人的交往慢慢多起来，孟曼丽对方一南的印象非常好，不像她见到过的一些生意场上的人那样张狂世俗。方一南在国外学过金融贸易，一口流利的英语，有年薪百万元的高收入，又懂得女人心，孟曼丽非常喜欢他。

在此后三个月的时间里，方一南带着孟曼丽上歌厅、下饭馆、进商场，给她买名牌服装、手提包，以及各种名牌化妆品，孟曼丽从开始的拒绝慢慢变成心安理得地接受下来。

终于在一次酒后的晚上，方一南把孟曼丽带回了自己在金融街的公寓。当第二天孟曼丽在方一南的大床上醒来之后，明晃晃的太阳把她的眼睛刺疼了。在宽敞豪华、富丽堂皇的公寓里，她安闲地享受着方一南做给她的西式早餐。

孟曼丽没有追问方一南的过去，她知道，像方一南这种年薪百万的单身男人是不缺女人的，但他们的标准也很高。好在自己是一个众人追捧的模特，有足够的魅力吸引他。

一周以后，孟曼丽搬到了方一南的公寓住了下来。两人开始像所有的小夫妻一样，出入酒吧、餐厅，孟曼丽再也不用去住那租来的小房子住了，她俨然把自己当成了方一南公寓的女主人。

有一个周末，方一南不在家，孟曼丽突然在房间里发现了一些女人的衣物，包括方一南跟一个美丽女子合拍的照片。

方一南回来后，她就追着问：“这个人是谁？”

方一南说：“这是我女朋友林菲，他被外派到国外工作了，还不知道什么时候回来。”

“那你们会分手吗？你会娶我吗？”孟曼丽禁不住问。

“我跟她谈了多年，家庭也是门当户对，我们不可能分开。你比我小将近 20 岁，咱俩年龄差距太大，跟我厮守一辈子多亏啊！”方一南劝慰孟曼丽说。方一南之所以这么说，是因为他的女友林菲虽然容貌比不上孟曼丽，但学历很高、气质出众、能力超群，从整体素质上来说远远超过孟曼丽。孟曼丽只不过是填补他寂寞空白的一剂调味品而已。

孟曼丽哭得梨花带雨，她没有再深问下去。毕竟她不愿意突然失去这个钻石王老五，更不愿意回到自己租居的小房子里过拮据的日子。她宁愿像温水里的青蛙那样，在温暖中享受不知何时到来的结果。此时的孟曼丽明白自己变成了“爱情临时工”，更不知道自己何时“下岗”。当然，她也知道自己虽然对方一南有感情，但要嫁给比自己大了将近 20 岁的方一南，无论在年龄和心理上都有障碍。但享受这种挥金如土的生活，她还是愿意的。

而方一南确实对孟曼丽也有一些情感，女友长期在国外工作，距离上的疏远加上单身生活的寂寥，这个年轻的女模特给他带来了情感的补偿和生活的乐趣，使他欲罢不能。

方一南和孟曼丽同时犯下了情感错误，他们对待情感就像吃快餐一样随便，殊不知这种随便有时候却是最致命的，苦果只有自己事后去尝。方一南在和孟曼丽同居的时间里，按照孟曼丽的要求，方一南每月给孟曼丽两万元花销。除此之外，方一南还为孟曼丽买了钻戒、名牌女包、顶级化妆品等奢侈品。

为了让孟曼丽有一份独立的事业，方一南出资 5 万元让孟曼丽开个店做生意，但孟曼丽根本无心开店，这 5 万元打了水漂。

在这之后，突然有一天孟曼丽泪眼汪汪地对方一南说：“我妹妹生病了，需要做手术，我一时拿不出手术费，怎么办啊？”方一南二话没说，当即拿出 10 万元给了孟曼丽。方一南根本没有问孟曼丽到底有没有妹妹，她的妹妹得的是什么病。也许方一南根本不想问，他只是用金钱换取短暂的欢娱而已。

陷入温柔乡的日子几乎一晃而过。然而，一个越洋电话让方一南目瞪口呆，女友林菲告诉他，受全球经济危机的影响，她要提前结束在国外的工作马上回国，一周后就到京北。

方一南顿时六神无主，他思来想去，决定让孟曼丽这个“爱情临时工”立即下岗，迎接正牌女友的到来。

当天晚上，方一南和孟曼丽在酒店吃完饭回到公寓，方一南说：“曼丽，和你说件事。”

“说呗。”孟曼丽毫无准备地望着方一南。

方一南吞吞吐吐地说：“你一周内搬走吧，我在华光路给你租了个很不错的房子，已替你交了两年的租金。”

“为什么？”孟曼丽听罢，睁大了双眼。

“我女朋友要从国外回来了。”方一南说。

这个消息让孟曼丽浑身冰冷。过了好久，她才吐出几个字：“你这个骗子！”然后哭着背起包负气出走。

孟曼丽当天没有回到方一南的公寓，也没搬走她的东西。在方一南一次次不停地拨打电话之后，孟曼丽最终接了电话，方一南让他回公寓拿行礼，她哭着说：“我白白让你睡了三个月，你以为你在打发乞丐呢！”

随后孟曼丽破口大骂，以往的恩爱瞬间化为尘烟。方一南思来想去，当天晚上又给孟曼丽打电话说：“我给你打点钱去吧，你说要多少都行，你赶快回公寓把东西搬走吧，求求你了。”

此时孟曼丽冷静了许多，她不哭也不闹了，只是咬紧牙关说：“方一南，我不要钱，我也坚决不搬家！你有女友我也不怕，我难道比不上她吗？”

面对孟曼丽的鸠占凤巢，方一南无计可施。与此同时，女友林菲的越洋电话打得也很急，告诉他周末就要飞回京北，让他去接机。方一南慌了手脚，只好搬离了金融街的公寓，在外面租了一套房子先稳住女友。

孟曼丽回到公寓，一看方一南搬走了，更加气愤。她给方一南打电话，而方一南此时刚刚接到回京的林菲，他慌乱地告诉孟曼丽："房子你先住着，我再给你 45 万元，加上给过你的 5 万总共是 60 万元，算是对你的补偿。咱们好说好散，从此你别再打扰我的生活。"

电话另一端，孟曼丽已陷入疯狂："我凭什么输给她？你不让我好过，我也不让你好过，你跑到哪里我都不会放过你。"

本想拿点钱把孟曼丽打发走人，但事已至此，方一南也没了主意。等方一南从机场接回女友林菲之后，林菲也发现方一南忧心忡忡。在方一南带着林菲回公寓搬走自己的物品之后，林菲大惑不解，方一南为什么有房子不住却出去租房，在林菲的询问之下，方一南向女友全盘托出了事情的经过。面对男友的背叛，林菲爱恨交加。但她理智地原谅了方一南，同时也对鸠占凤巢的孟曼丽感到气愤。

"为什么我们要搬出来而不是她？我们现在就搬回去。你真是太糊涂了，给她那么多钱，还把住处也让了出去。"林菲拉起方一南就要回公寓。

方一南低声说："她不是那么容易商量的，这个人很纠结。"

"我倒要看看她是什么样的人，我们的公寓她凭什么占着？"林菲说完，拉着方一南直奔公寓。

两个剑拔弩张的女人一见面，气氛紧张得令人窒息，最难堪的当然是方一南，他不知如何应对。

一进门，方一南发现孟曼丽还叫了几个外人来助阵。见到方一南和林菲，孟曼丽掐着腰追问方一南："我的戒指不见了，30 万呢，是不是你们顺手给拿走了？拿不出戒指你们别想走！”

本来憋着一肚子气的林菲连忙解释，但孟曼丽却不依不饶，最后林菲再也没有了耐性，讽刺说：“不过是一个野模，混不好就想找个人被包养，跑到我们家来赖着不走，你能买得起30万的戒指吗？”

孟曼丽一听这话，朝着林菲扑过来，两人撕打到一块，方一南夹在中间，也挨了几巴掌，公寓里乱成一团。等平静下来，孟曼丽发现自己的脸上有血，才知道自己那张俊俏的脸被林菲抓破了。

眼看着两个厮打在一起的女人，慌乱中的方一南当即打了报警电话。警察赶到后询问调查三人的关系时，方一南牵着林菲的手说：“她是我女友。”

“那她呢？”警察指着孟曼丽问，方一南支支吾吾地说，“也是女朋友，但是是临时的……”方一南刚说完，孟曼丽就抓起包哭着跑了出去。

孟曼丽虽然走了，但方一南却更加心神不宁，他知道孟曼丽不会善罢甘休。

果然，第二天孟曼丽打来电话：“我要到法院告林菲，我的脸被她抓破了，根本无法工作，你们要赔偿我。”

方一南哀求说：“别闹了，钱我也给你不少了，你能不能理智些，我们以前还是有感情的。”

“别骗我了，我要让你尝尝身败名裂的滋味，让你单位的同事、父母、朋友都知道，你是怎么玩弄女人的。”孟曼丽咬牙切齿地说。

方一南不说话了，自己因为寂寞而背叛女友找来“爱情临时工”，在“下岗”之前反戈一击，他只有背水一战了。因为他和林菲的父母都是在京北有头有脸的人物，他的事业发展不容他有如此低俗的花边新闻，他必须想出更好的办法尽快甩掉手中捧着的这个“刺猬”。但让他左右为难的是，本想用钱解决一切，但现在这招不好使了，已经付出了 60 万元，无论再付出多少都是无底洞。

而孟曼丽被玩弄之后像抹布一样被扔掉，又得不到她想要的补偿，怒火在她心中轰然而起，产生一种鱼死网破的冲动。受伤后她去当地派出所报案，但脸上轻微的划伤已好，并无大碍，警察也不愿意处理这种情感上的小纠纷。

此招无效，孟曼丽找到方一南的单位。方一南当时正在开会，孟曼丽在单位前台吵着要见方一南。方一南看到孟曼丽以后大惊失色，他想尽一切办法把她请到了外面小声哀求："你还想怎样？我都说透了。你就放过我吧。"

"你这个骗子！既然这样，我脸上受伤了，毁容影响了广告合同，我要给人家广告客户赔钱，你必须赔偿我的损失，起码要赔我 50 万，否则我绝不放过你，我就把你欺骗我的事情放到网上去，让全国人民都知道你这个色狼的龌龊行径。"孟曼丽说罢，扭头离去。随后，骚扰电话和短信每天十几个，每次都宣称要把方一南的事情放到网上去或者告诉他的同事和家人，这一切让方一南头疼欲裂。

不堪骚扰的方一南给孟曼丽打电话说："你有时间吗？我们聊聊？"

"聊什么？是谈再赔我钱呢？还是我们重新开始？"孟曼丽仍然不依不饶。

"见面再谈。"方一南说，"地点在我们第一次见面的咖啡厅，明天下午三点。"说完方一南挂掉了电话。

方一南带着同事吴东来到咖啡厅，吴东嘱咐方一南："这种女人吃硬不吃软，你再也不能委曲求全给她钱了，既要心平气和，又要斩钉截铁地分手。"

方一南一心想挣脱烦恼，听吴东这么一说，长叹一声说："事情已到了这个地步，我也是无奈才来见她，我怕她一哭一闹，就又乱套了，今天就见机行事吧。”方一南说。

三人正聊着，孟曼丽带着一群人进来了。她看见方一南身边还有别人在时，脸色马上沉下来。她一言不发地坐下来，气氛在那一瞬间凝固了。

方一南率先打破僵局说：“曼丽，今天咱们平心静气地谈谈。当初我向你隐藏我女友在国外是犯了错误，我在此向你道歉，咱们分手吧。”

孟曼丽铁青着脸，怒气冲冲地说：“那个女人回来前，你可从没说过要分手，肯定是她给你出的主意吧。别的不用谈，赔偿我就行。”

“你还年轻，在模特界又有前途，何比非得在我这棵树上吊死呢？”方一南自我解嘲道。

“别的不用说了，我这次来不是跟你谈破镜重圆的，我被你女朋友把脸划伤了，影响了广告合同，你必须赔偿，最少50万，拿钱来我就跟你一刀两断。”孟曼丽说。

坐在一边的吴东忍不住插话说：“方一南已经给了你60万了，你还想怎么着？”

孟曼丽看都没看吴东一眼，只是问方一南：“你今天带人来，是什么意思？找帮手是不是？”

吴东站起来说：“不是方一南叫我来的，是我主动来的，是我看不下去了。你这种女人，我见得多了，一开口就是50万，你值50万吗？今后你别想再从方一南这里拿钱了！”

“方一南，你今天带了个疯子来！”孟曼丽喊着冲向方一南就要厮打。

吴东站起来拦住她说：“你想想你做的那些龌龊事情，还有脸在这里叫嚣，一个做小姐的，60万还买不够你吗？”

孟曼丽气得浑身发抖：“方一南，你告诉他我是做小姐的吗？”

方一南默不作声，气急败坏的孟曼丽冲过去左手狠狠地打了方一南一耳光，方一南顿时眼冒金星。他拉起吴东站起来想走，刚走到楼梯口，孟曼丽突然从随身携带的包里抽出一把水果刀，疯狂地冲过来从后面朝着方一南用力捅了一刀。方一南脚下没站稳，一个趔趄从楼梯上滚了下去。

鲜血沿着楼梯点点滴滴地喷洒了一地。吓傻了的吴东顾不上报警，连忙将方一南送到医院治疗。在医生的抢救下，终于保住了一条命。

“杀人”之后的孟曼丽带着她的朋友们扬长而去。

而令方一南不堪忍受的是，就在他被刺伤之后，他并没有报警，却一次次收到快递寄来的信函和包裹，打开一看，里面不是避孕套，就是女人内裤，还有孟曼丽写来的索赔信函。

方一南不堪骚扰，朋友们理智地劝说方一南，只有利用法律武器才能结束这场无休止的骚扰和纠缠，况且孟曼丽将方一南捅了一刀已经构成刑事犯罪。在朋友的催促下，方一南无奈之下向警方报案。

而此时的孟曼丽，早已忽略了自己所做事情的严重性，她一边不停地催促方一南赔钱，一边去海市参加模特选美大赛，把刺伤方一南的事情忘到了脑后。直到警方在孟曼丽的老家找到她，她还觉得自己根本没有任何过错。

最终，法院以故意伤害罪判处孟曼丽有期徒刑5年。

孟曼丽绝对没有想到自己刺出去的一刀，竟然把自己刺进了监狱。也许孟曼丽自己都说不清，她对方一南的依恋到底是因为感情还是金钱。但愿孟曼丽在刺醒方一南的同时也打醒还算年轻的自己：女人要找一副坚实的男人肩膀才靠得住，爱情才不会下岗。但无论什么样的“爱情临时工”，都会随时下岗。

因为“爱情临时工”的合约，用的只是花花绿绿的钞票。这世上，最靠得住的除了自己也许还有金钱。而最靠不住的，也是金钱。

第十四篇

董事长横刀断情

夏市霓虹灯初上的一个傍晚，30岁的单身美女董事长刘虹妮急匆匆地赶往一家豪华酒店，今晚她要约会一个海归富商。按照朋友的介绍，那个海归男人林建勇是一个比自己大12岁的富商，在美国旧金山的唐人街做生意，在当地的华人圈里很有影响。这个钻石王老五虽然有过短暂的情感经历，却一直没有结婚。这次独自回国一是国内的经济环境越来越好，他想回国做生意，另一条就是希望找一个国内的女朋友结婚。

尽管比自己整整大12岁，刘虹妮并没有觉得年龄是个问题，况且两人都属兔，属相很相和。听完朋友的介绍，在商界打拼了近十年仍孑然一身的刘虹妮，决定赶赴这场美丽的约会。

刘虹妮大学毕业后只身到夏市发展，进入一家外企工作。生长于单亲家庭的刘虹妮却有一件心事隐隐让她心痛，她的母亲在生她之后，由于缺乏医学护理常识和条件，落下了腰痛、风湿等严重的后遗症。一个偶然的机会，刘虹妮看到了一则报道称，现在月嫂生意十分火爆。当时只有25岁的刘虹妮决定弥补母亲的这个遗憾。她辞掉月薪5000多元的工作，创办了母婴中心，为产后妈妈及新生儿提供服务。

得知女儿去当月嫂，母亲急忙从南州老家赶到夏市，极力劝说她放弃，可是根本不见成效。看着女儿如此坚决，无奈的母亲只好尽自己最大的能力帮助女儿，每天拿着一叠传单悄悄上街分发，甚至连公共汽车都舍不得坐，晚上回来还跟刘虹妮一起打地铺。

一年的辛苦终于换来了回报，刘虹妮的生意红火起来。但令刘虹妮意想不到的是，有一天妈妈拿着小广告出门之后再也没有回来，当她找到妈妈的时候，妈妈已经躺进了医院的太平间里，手里还握着一沓小广告。

一辆飞驰的车，撞飞了正在路口发小广告的妈妈。

料理完母亲的后事，刘虹妮把自己关在房间里，任何人都不见。她觉得是自己给了母亲太多压力，才让母亲以这种方式去世的。刘虹妮从小父母离异，母亲辛苦把她带大，做母婴行当原本是想报答母亲，没想到自己做生意，却让妈妈因此离世。

但刘虹妮并没有垮掉，而是化悲痛为动力，积极投入到公司运作之中。经过几年打拼，刘虹妮的月嫂中心在夏市等地拥有四家分支机构。

刘虹妮是个未婚的创富美女，自然有很多热心朋友为刘虹妮张罗着介绍对象，而这次朋友介绍的海归富商林建勇，让刘虹妮觉得能够跟自己的身份相配，于是她欣然赴约。

当端庄大方的刘虹妮出现在温文尔雅的林建勇面前时，林建勇只觉眼前一亮，刘虹妮比他想象得更漂亮、更有气质，林建勇不由得暗自庆幸自己的好运。

刘虹妮被林建勇火辣辣的眼神盯得有些不好意思了，低着头说："你不请我坐下吗？"林建勇赶紧站起来，殷勤地替刘虹妮拉开椅子，请她坐下。

这是一次愉快的约会，直到夜半酒店快要打烊了，这对彼此心仪的男女仍然舍不得分离。杯中的茶水一续再续，柔情如温暖的红茶一样渗入心底。

这次见面让刘虹妮开始憧憬自己的美好婚姻。刘虹妮通过短暂接触发现，林建勇多年生长在美国，为人处世的方式非常单纯，也非常直接，从不拐弯抹角，而且出手大方，两个人一顿饭就花掉了上千元。刘虹妮对林建勇的印象很好，她决定跟林建勇交往一段，然后再考虑谈婚论嫁。

不久之后的一天，天气突变，刘虹妮受凉感冒了，便一个人在家休息。当林建勇得知刘虹妮生病之后，急匆匆开车送来了很多药品，还亲自为刘虹妮下厨做了一碗可乐姜汤。

端着热乎乎的姜汤，刘虹妮不禁为林建勇的这份柔情和关心感动了。这时候，林建勇坐在她身边，轻轻拥着刘虹妮在她滚烫的脸上轻轻亲了一下，刘虹妮的脸腾地一下红了。两人的情绪被点燃之后，便应了一句古诗：金风玉露一相逢，便胜却人间无数。

很快，两人开始同居。这两个商界精英在一起，简直是珠联璧合的一对。

但是，只有林建勇自己明白，他只有小学文化，十几岁的时候跟随家人从夏市到旧金山打拼，虽然在唐人街做海鲜生意，手头上也有百万家产，却根本算不上什么大富商，更谈不上真正有学问的海归，只能算是在美国混迹多年的“海带”而已。尤其是自己学识浅薄，在刘虹妮这个正牌大学生面前，林建勇多少有些自卑。加上刘虹妮年轻美貌又有自己的公司，林建勇隐隐觉得自己有些配不上这位美女董事长，他最担心的事情就是突然之间刘虹妮会跟自己说拜拜。

林建勇虽然受过美式的人生观的洗礼，但他是个内向偏执的人。他认为既然和刘虹妮有了亲密接触，这辈子就是自己的人了，所以他对刘虹妮的“保护”也就逐渐升级了。

为了拴住美女的心，林建勇采取了两套策略：一是用金钱打动女人心。他在刘虹妮身上大把花钱，吃饭聚会必去高档酒店，消费必去高档场所，而给刘虹妮购买化妆品和首饰，更是挥金如土。只要刘虹妮喜欢，要钱给钱，要东西给东西，绝不犹豫。在与刘虹妮交往的过程中，无论是刘虹妮生意上需要钱，还是日常花销，林建勇都一力承担，仅仅用在刘虹妮身上的吃喝和礼品费用，林建勇就花掉了将近二十万元。

除了用金钱打动佳人，林建勇还动用了第二套策略，就是用牛皮糖的办法黏住女人身。从两人同居开始，林建勇每天打电话都要详细地问刘虹妮在什么地方，和什么人在一起。刘虹妮虽然嫌他啰唆管得太宽，但她只当林建勇是关心自己，也就没往心里去。

当然，刘虹妮更没有想到他们之间最大的分歧还在于处事方式的不同和文化上的差异。在热恋中，她只是在享受着这个多金男人带给她的物质满足，感到了前所未有的异性温暖。

对于挥金如土的林建勇，刘虹妮是接受的，她乐于享受被男人关怀的感觉。但对于林建勇隔几个小时就给自己打电话，刘虹妮慢慢觉得有些不适应。

一天，刘虹妮和林建勇一起吃饭时去了一趟洗手间，此时刘虹妮放在餐桌上的手机响了起来，林建勇立即帮着接了起来。

没想到对方是一个男性的声音：“喂，你哪位啊？请找王燕青接电话？”

林建勇以为是对方打错了，立即说：“对不起，这个电话的主人不叫王燕青，你打错了。”

没料到对方坚称没有打错，一口咬定是王燕青的。

林建勇质问道：“你是谁？这是我女朋友的手机。”

而对方的口气更强硬：“你是谁啊？我还是她男朋友呢。”

林建勇一听火冒三丈，骂道：“你是哪个瘪三儿，敢跟我抢女朋友。”说罢挂断手机，气呼呼地坐在那里。

刘虹妮从洗手间回来一看林建勇突然阴沉着脸，不知道什么原因。林建勇却单刀直入地问：“你有很多事情隐瞒着我吧？”

“我隐瞒你什么了？”刘虹妮不禁有些气恼。

“你还有别的名字吧？你是不是还叫王燕青？”林建勇克制着自己的怒火问。

“你从哪里知道的？我不可能把什么都告诉你吧？能不能留给别人一点空间啊？”刘虹妮有些不高兴了。

林建勇也不示弱：“那个人说是你男朋友，你竟然背着我在外面交男朋友？要不是人家来电话我还不知道呢。刚才那个男的和你是什么关系？我都不知道的事情为什么别人都知道？”

刘虹妮大声质问道：“我用化名怎么了？你怎么不跟我说你的事情，泡夜总会、网上赌球，你在美国打伤过你的前女友，你以为我什么都不知道啊？为什么你闭口不提你的学历？一个刚读完小学的人，你有什么资格在我面前装绅士？我懒得理你罢了。”

当刘虹妮脱口说出这些话来时，林建勇一下子愣在了那里。这些都是自己的隐私啊，刘虹妮怎么会知道的？他控制不住自己的情绪，两人谁都不示弱，你一言我一语，句句话如刀锋，这场浪漫的晚餐变成了恶言相向。接着吵架变成了动手，两人撸起袖子挥拳相向。

两人对爱情和生活的方式格格不入，刘虹妮是个独立创业的大学生，追求那种时尚前卫的生活方式。而林建勇所想的就是把刘虹妮变成自己的妻子。

对于自己和林建勇的关系，刘虹妮犹豫了。想想自己和林建勇认识不到两年时间，他恨不得时时刻刻都守在她的身边，还喜欢把自己的意志强加在她的头上，如此强烈的占有欲让刘虹妮透不过气来。

刘虹妮觉得自己和林建勇在性格上差异太大，再继续下去也只是互相伤害，长痛不如短痛，刘虹妮决定斩断情丝。于是，刘虹妮主动提出了分手。

而对于林建勇来说，分手是不可能接受的事情。可是刘虹妮已经铁了心要分手，她斩钉截铁地说："我们俩性格不合，分手是早晚的事情，你不要纠缠了。"

"你说分手就那么容易吗？我全心全意为了你，这两年在你身上花了不下 20 万吧？你凭什么要跟我谈分手？"林建勇不愿意分手，两人大吵了一架。气急之下的林建勇抬手狠狠地打了刘虹妮两巴掌，两个人又当场厮打起来。

刘虹妮抓起电话报警。警方赶到后一问，两人是恋爱关系的感情纠葛，加上刘虹妮伤势轻微，达不到刑事处罚条件，警方仅仅做完笔录教训两句就离开了。

每次打架后，林建勇都和气地跟刘虹妮谈话，希望刘虹妮能和他重归于好，而且还一遍遍提醒刘虹妮，感情不能草率，既然爱了就爱下去。

与此同时，刘虹妮在夏市的生意也越来越困难，随着各大媒体的报道，母婴护理成了热门话题，大量母婴护理公司在夏市跟风成立。在无序的恶性竞争之下，由于刘虹妮公司的人手不够，加上陷入与林建勇的感情纠纷，流失了很多生意。

在这段时间里，刘虹妮每天晚上都睡不着觉，吃饭也不香，她反复在想：是自己选择错了吗？

在事业和感情都找不到突破点的时候，刘虹妮这个干练女子突然彷徨起来：继续留在夏市发展吧，感情和事业都遇到了瓶颈。放弃吧，前期又付出了那么多。刘虹妮每天在进退两难的处境下生活。

绞尽脑汁的刘虹妮决定北上，一则撬开京北市场，二则能够远离林建勇。想好之后，刘虹妮把到京北发展的想法告诉了林建勇。当然，她没有把逃离林建勇的隐秘想法说出来。

没想到林建勇却关切地说："一个女孩子家何必要那么辛苦，我们现在也这个年纪了，该是成家立业的时候了，老是这样子劳累下去，会耽误个人的终身大事。你别去了，咱们结婚吧。"

刘虹妮是那种既然做出决定就不会更改的人，她不顾林建勇的劝阻，像当年辞职离开外企一样只身来到京北开起了公司。令刘虹妮意想不到的是，林建勇不但跟着她来到了京北，还对刘虹妮的事业给予大力支持，甚至刘虹妮租的住房，都是林建勇掏的房租。

林建勇的种种举动让刘虹妮左右为难，既然林建勇掏了房租费用，他就理所当然地搬进了这套房子，继续跟刘虹妮同居。而此时，对去意已决的刘虹妮和一心结婚的林建勇来说，只能用同床异梦来形容他们之间的关系了。

表面上两人依然是男女朋友，但心底里刘虹妮早已产生的抵触情绪，为了避免与林建勇发生正面冲突，她开始采取了躲避的办法。由于林建勇的生意大多在当地，需要飞来飞去一边照顾生意，一边维系与刘虹妮的感情。而刘虹妮发现这个爱钻牛角尖男人，莫名其妙地有一种"处男情节"，她感到可怕至极。

从此，只要是林建勇的电话，她就毫不犹豫地挂断，为了防止林建勇的骚扰，刘虹妮还更换了京北的手机号码，一时间耳边清净了不少。

然而，就在刘虹妮暗自庆幸终于甩掉了林建勇的纠缠时，林建勇却不知疲倦地从夏市飞来京北。一天晚上，忙活了一天的刘虹妮刚回到家，却发现林建勇没有事先打招呼就来到京北。

刘虹妮有些惊讶地问道："你怎么在这里？怎么不打个招呼就来了？"

林建勇也没好气地说："这是我的家，房子是我租的，我回自己的家还需要打招呼吗？"

刘虹妮皱着眉头正色道："我们分手吧，你要正视这个现实，我们都需要新生活，以后你不要来找我了。"

林建勇慢条斯理地说："要知道，我把所有的情感都给了你，这几年供你吃、供你玩，全心全意支持你的事业，你现在成了名人，玩弄了我的感情就想抽身甩了我，那么容易吗？"

"你到底想怎么着？"刘虹妮几乎忍无可忍了。

"我就是要和你结婚。"林建勇也非常干脆。

刘虹妮几乎咬着牙根斩钉截铁地说："绝不可能！你死了这条心吧。"

"分手可以，那你把这些年我借给你的钱和花在你身上的钱全都还给我，我立马走人。起码几十万吧，你现在还，我马上走。"林建勇不依不饶。

"我凭什么给你钱，花钱是你愿意的，怨不得我。你不是要钱吗？给你。"说着，刘虹妮从包里抓出一把钱摔在了林建勇脸上，接着就将林建勇往屋外推。在推搡过程中，两人再次爆发了肢体冲突。

这一次，林建勇的拳头如同火星落在干柴上，瞬间点燃了刘虹妮的愤怒，忍无可忍的刘虹妮决定找人好好教训一下这个薄情寡义的男人。

一天深夜零点，外出吃夜宵的林建勇，被几个人团团围住，被狠狠地揍了一顿。

鼻青脸肿、浑身伤痕的林建勇这次受伤很重，他不用想就知道是刘虹妮指使的。无端受辱岂能就此罢休，他气呼呼地抓起电话就要报警，刘虹妮担心把事情闹大，苦苦哀求才阻止了林建勇报警。但林建勇咽不下这口气，每次与刘虹妮吵架或者赌气，他都口口声声说要起诉刘虹妮，以此要挟刘虹妮就范。

两个人在打打闹闹中熬过了一段时间，每次吵闹起来，林建勇都会扬言要起诉刘虹妮找人打他的事情，让刘虹妮心存顾虑。

林建勇之所以如此对待刘虹妮，是因为他不止一次发现刘虹妮瞒着他与别的男人交往。有一次，林建勇跟踪刘虹妮，发现她到国际大厦约会一个陌生男人。那位男子绅士地为刘虹妮开门，又顺手揽住刘虹妮将她让进了电梯间，两人相视而笑，电梯门很快关上了。

两人走进一个房间之后，再也没有出来。

郁闷的林建勇见那个男人亲昵的动作，联想到刘虹妮还曾经用过一个自己从没听说的名字。他觉得刘虹妮不但对他隐瞒了很多事情，而且瞒着他在京北另谋新欢。已经心力交瘁的他对刘虹妮产生了深深的失望，他决定了断这段感情，再也不能这样被动下去了。

这对历经四年恋爱伤痕累累、筋疲力尽的恋人，终于坐在一起商讨分手了。想到林建勇居然这么纠缠自己，刘虹妮早已忍耐不住，她问林建勇要怎样，如果能不纠缠她，她宁愿给他一笔钱，补偿这四年来林建勇的付出。在两人的讨价还价之下，两人在一份《协议书》上签了字。

林建勇与刘虹妮签订了分手协议，主要内容是：刘虹妮给林建勇40万元作为“分手免骚扰费”，以现金和过户房产形式给付；林建勇不得骚扰、殴打刘虹妮；林建勇不得以刘虹妮雇凶被殴打一事起诉刘虹妮，并保证帮助刘虹妮与此事划清界限。

在支付给林建勇5万元之后，林建勇搬出了他们同居的房子。但刘虹妮拿不准这份协议能不能保障自己此后免受骚扰，为此他专门请教了一位律师，律师告诉刘虹妮说：“如果林建勇以后再向你要钱怎么办？这份协议没有法律依据，所以你要慎重。”听到专业人员这样解释，刘虹妮再也没有给林建勇钱。

刘虹妮的出尔反尔令林建勇恼火不已，在等待了许久之后，每次要钱刘虹妮都以各种理由推托，而且在林建勇搬走后不久，刘虹妮叫来自己的表妹一起同住，林建勇顿时产生了一种被扫地出门后的感觉。

这个女人竟然如此戏弄自己，林建勇禁不住怒火中烧。

刘虹妮带着表妹回到京北后，第二天早上，刘虹妮正要外出办事，刚把房门打开，早已守候在门口的林建勇就闯了进来，不由分说上前打了刘虹妮脸部一拳，然后回身将房门锁上。

林建勇进屋后开口就向刘虹妮要钱，刘虹妮只答应慢慢给他钱，但林建勇要求刘虹妮立即兑现。为此，他们再次因为钱和房子的事情吵了起来，双方都比较激动，嘴上都不示弱。

在吵架的过程中，林建勇从随身带的包里拿出成捆的现金，拍打着对刘虹妮咆哮说："你以为我找你是为了钱吗？你看看，我有的是钱，我就是咽不下这口气。"

刘虹妮的表妹站在两人中间，劝两人有话好好讲。在两人在争吵过程中，林建勇多次要冲过去打刘虹妮，都被刘虹妮的表妹拦住了。但正在气头上的两个人怎么能停下来，林建勇依然挥动着拳头击打刘虹妮。刘虹妮见状，连忙让表妹报警。就在表妹打电话报警的瞬间，林建勇趁机冲上去又打了刘虹妮，一把将刘虹妮推倒在沙发上。

等表妹打完报警电话时，只看见林建勇趴在刘虹妮的身上，表妹过去把林建勇拉起来后，刘虹妮就跑出屋去了，只见林建勇捂着腹部说了一句："她敢刺我。"

原来，在这短短的瞬间，刘虹妮见林建勇继续追打她，顺手从茶几上抓起水果刀，捅向了林建勇的腹部。

林建勇捂着腹部到卫生间，找了卷卫生纸堵住伤口，踉踉跄跄下楼打车去了医院。林建勇走后，刘虹妮回到房间告诉表妹她用刀把林建勇给扎伤了，接着从包里拿出了那把刀尖上沾有血迹的水果刀。一会儿，赶来的警察将刘虹妮带到了派出所，随即刘虹妮被羁押，7月

27日被刑事拘留。

林建勇下楼打车赶到医院，医生检查发现他的上腹部有一处约十厘米的斜切口，深至肝脏。医生对林建勇进行了三个小时的抢救手术，几天之后林建勇才脱离生命危险。之后，林建勇的伤情经京北市公安局鉴定为“肝破裂”，评定为重伤。

案发后，刘虹妮的亲友连忙从老家赶到京北。为了拯救刘虹妮，他们到医院找到了正在病床上的林建勇。此时的林建勇也早已对这份恩断义绝的感情心灰意懒。刘虹妮的亲友苦苦哀求林建勇，并提出赔偿。最终，林建勇在同意达成赔偿的情况下，放弃追究刘虹妮的刑事责任。

然而，经过伤情鉴定林建勇被刺成重伤，已经超出了民事和解的范畴。京北市人民检察院以被告人刘虹妮犯故意伤害罪，向京北市人民法院提起公诉。同时，林建勇也向法院提起了民事赔偿的请求，林建勇的理由是虽然他与刘虹妮签订协议赔偿50万元后放弃追究刘虹妮的刑事责任，但刘虹妮一直拒不履行赔偿协议，所以请求法院责令被告人刘虹妮履行赔偿承诺，给付林建勇赔偿款50万元。

在法庭上，47岁的林建勇和35岁的刘虹妮再次在法庭唇枪舌剑互相攻击，看着这对曾经恩爱的恋人继续吵闹，法官皱着眉头制止了他们的互相指责。

最终，刘虹妮因犯故意伤害罪被法院判刑，法院同时驳回了林建勇的诉讼请求。一个被判刑，一个没得到赔偿，最后闹到两败俱伤，这个结果绝非两人所愿。

第十五篇

女护士诱杀情人

女护士以注射 N1H1 甲型流感疫苗为借口，诱杀情人案曾经轰动一时。然而，京北市高级人民法院案做出复核判决却刀下留人：以故意杀人罪判处徐燕兰死刑，缓期两年执行，剥夺政治权利终身。

女护士为何对情人痛下杀手？惨案背后有着怎样的爱恨情仇？女护士徐燕兰为脱离婚姻的“苦海”，迷茫中错把大她 16 岁的张国庆当成拉升幸福指数的“潜力股”，抛弃一切随张国庆北漂。但张国庆这支“潜力股”不涨反跌，同居期间，疑心极重的他对徐燕兰屡施暴力。徐燕兰被迫疏远他，然而就在她另觅到真爱时，被张国庆深深套牢的她却无法脱身，为了奔向新的感情生活，她诱杀情人，留下了令人扼腕叹息的悲恸与哀伤……

某医院的女护士徐燕兰走进一间病房给病人换药，她把药换好后刚要离开，照顾病人的一个中年男人突然追到病房门口对她说：“徐护士，我看你脸色很差，一定是心情不好。很多事情尤其是夫妻感情，需要退一步看看，说不定退一步海阔天空呢。”

徐燕兰惊讶得睁大了眼睛，她只知道眼前的这个男人是床上病人的哥哥，别的一无所知，平时他们也从没有过交流，他是怎么知道自己心事的呢？徐燕兰 28 岁，从医学院毕业后就进入这家医院做护士，之后，她经人介绍与当地一名职员结婚。婚后，夫妻俩因性格不合，感情也因此由浓转淡，给徐燕兰的心灵蒙上了一层阴影。在外人眼中，他们还是一对相敬如宾的夫妻，可有谁知道这平静的表面下有着怎样的暗流涌动啊！

徐燕兰的“苦婚”之旅除了跟医院里一个要好的小姐妹说过之外，对外都是守口如瓶，他是怎么知道的呢？面对徐燕兰狐疑的目光，中年男人也没绕圈子，坦诚地说：“前几天，我去水房打水，正好听到你跟另一个女护士在谈话，知道了你的一些情况，我也有过一段苦涩的婚姻，知道你的苦衷，有时苦闷就像一个快要爆发的火山，如果不及时疏导，整个人都会崩溃。”

这个中年男人的话如清泉汩汩流入徐燕兰的心田，再看到他投来的关切、怜爱的目光，徐燕兰心里一动，他的话句句都切中了她的心思，她也想找人倾诉，可父母和最好的小姐妹都旁敲侧击地灌输“嫁鸡随鸡，嫁狗随狗”的思想，劝她对丈夫好点，他们却根本理解不了她的苦衷，她就是对丈夫温柔似水，可换来的仍是落花有意，流水无情的尴尬。

中年男人对婚姻的见解几乎与徐燕兰站在了同一个立场上，她感觉到自己找到了同路人，于是忙完工作后，她就单独约出了中年男人，向他倾吐了心事。

在交谈中，徐燕兰得知中年男人名叫张国庆，时年44岁，北州人。他曾经有过一段失败的婚姻，前几年，妻子以性格不合为由跟他离了婚，他还有一个20岁的女儿在北州老家。这段时间，他的弟弟生病了，他就辞去工作来照看弟弟。

鉴于张国庆是“过来人”，徐燕兰就请她对自己的“苦婚”问诊，张国庆斩钉截铁地说：“从你的倾诉中，我分析出他的心思已经不在你身上了，感情的事很微妙，只要稍一变心，就改变了航向，不可能再驶向既定的彼岸。”徐燕兰听了点头称是，但要和丈夫离婚，她还是有重重顾虑。

第二天，徐燕兰在自己的办公桌上发现了一张画着卡通笑脸的卡片，上面还写着一行字：无论人生怎样的变局，与其泪对着她，不如笑对着她，你对她笑，她也会对你笑的。落款是张国庆。一张小小的卡片给徐燕兰的心里洒进了缕缕阳光。

此后，徐燕兰每天都收到一张别有情调的卡片，出于对张国庆的感激，她给张国庆发了感谢的短信，但张国庆却迟迟没有回复。后来，张国庆告诉她，他不会发短信，徐燕兰非但没笑话他低能，反而觉得他诚实可靠。

有一次，徐燕兰的左脸颊起了青肿，她告诉别人是自己不小心跌跟头蹭的。张国庆见状，却把她拉到一边，小心地用红花油给她擦伤，对她说：“这一定是你丈夫打的，我知道你心里委屈，我就借个肩头给你哭吧。”徐燕兰果然伏在张国庆的肩头号啕大哭。等她哭完了，心情也好了些，张国庆又问她：“他太不像话了，我去找他给你出口气。”徐燕兰听了心里涌起了暖流，但怕事情扩大，阻止了张国庆的报复行动。

几天后的一个晚上，徐燕兰与丈夫发生了争吵，徐燕兰赌气离开了家。出了家门，她却不知道该到哪里去，情急之下，她给张国庆打了电话。张国庆二话不说，立即让她在原地等他。不一会儿，他就打的过来，带着徐燕兰来到了一个小餐馆，他点了几个菜后，买来一瓶白酒，一人一杯倒得满满的，徐燕兰忙说：“我不会喝酒。”张国庆却说：“酒是最好的浇愁物，每当我苦闷的时候，我就喝上几杯酒，喝下去，啥都忘了，你试试。”

徐燕兰禁不住张国庆的劝，她心情郁闷地喝起了酒，结果一喝起来就没能停下来，直到喝得酩酊大醉。等她醒来时，却发现自己躺在一个旅馆的床上，而张国庆则坐在另一张床上打瞌睡。徐燕兰一惊，再看自己身上的衣服，并没有松动的痕迹，她放了心。挣扎着要起床，张国庆已被惊醒了，他立即起身给她端上早已泡好的茶，徐燕兰鼻子一酸，张国庆对她的好与丈夫对她的刻薄形成了鲜明的对比，她对张国庆的好感陡增，不由自主地投扑到张国庆的怀中……

徐燕兰与张国庆有了一夜情后，就一发不可收拾。只要一有空闲，两人就泡在一块。不久，张国庆的弟弟病愈出院，张国庆仍然留在徐燕兰身边陪护，对她说："我就怕我一走，你连个倾诉心事的人也没有。"徐燕兰相当感动。张国庆没有收入，徐燕兰就拿出自己的工资给他租了一处民房，此处也成为他们幽会的场所。

但好景不长，徐燕兰的丈夫很快发现了徐燕兰的出轨之举，他一气之下，把徐燕兰赶出了家门。徐燕兰不悲反喜，从此以后她就可以跟张国庆名正言顺地在一起了。但她跟张国庆的婚事却遭到父母的强烈反对。在徐燕兰父母的眼中，张国庆大她 16 岁，存在着严重的年龄代沟，同时，张国庆没有正式工作，跟这样的男人结婚，徐燕兰能得到幸福吗？

徐燕兰却不这么想，她觉得张国庆成熟稳健，在她眼里，张国庆就是一支"潜力股"，能迅速拉升她的幸福指数。出于这样的考虑，徐燕兰不顾所有亲朋好友的劝阻，一往无前地投进了张国庆的怀抱。

由于众多亲友的反对，徐燕兰在家里是待不下去了，张国庆想了个办法道："咱们去京北发展吧。"徐燕兰为了能跟他在一起，想也没想就答应下来。徐燕兰跟着张国庆当起了北漂，来到了京北，他们租住了一处民房，构筑起爱的小巢。

张国庆身上没有积蓄，刚开始到京北时，都是用徐燕兰的钱，徐燕兰凭着护士技术在一个社区卫生室谋到了一份护士的工作，而张国庆由于年纪偏大，又无一技之长，在京北找不到工作，只能待在家中吃“软饭”，他觉得很伤自尊，开始变得郁闷消极起来，整天借酒浇愁，徐燕兰每次下班回来都看到张国庆喝得醉醺醺的。

日子过久了，徐燕兰难免有了怨言。一次，徐燕兰加班，很晚才拖着疲累的身子下班，却看到室内一片狼藉，一阵怪味扑鼻而来，拉灯一看，桌上摆着两只空酒瓶，张国庆和衣躺在床上，被子上、地上满是张国庆醉酒后吐的污秽。徐燕兰一阵恶心，失望之余，她也气得不再收拾了，转头打车到同事家借宿。

第二天，张国庆却气冲冲地跑到徐燕兰的单位“兴师问罪”，责问她为何一夜未归。徐燕兰请女同事做证，但张国庆却仍是怀疑徐燕兰暗自出轨。徐燕兰被逼问得急了，气愤地说：“你吃我的，花我的，凭啥管我？你是我啥人呀？”这句话将了张国庆一军，他和徐燕兰至今未领结婚证，张国庆也曾催过多次，但徐燕兰总是以父母反对为由拖着不办。在张国庆看来，徐燕兰就是把他当作暂时的“栖息地”，根本没有长期跟他过日子的打算，因此，他对徐燕兰总是盯得很紧，生怕稍不留神，徐燕兰就会弃他而去。

现在，徐燕兰的话让他很受刺激，他猛地甩了徐燕兰一记响亮的耳光后，当着徐燕兰单位的同事恶狠狠地指着徐燕兰说：“只要我活着一天，你就别想离开我！”说罢扬长而去，徐燕兰仿佛被这一记响亮的耳光打醒了，她心里一阵悲凉，眼泪滚滚而下……

事后，徐燕兰提出要和张国庆分手，张国庆这才急了，他乞求徐燕兰的谅解。在徐燕兰面前，他左右开弓扇着自己的耳光，一边扇一边说：“只要你不原谅，我就一直扇下去。”看着他扇得嘴角溢血，徐燕兰心一软，原谅了张国庆。张国庆为了表明忏悔，他下决心戒酒，还到一家快递公司找了门卫的工作。

张国庆虽然改了一些恶习，但对徐燕兰却仍然看得很紧，每次徐燕兰回家，他就偷偷翻看徐燕兰的手机，上面只要有通话记录，他就回拨过去，如果对方是女性，他就借口打错电话挂掉，而如果对方是男性，不管是谁，他就“义正词严”地警告对方：“我是徐燕兰的老公，以后不许你和徐燕兰来往，否则后果你自负！”即使徐燕兰上班时，张国庆也冷不丁地到徐燕兰的单位“抽查”，只要看到徐燕兰与男同事说笑，他就铁青着脸训斥徐燕兰和男同事。如此一来，徐燕兰单位的男同事各个都对她敬而远之，不敢与她搭话。

重压之下，徐燕兰极端苦闷。她后悔自己慌不择路，选错了“潜力股”，简直是逃离了苦海却跳进了火坑。为了走出困境，徐燕兰也曾努力地“解套”，她先是与张国庆打起了冷战，在张国庆提出性要求时，她总是以身体不舒服为由拒绝。张国庆见徐燕兰不搭理她，酒瘾又复发了，他仍是天天喝酒，醉酒后就仗着酒劲对徐燕兰非打即骂，徐燕兰忍无可忍，再次提出分手的要求，岂料张国庆已不再迁就于她，咬牙切齿地说：“你敢跟我分手，我就杀了你全家！”徐燕兰被吓住了，她没想到自己已经被张国庆“套牢”！

徐燕兰北漂后，父母一直对她放心不下，当从电话里得知女儿的烦恼后，他们来到京北照看女儿。徐燕兰借此机会想摆脱张国庆的纠缠，她对张国庆说：“我爸妈来了，要与我住一段时间，你先搬到外面去住。”张国庆开始死活不同意，徐燕兰想了一个办法来哄骗张国庆说：“你不是一直想要跟我拿结婚证吗？我在爸妈面前做些工作，把他们的思想做通了，我们就能拿结婚证了。”这句话说到了张国庆的心坎上了，于是他同意搬出去另租房居住。

张国庆搬走后，徐燕兰清静了许多，但新的忧虑又涌上了心头：要走出张国庆的阴影，谈何容易啊！

徐燕兰在工作中与新来的男同事程浩互生好感，程浩刚到单位不久，不了解徐燕兰与张国庆的事。他对徐燕兰极为关心呵护，与张国庆相比，程浩极为上进，对人谦和真诚，丝毫看不到张国庆身上的任何恶习，深深地打动了徐燕兰。

在与程浩的交往中，她也刻意隐瞒了她与张国庆曾存在过的同居关系。

徐燕兰想将张国庆当作噩梦给忘掉，可张国庆却似乎阴魂不散，整日总搅得她心神不宁。张国庆几乎每天都打电话催问领结婚证的事，还隔三岔五跑到卫生站找徐燕兰。只要看到张国庆进门，徐燕兰为了不让程浩知道他们之间的隐情，只得急急忙忙地把张国庆拉到偏僻处说话。

一天，徐燕兰忙于给一个病人输液，一不留神儿，张国庆走进了房间，大着嗓门儿说："徐燕兰，咱们啥时领结婚证？"

其时，程浩也在病房内，他表情错愕地看着徐燕兰，徐燕兰脸上一阵红一阵白，急忙拉着张国庆走到门外，郑重地对他说："我爸妈不同意，我们不会有结果的，你就死心吧。"岂料，张国庆把手中的烟头狠狠一摁，说道："那好，你对我绝情，也就休怪我不客气！"张国庆的话，让徐燕兰的心一阵阵揪紧……

好不容易打发走了张国庆，徐燕兰回到病房，却看到程浩冷冰冰地看着她，脸上打满了不解的问号，徐燕兰只得撒谎道："刚才那个人是我刚到京北时认识的一个邻居，老是缠着我，他有精神病史，不要搭理他。"程浩将信将疑，徐燕兰从他的表情中读到了不安，她心里想，张国庆存在一天，她就一天得不到幸福，与其这样，不如来个一了百了，干脆与张国庆把话挑明，让他彻底死心！

可当徐燕兰与张国庆说出分手的话时，张国庆还是搬出那句老话：你敢离开我，我就杀了你全家！徐燕兰心里直发冷。甚至，张国庆纠缠到卫生站，指着徐燕兰大声嚷嚷："她是我老婆，谁也别想把他抢走！"

幸好程浩不在场，但周围的人看徐燕兰的目光让她如遭针刺，痛定思痛中她暗下杀心：既然你不让我好过，那我就先下手为强了！

徐燕兰听说注射大量的氯化钾后会造成人心脏骤停并导致死亡，她眼前一亮，随后又上网查了一下，确认病人每天不得超过三克的氯化钾，如果超出，就会导致死亡。于是，她决定借此来诱杀张国庆，一了情债。

徐燕兰找来一张假身份证，买来了六盒零一只（每盒五支）氯化钾注射液，并从单位拿了三只注射器、一根橡皮管、一个注射用的针头以及砂轮、输液贴等工具。作案工具准备齐全后，徐燕兰心平气和地给张国庆打电话，称现在流感相当厉害，她要给张国庆注射 N1H1 甲型流感疫苗。

张国庆听了后，惊喜万分地问：“徐燕兰，你怎么这么关心我？”

徐燕兰为了稳住张国庆，故作甜蜜地说：“我考虑好了，我一辈子跟着你，你是我男人嘛，我不关心你关心谁！”

一番话让张国庆高兴得差点跳起来，他激动地告诉了租住屋的所有邻居：“我做医生的老婆要回来了。”

几天后，徐燕兰来到张国庆的出租屋，一进门，张国庆就搂着徐燕兰亲了一口，还要抱着徐燕兰上床。徐燕兰强作笑脸，把他一推道：“别急，等干完正事再说。”张国庆听从徐燕兰的安排躺到了床上，徐燕兰将氯化钾装进了注射器，她的手因紧张而微微颤抖，而张国庆仍沉浸在“甜蜜”中，对她的异常并没有发现。

当第一针注射下去后，张国庆出现了呼吸困难的感觉，徐燕兰让他坚持一下，继续进行第二针的注射，第二针快要注射完时，张国庆的心跳出现骤停，紧接着，徐燕兰又注射了第三针、第四针，直到把八支氯化钾全部注射完。注射后，徐燕兰发现张国庆虽然心跳停止了，但还有呼吸，她又用枕边的毛巾对张国庆的口、鼻进行闷堵，直到完全没有呼吸才停止。糊涂的张国庆做梦也没想到，自己竟被小情人诱杀了。

张国庆死后三天，才被房东发现。京北警方顺藤摸瓜，将涉嫌杀人的徐燕兰传唤审讯，徐燕兰在作案后也早就料到了这一天，她平静地对所犯罪行供认不讳。她对办案人员说：“杀了他，我不后悔，我如释重负，但我最对不起的人是程浩……”

徐燕兰归案后，其父母整日以泪洗面，他们主动向张国庆的亲属支付了五万元的抚慰金，以减轻女儿的罪过。徐燕兰的男友程浩直到惨案发生后才恍然大悟，就在徐燕兰诱杀张国庆前，她还在程浩的宿舍里帮他做好了饭，并洗好了所有的脏衣物，然后借口帮一个老同学的公公打针与程浩暂别。

“要是我察觉出她的异常，我肯定会阻止她去干蠢事啊！”程浩陷入深深的自责，泣不成声。

经过慎重审理，京北市第二中级人民法院对徐燕兰一案做出判决：徐燕兰因犯故意杀人罪，被依法判处死刑，缓期两年执行，剥夺政治权利终身。一审判决后，徐燕兰没有上诉，京北市高级人民法院对此案做出死刑缓期两年执行的复核。

徐燕兰为了脱离婚姻的苦海，慌不择路地与张国庆走到了一起，她在苦海中挣扎时，本以为张国庆是“救生船”，直到上了“船”后才发现他只不过是一块四处进水的木板而已，徐燕兰悔悟时，张国庆身上的人性弱点暴露无遗，她的幻想破灭后，她又遭遇到了暴力。

女性对待暴力时应当坚决抗争，但一定要采取合法的手段。徐燕兰要是及时将自己的遭遇反映给妇联组织或者公安机关，悲剧也就不会发生了。徐燕兰采取极端手段，不仅合法权益得不到维护，还让自己从受害者成了加害者，一失足成千古恨！

第十六篇

新娘子杀夫焚尸

京北新娘向晓燕和新郎汪大量登记结婚，正当新郎为即将举行的婚礼布置新房时，半夜里的一场大火烧毁了新房，汪大量没能等到举行婚礼就蹊跷死亡。

直到有重大作案嫌疑的向晓燕被警方带走调查，案情才真相大白：向晓燕在明知与情夫的畸情不可能有结果之后，竟把自己并不喜欢的“丑男人”汪大量当“冤大头”，以与之结婚为掩护，怀上情夫的孩子。为了将来能够让孩子有人抚养，她亲手导演了这场人间悲剧……

被控迷杀新郎后焚尸灭迹的新娘向晓燕被京北市第二中级人民法院一审判处无期徒刑。法院之所以留她一命，是因为她在被羁押时已经怀孕，尽管罪行极其严重，但不适用死刑。

京北女人向晓燕曾经幸福过，颇有些姿色的她曾拥有一个幸福的家庭和英俊潇洒的丈夫，两口子过得还算不错。然而婚后好景不长，因为向晓燕性格极端，夫妻两人经常因为家务事引发家庭大战，加上向晓燕没正经事可干，两人又没有孩子，他们的婚姻陷入岌岌可危的状态。为了扭转这种婚姻危局，向晓燕听说干保险如果干得好就会很快成功，于是向晓燕全身心投入保险行业，试图成为保险精英，以此挽救她还舍不得放守的婚姻。

29岁的向晓燕成为某保险公司的业务员，负责办理人寿保险。但是，直到向晓燕入行时才发现，人寿保险经过发展壮大，市场已经被细分，能投保的客户在发展早期已经投保，要想成为一名出色的业务经理是非常难的，但是，不服输的向晓燕看到身边很多不如自己的外地业务员每月收入上万元甚至更高，她觉得自己作为一个京北人会有更广泛的人脉关系施展自己的才能。

从此，向晓燕开始了敲开千家万户门的拉保险生涯，在这个过程中向晓燕遇到过形形色色的人，她的业务成绩也越来越好，在同事中居于中上游水平，每个月都能够赚到几千元钱，但是，这离向晓燕给自己定的标准还是太低了。她给自己定下的标准是每个月纯收入万元以上。但随着拉保险队伍的扩大，很多人对上门推销保险的人都拒之门外，向晓燕无数次被保安轰走，但是，为了证明自己的能力给别人看，执着的向晓燕一直没有退缩。

一天上午，向晓燕来到一家公司，想向这家公司推销保险，接待他的是一个四十多岁的中年男人，这位气宇轩昂的男人正在打一个电话，他示意向晓燕坐下后将电话打完，然后客气地问向晓燕："有事吗？"

向晓燕连忙上前递上名片甜甜地说："先生，我叫向晓燕，我想向您推荐一款我们公司新推出的保险业务。"对方皱了皱眉头，但仿佛是年轻靓丽的向晓燕打动了他，他笑着说："推销保险的太多了，我不会买保险的。"

"您的确是位强者，有个性，不像一般的人。见您一次，机会难得，我今天也向您这位成功人士请教几个问题，好吗？"向晓燕歪着头笑着说。

"不用绕圈子，有话你说。"那位男士很爽快。

"请问恐龙强大还是蚯蚓强大？老虎强大还是蚂蚁强大？"

"三岁的孩子也知道老虎是兽中之王。你到底要问什么？一个小老鼠和一头大象哪有可比之处？"

向晓燕嫣然一笑说："照理说你是对的，但事实往往悖于常理，灭绝的和濒临灭绝的、需要特别加以保护的恰恰是前者。社会的法则也是如此，美国够强大吧，但世贸大楼被撞了，五角大楼也被撞了，强大的美国也需要保护。穷人和富人谁更需要保险？照理应该是穷人，但事实恰恰相反，愈是强大愈是脆弱，越是强大越需要保护，就像你，财大，风险自然大，身为老板更要居安思危为自己和家人考虑考虑……"

那位男人站起来，亲手倒了一杯茶端给向晓燕说："你简直伶牙俐齿，说吧，让我买什么保险，我听你的。"

前后不到五分钟就签下一份巨额保单，向晓燕兴奋不已。她兴奋地说："真是不好意思，到现在都忘记问您贵姓呢？"

"我叫王启明，你就叫我王哥吧！"王启明很爽快地用欣赏的眼光看着向晓燕，"你和那些跑保险的不一样，你……你来我欢迎，我还要向你请教呢。"说完，王启明爽快地填写好了向晓燕提供给他的保单。

这么短暂的时间就能拉到一份巨额保险，在向晓燕的职业生涯中是极其罕见的，向晓燕不禁对这位爽快的王启明产生了莫名的好感，在这个年代，如此爽快的男人实在太少见了。向晓燕也不含糊，她以最快的速度办理好了手续，这次她打算请王启明吃个饭，一是感谢王启明帮她完成任务，二是进行感情投资，希望能够通过王启明扩大业务范围。

向晓燕拿不准王启明会不会赏脸给她这个一起吃饭的机会，她惴惴不安地给王启明打电话："王哥，手续办完了，我想请你吃顿饭，表达一下感谢，不知道能不能赏光啊？"

"成，你定时间、地点吧，不过说好，你请客我埋单。"王启明干脆得不容置疑。向晓燕给年届五旬的王启明留下了很好的印象，而对于向晓燕而言，王启明的爽快也让她感到非常男人。

当天下午下班后，两个人如约在一家酒店见面，向晓燕点了几个菜，还要了一支干红。推杯换盏之间，两人聊起了各自的家庭。王启明告诉向晓燕，他是土生土长的本地人，现在在公司里当部门经理，妻子也是本地人，现在是全职太太，孩子正在上高中。

王启明说到这些时，向晓燕羡慕地说："真羡慕王哥你，有这么好的家庭，我可没嫂子这么有福分啊，还要到处拉保险，有时候遭人白眼，回家也没人心疼。"

当问到向晓燕时，向晓燕吞吞吐吐地说："我结婚没几年，还没小孩呢，老公也不着家。"说着，眼里慢慢湿润起来。

这次吃饭，两人聊了很多家务事，饭后王启明抢着结了账，让向晓燕觉得有些过意不去。之后，向晓燕每次都会拿王启明和丈夫比较，但越比越觉得王启明才是真正的男人，不但为人风流倜傥，而且有实力能够将来帮助自己拉到保险，她那颗少妇的芳心蠢蠢欲动起来。

此后，两人的电话联系频繁起来。两人的谈话也越来越亲密起来。春节之后的一天，因为还没有上班，百无聊赖的向晓燕拨通了王启明的电话："王哥，你在哪儿？我一个人闲着没事，想找你聊聊。"此时，王启明正在单位值班，恰好也闲得无聊，就对向晓燕说："我也一个人在单位，你来找我吧。"

向晓燕打扮一新来到王启明的单位后，王启明正躺在值班室的床上，向晓燕坐在床边深情地望着王启明。王启明心领神会，一把将向晓燕搂在自己身上，一只手沿着向晓燕的内衣伸进去抚摸起来，耳鬓厮磨间，王启明翻身将向晓燕压在了床上。

向晓燕之所以愿意向比自己大十几岁的王启明投怀送抱，一是因为与丈夫的感情不和谐，很久没有亲密关系；二是觉得王启明能够帮助自己拉到更多的保险，她希望加深与王启明的关系；三是向晓燕太喜欢这个比自己大十几岁的爽快男人了。

人到中年却突遇佳人投怀送抱，王启明没想到这么轻而易举地占有了向晓燕的身心。此时的王启明犹如老房子着火一样无法收拾，尽管他有一个近乎完美的家庭，但十几年的夫妻相守早已失去了新鲜感，向晓燕的出现使他乐不思蜀。此后，两人只要有机会，就在一起互相用身体打动着对方，他们沉浸在这迟到的温柔里不能自拔。

尽管男人不可能因为自己的出轨而失去家庭，但女人的行动更受感情的支配，在与王启明有了鱼水之欢后，向晓燕毅然决然地与丈夫离了婚，希望能够与王启明结为秦晋之好。

但是，向晓燕的这种天真想法立即遭到了王启明的反对，他明确地表示自己的女儿马上要考大学了，妻子也没有什么可挑剔的，他不可能因为与向晓燕有过肉体关系就娶向晓燕。

王启明不愿意离婚还有一层顾虑是因为自己是土生土长的本地人，很多亲友都在当地。在讲述自己的亲友关系时，让向晓燕大吃一惊的是，王启明竟然与自己有亲戚关系，而且是自己的远房表哥，尽管这种亲戚关系已经超出了五服。

离婚后的向晓燕顿时傻了，她无论如何也没想到情人会跟自己扯上亲戚关系。王启明的一番话如同给向晓燕泼了一盆冷水，如果向晓燕就此收敛，各自回归原本的生活，从此不在往来，这一段有违伦常的婚外恋也许不会被外人知道。但恰恰是向晓燕离婚之后，却从感情上对王启明越来越依赖，甚至呈现出一种变态的行为。她横下一条心，就算此生得不到王启明，也一定要为王启明生一个孩子，也许自己生下孩子之后，王启明会看在孩子的分儿上与自己结婚。

向晓燕是一个敢作敢为的女人，当她决定要为王启明生孩子后，就开始思量怎样合理合法地保住这个孩子。显然，自己是一个单身女人，如果生下孩子不但遭人白眼，而且生下的孩子也无法具有合法身份，而王启明又不可能离婚跟自己结婚，现在唯一的办法就是找人顶缸打掩护，用合法的婚姻生下一个非法的孩子后，再快速离婚，这样，孩子的身份就合情合理又合法了。

那么，找一个什么样的人结婚又能很快离婚呢，向晓燕不想找一个各方面都比自己强的男人，因为那样将来离婚的时候会非常麻烦，搞不好还会露馅儿。最好的办法就是找一个外地来京打工的老实巴交的男人，因为自己是京北户籍，这样可以弥补自己离过婚的缺陷，而且找一个未婚的男人对向晓燕来说不是难事。

于是，向晓燕开始向亲友放出风来，希望亲友能够给她介绍一个对象，要求是只要对方是个老实人就行。

没有人能够揣摩到向晓燕的心思，甚至连王启明也不明白向晓燕为什么会突然急着找对象。

这时，一个叫汪大量的男人被亲友领到了向晓燕面前。

比向晓燕小两岁的汪大量是冀北农村人，在家里排行最小，几年前随着姐夫来到京北打工，现在在一家公司开车，虽然不时地赚一点钱，但一直也没发什么财，一直租住在向晓燕家前排一间出租屋里。他也想娶个如花似玉的女人，但他个子不高，形象也不怎么样，加上又没有什么钱，而且年龄已经超过三十岁，很多女人都看不上他。家中年近80岁的老母亲一直催促他找个对象结婚，但却一直没有找到合适的。

当汪大量见到向晓燕时，他顿时感到眼前一亮，眼前这个风情万种的女人虽然谈不上天生丽质，但毕竟是个京北女人，虽然比自己大两岁而且离过婚，但那种气质跟自己以前接触过的女人有着天壤之别。在两个人的目光相互碰撞的电光火石的一刹那，老实木讷的汪大量心跳加快了速度，差点一下子撞到了门框上。虽然向晓燕对男人这样的惊艳反应已经习以为常了，但她还是忍不住笑了。介绍人走后，两人便聊了起来。当汪大量得知向晓燕对自己“没什么意见”后，不禁心花怒放，哪怕是入赘汪大量都心甘情愿，年过三十能把这样一个京北女人娶回家，不知要羡慕死多少人。唯一让汪大量感到不如意的是向晓燕离过婚，可是，凭自己的条件能找到向晓燕这样的女人已经是烧了高香了。

临走时，向晓燕才主动说：“我没有什么意见，但婚姻大事需要先让父母知道，你要是愿意改天就跟我父母见个面吧。”汪大量忙不迭地答应下来。

向晓燕对眼前的这个普普通通的男人并没有多少好感，因此有点犹豫，可一想到这个憨厚的男人只不过是自己生孩子的幌子，没儿准以后还真能给自己帮点什么忙，于是就勉强同意了。事实上，向晓燕根本就没把汪大量当回事，她只是希望在结婚怀上孩子后尽快跟汪大量离婚，如果能从汪大量那里分得一点财产那就更好了。

老实木讷的汪大量想不到天上掉下了好媳妇儿会砸到自己头上，自从认识向晓燕之后，他把所有的心思都用在了向晓燕身上，事事都听向晓燕的安排。向晓燕把汪大量领到了父母面前，向晓燕的父母见汪大量朴实真诚，虽然没有什么家产，想想自己的女儿毕竟是离过婚的人，爽快地同意了他们的交往。

汪大量除了外出打工之外，每天就是待在自己的出租屋里，他是个少言寡语的人，因为不知道要说什么好，也很少去找向晓燕，当然更没有任何热恋男女那样的亲密举动。这个实在的男人还恪守着只有结婚后夫妻才能同房亲密的规则，他无论如何也想不到，他名义上的女友经常瞒着他去跟王启明偷情。

向晓燕和汪大量在认识不到一个月的时间内，就仓促领取了结婚证。

为了生孩子而嫁给汪大量这个她不喜欢的男人，让向晓燕觉得有些亏，她希望能从经济上得到一些平衡。于是，向晓燕催促汪大量尽快准备一份厚厚的彩礼。但是，汪大量并没有多少积蓄，向晓燕就催促着他去找带他来京北打工的姐夫借钱，汪大量借来几千元之后，向晓燕依然觉得太少让汪大量继续去借，木讷的汪大量终于火了，两人发生了激烈的争吵。

这次争吵差点断送了这场婚姻，汪大量开始觉得找个京北媳妇儿太难伺候了，由此他有点想打退堂鼓。向晓燕见此状况，连忙找汪大量道歉，并答应两人于国庆节完婚，这场风波才平息下来。

为了操办两人的婚事，向晓燕在自家前排的邻居家租了两间平房作为他们结婚的新房。汪大量掏钱请人进行了装修后，他们还买了一些结婚用品，两人决定于十月一日完婚。

但是，就在即将结婚前，两人又因为财产的事情闹起了矛盾，向晓燕提出让汪大量给自己买一部轿车，但打工的汪大量到哪儿去筹集这么大的一笔巨款呢？汪大量很为难，急得在自己的出租屋里团团转，向晓燕看着这个窝囊的男人顿生闷气。性格火暴的她一气之下与汪大量大闹一场，国庆节的婚礼也随之泡汤了。

也就是这次争吵之后，向晓燕跟王启明摊牌说："我这辈子只爱你一个男人，我要嫁的老公长得太丑太难看，我就是要拿他做掩护给你怀个孩子，我不求让你离婚跟你一辈子，但这个条件你必须答应。"

听到这里，王启明感到向晓燕仿佛疯了，但王启明自己也在情人面前疯狂了，他只是觉得这是向晓燕对自己的真爱，所以在短暂的犹豫之后就答应了。此后，两人加紧了"封山育林造小孩"的行动。

向晓燕无休止地索要彩礼让本来就不富裕的汪大量捉襟见肘，但他并没有什么怨言，唯一等待的就是未婚妻火气消下来之后与自己结婚。毕竟他们已经领取了结婚证，但是，一直以来他们都没有任何亲密接触，向晓燕是因为嫌弃汪大量又笨又丑，而汪大量则认为按照老家的习俗只有办完婚礼两人入了洞房才可以同床共枕。

而向晓燕在等待结婚的日子里，一刻也没有停止与王启明的偷情，而正是向晓燕的怀孕，让她与汪大量的婚礼再次被提上议事日程。

向晓燕再次向汪大量提出，只要汪大量能够拿出一笔钱给自己买一辆轿车，她就马上跟汪大量成婚。急于在春节前成婚的汪大量答应了下来。

但是，一个家境贫穷的打工仔要拿出十几万元买车是很难做到的，因为装修房子、买家具已经花掉了几万元，眼看两人商定的婚期临近，汪大量东拼西凑都没有筹到那么多钱，为此，向晓燕与汪大量发生了激烈的争吵。

向晓燕之所以提出让汪大量给自己买车，是为了给腹中的孩子的将来一个保障，她觉得自己嫁给汪大量这样一个窝囊男人实在太亏，而且将来生下孩子后即便离婚，她也分不到什么财产，所以她提出让汪大量先给自己买辆车，将来离婚的时候车在自己名下就算自己的了。眼看得到一辆车的目的都难以达到，一个恶毒的念头突然从向晓燕的心底里冒了出来。

用什么办法得到更多的钱呢？在一本法制杂志上，向晓燕看到一篇杀妻骗保的案件故事。这篇文章详细讲述了一个律师如何为新婚妻子投保，然后请来杀手杀死妻子骗取保险金的全过程。而自己干过六年保险，最明白人身意外保险的回报方式，一般而言，人身意外保险的受益人是与保险人最亲密的直系亲人。如果给汪大量上一份保险，汪大量一旦遭遇不测，那么保险公司赔付的钱就归自己了。

想到这些，向晓燕破天荒地到商店买了一瓶好酒，又到饭店要了几个好菜来到了汪大量的住处。汪大量见向晓燕对自己这么贴心，兴奋得不知道说什么好，他一边喝酒一边独自陶醉。向晓燕不禁露出莫测的笑容，而汪大量只顾喝酒，根本没有注意到向晓燕的神色。向晓燕坐在汪大量身边说："是上天安排了你我的相识和相知，当我第一次遇到你时，我就知道你是托付一生的人。我之所以向你要彩礼，也是为了我们将来的生活能更幸福，那些彩礼婚后都是咱们的。你放心，我会一辈子对你好的。"

汪大量简直不敢相信自己的耳朵，他没有想到一向冷冰冰的向晓燕居然会这么柔情，此刻，他只觉得自己就是世界上最幸福的新郎。

而向晓燕接下来的话更打动了汪大量，晚饭后，向晓燕一边收拾桌子一边对汪大量说："我已经想好了，我要给你买一份保险作为我给你的结婚礼物。怎么样，喜欢吗？"沉浸在巨大的幸福中的汪大量还没有回过神儿来，听说妻子要送自己这么一份厚礼，高兴地一个劲儿地点头说好。汪大量根本没有想到自己已经成为自己未婚妻的猎物，而他离死神也越来越近了。

几天后，向晓燕就迫不及待地给汪大量上了意外伤害、大病等多类型、多项目的保险，保额共计四十万元，在受益人一栏，向晓燕毫不犹豫地代替丈夫填上了自己的名字。善良的汪大量根本没有怀疑过向晓燕给自己买保险的动机，他深信这是未婚妻爱自己的具体表现。恋爱中的新郎也许都是那么弱智，汪大量根本没有发现他在签订保险合同时向晓燕那冷酷的嘴角正紧紧地咬着。

随着婚期的临近向晓燕腹中的胎儿也开始成形，抚摸着刚刚开始隆起的肚皮，向晓燕思考着下一步的计划，她本来设想等婚后将孩子生下来就与汪大量离婚，然后独自抚养她和王启明的孩子，但是，她实在不愿意与这个"顶缸"的男人有任何肌肤之亲，等她将那四十万元的保单签订之后，她的目标进一步确定了下来。

元旦晚上，为了最后将汪大量的财产榨干，向晓燕再次催促汪大量买车，两人为此发生了他们认识以来最激烈的一次争吵。最后，向晓燕恨恨地甩手离开汪大量直奔王启明的单位，当天晚上，向晓燕和王启明在王启明单位的值班室里住了一夜，向晓燕向王启明哭诉说："他答应结婚买车到现在也没买，快结婚了也没钱，连装修买家具的钱都是他从老家借的，我跟他说得清楚，钱不到位，结婚的事先别提。我不想再因为钱的事吵架、抬杠了。"

王启明劝说了一番，向晓燕的闷气才稍稍平复下来。当晚，两人又在值班室里颠鸾倒凤起来。

连王启明也不会想到，向晓燕此时已经为杀害汪大量做好伏笔，他要让汪大量在不知不觉中走向死亡，并从他的"意外死亡"中捞一笔钱财。连续数天的冥思苦想，一个罪恶的计划在她脑海里形成：将安眠药放在汪大量的水杯里，让他不知不觉地死去。

盼望多时的机会终于到了，晚饭后向晓燕来到她和汪大量的新房，两人在把新房装饰的拉花挂上之后，晚上 8 点左右又因为经济问题发生争吵。趁汪大量不注意，向晓燕将床头柜上一个长方形小白塑料袋里边的白色药片全倒在汪大量的茶杯里，然后离开了。

晚上 10 点后，向晓燕又来到汪大量屋内，汪大量躺在被窝里说："我心里难受，你在茶水里是不是放了什么药？"

一听汪大量这么说，向晓燕担心露馅儿了，她趁机将汪大量一把推倒在床上，提起从客厅里拿来的一把锤子隔着棉被打了汪大量头部两下，汪大量顿时没有了声音。接着，向晓燕拿起床头柜上的打火机，把床单点燃之后，把锤子扔在院子里就回了自己家。

床单引燃了新房内的被褥和家具，房内慢慢燃起大火。当邻居发现起火并报警后，消防队员在火场内发现了新郎汪大量的尸体。

直到此时，向晓燕才感到害怕了，她时刻担心自己给汪大量投保的事情会被警方发现。于是，她给保险公司的同事打电话咨询说："我家起火了，老公被烧死了，如果汪大量是自杀的，我就完了，就是因为给汪大量上保险的事，公安局和保险公司不会怀疑我吧？”

同事问：“你老公的死跟你有关系吗？火那么大，汪大量怎么不跑出来呢？”

为了掩饰自己给汪大量下安眠药的事，向晓燕说：“是不是他吃药了，服毒自杀？”

同事说：“没有理由啊，他凭什么服毒自杀啊？”

向晓燕着急地说：“又着火，又来救火车的，什么脚印之类的都没有了，就剩下几块铁，反正我也脱不了关系，如果非要赖上我，只要有证据我就认，如果没有证据，我要请律师，我就不认。”

向晓燕换了一个新手机号给王启明打电话，王启明问向晓燕怎么换号了，向晓燕说：“汪大量死了，我换号是怕连累你，咱们明天找个时间见一面吧，我担心会出事。”

第二天两人偷偷见了一面，两人亲热之后向晓燕烦躁地说：“出事那天晚上我10点多走的，还跟汪大量吵架了。如果警察查出汪大量吃过药，我们又吵过架，肯定会认为汪大量是想不开吃了什么药，那我就说不清楚了。”直到此时，向晓燕也没有把杀害汪大量的事实告诉王启明。

如果不是尸检报告，街坊邻居都以为汪大量是被火烧死的，但警方调查后发现，汪大量并非死于大火，而是被钝器击打头部致死，其血中含有大量安定成分，死亡时间是在起火之前。随后，有重大作案嫌疑的向晓燕被警方带走调查。

在警方调查时得知，汪大量死前，向晓燕曾给他上了一份四十万元的人身意外险，在受益人一栏向晓燕填上了自己的名字。接着，警方按照线索查到了向晓燕的情人王启明，而王启明证实，向晓燕在杀害汪大量前后几次与王启明在一起。王启明还证实，向晓燕亲口告诉过他，向晓燕从未与汪大量发生过性关系。

刚刚离开王启明，向晓燕就因涉嫌故意杀人罪被警方羁押。向晓燕被捕后，警方在对向晓燕进行体检时发现向晓燕已怀孕，而且是宫外孕。

当听到宫外孕要尽快打掉胎儿时，向晓燕长叹一声：“作孽啊！”

法院最后认为，向晓燕的行为已构成故意杀人罪和放火罪，应数罪并罚。其所犯故意杀人罪的罪行极其严重，犯罪手段残忍，鉴于其在羁押期间因宫外孕实施手术，应视为审判时怀孕的妇女，依法对其不适用死刑。京北市第二中级人民法院以故意杀人罪判处向晓燕无期徒刑。

第十七篇

表兄妹逼死骗子

郊区一个养殖场的普通工人刘树伟，把自己伪装成手中掌握着工程大权的厂长，靠着“显赫”的身份，在骗吃骗喝之后还骗取了冀北姑娘张紫琳的贞操。当张紫琳和表哥张立冬最终发现这是一场骗局之后，上当受骗的表兄妹逼迫骗子刘树伟拿出 5 万元作为补偿时，刘树伟不堪逼迫当着母亲和张紫琳等人的面喝下敌敌畏自杀。

张紫琳和表哥张立冬演绎了一个现代社会逼死骗子的奇案，他们也从受害人变成了犯罪人。那么，刘树伟如何蒙混过关骗取了张紫琳和张立冬的信任？张紫琳为什么会心甘情愿投入骗子的怀抱？为什么张紫琳从受害人变成了被告人？他们被诈骗后为什么忍气吞声不向警方报案而采取非法的手段呢？

刘树伟出生于一户普通人家，虽然他能说会道，但他从小调皮捣蛋不爱学习，勉强混到高中毕业就离开学校进入社会。刘树伟跑到城里找工作，可是一无所长的刘树伟却自视甚高，一般的活儿还不愿意干，他想干的活儿，别人又不让他干。他就这样一混再混过了好几年，但是他认为自己早晚会出人头地的。

在吊儿郎当地换了好几个工作后，刘树伟发现要在京北出人头地，要么有钱，要么有地位，要么有背景，而这些自己都没有。但是刘树伟也发现，一些外地来的打工仔也一无所有却发了大财，有了钱什么都有了，小蜜也是好几个。刘树伟眼红得整天眼睛充血，尤其是当看见那些身姿曼妙的年轻女郎从自己身边扭过时，他恨不得能把美人一口吞下去。

父母也曾费尽心思想给刘树伟找个媳妇，但游手好闲的刘树伟早就"名声在外"，没有哪个姑娘肯嫁给他。刘树伟恨得牙痒痒的，心想，等哪天老子发大财了，你们想跟我我都不要。刘树伟认为归根到底，就是因为自己没钱，所以没有姑娘愿意跟他。

在多重打击下，刘树伟痛定思痛，总结出自己这类人要想发财就得胆大。既然很多人做生意赚了大钱，他就打算利用自己的口才融资做生意。

刘树伟对亲友们说自己在南方找到了一个好项目，两三个月就能成倍收回成本，如果他们能够入股，不出半年就会成倍地分红。在钱的诱惑下，亲友们谁也没怀疑他，纷纷出钱入股，但他拿走这笔钱后就不见了踪影。

刘树伟拿到这笔钱立即南下做生意，但他万万没有想到，初入商海的他却被南方商人骗得血本无归。被骗之后刘树伟根本不敢回老家，而是留在当地打工，一是想赚点钱，二是想趁此找到骗他的人。但是，刘树伟在人生地不熟的深州闯荡得并不顺利，不但钱没有赚到，连骗他的骗子也没有找到。

不久之后，寒流不断南下，在万物萧瑟的寒风中刘树伟灰溜溜地北上回到京北。几尽周折，他总算找到一份工作，到一家大公司打工。

刘树伟工作的这家公司的总经理是个派头十足的老板，经常出入高级场合，那种一掷千金、奢华颓靡的生活超出了刘树伟的想象，而大老板身边的女人波涛汹涌，前仆后继，更让他心惊肉跳，心猿意马。

刘树伟也发现这些女人几乎都是为了钱，他听说老板最宠的一个情人刚要来一笔钱，转身就和自己的小白脸花天酒地去了。刘树伟从心里也看不起她们，可是自己没有钱，至今还是光棍一根的现实让他直不起腰来。

这些细节深深刺激着刘树伟，但刘树伟也慢慢开了窍，认识到一个人的身份在社会上生存的重要性，要是自己身上也罩上一层令人羡慕的光环就好了。被骗的经历对刘树伟产生了极大的影响，他认为自己之所以被骗，是因为他轻易相信对方是腰缠万贯的大老板身份。他想，别人能骗我，我也能够骗别人，不就是改变个身份吗？

要想行骗就得有充分的时间，而在市区工作没有自由的时间，于是刘树伟到郊区的一个养殖场去当了一名工人，这里的活儿轻松而且很自由，但刘树伟却常常旷工。

既然在养殖场，刘树伟便开始对外尤其是外地来的打工仔宣称自己是养殖场厂长，社会关系广泛，有很多赚钱的门路，举手投足之间也时刻摆出一副老板的派头，加上他纯正的京北口音，很多不明真相的人深信不疑刘树伟的身份。

来自冀北的张立冬就是其中之一，在一个建筑工地打工的张立冬在一个偶然的机会认识了刘树伟，刘树伟一眼看出这人忠厚老实，可以骗一把。

刘树伟找了一个合适的时机请张立冬等人吃饭，刘树伟这次也狠心出了点血，点了不少好菜，嘴里说着："这些东西怎么能下口？下次老哥请你们吃海鲜，来来别客气。"他的心却疼得要命，一个月的饭钱没了。席上，刘树伟不时地拍拍胸脯，说："咱们都是自己人，有什么需要帮忙的尽管说，在这片儿没有我刘树伟办不成的事。"说罢，刘树伟故作神秘地压低嗓子，轻声说道，"我上面有人，机关里哥们儿很多，我有很多朋友是京北著名的房地产大腕儿，这事你们知道就行了，可别传出去了，注意影响。”

张立冬一听，再看刘树伟出手大方，自然信以为真，诚惶诚恐地费力讨好他。回来后，张立冬十分兴奋，跟朋友商议要好好依靠刘树伟这棵大树，搞点工程赚钱，否则成天在工地上出苦力还被拖欠工资何日才能出头啊！

从此，张立冬没事就跟在刘树伟身边，软磨硬泡央求刘树伟给他们找点活儿干。刘树伟刚开始也费尽周折替他们找了点装修的小活儿，让他们尝尝甜头。于是，张立冬便对刘树伟的能耐深信不疑。

但是后来，当张立冬再求刘树伟找活儿干时，刘树伟就故作深沉地说：“兄弟，要发财就得发大财。我的朋友最近有一个拆迁的项目，你要有意的话，我可以帮你打点打点，只是你也得表示表示。”为了表示确有其事，刘树伟专门带着张立冬来到一片居民区，只见很多空房的墙壁上都写着大大的“拆”字，他们哪里知道这块地确实要拆迁，只不过刘树伟根本没有权力将这个项目承包给他们。

张立冬和一起打工的朋友陈晓勇一合计，认为机不可失，想尽办法东拼西凑借钱来“孝敬”刘树伟，请他吃饭、唱歌、桑拿。有一次，张立冬请刘树伟吃饭，随口问道：“刘厂长，咱们认识这么久了，怎么没见过嫂子啊？”

刘树伟放下筷子，不屑一顾地说：“还是自己一个人好啊，想怎么玩，就怎么玩，也没有人管，找个老婆她要管着咱们不说，还要花咱的钱，多不合算啊。”说罢，哈哈一笑。

得知刘老板至今单身，张立冬心里有了一个得意的算盘。因为在不久之前，张立冬的表妹张紫琳从老家出来投奔他，还没有找到工作。张紫琳年方 21 岁，容貌秀丽、身材苗条，在农村老家是远近闻名的一枝花。所以张立冬听说刘树伟没有老婆后，顿时想到了表妹张紫琳。

张立冬认为自己在刘树伟身上花了这么多钱，刘树伟还没有把项目给他，一定是自己做得还不够，于是他想把张紫琳介绍给刘树伟认识，这样一来，刘树伟总不会不好意思不兑现承诺吧。张立冬当然想不到刘树伟更是道高一尺，魔高一丈。

张立冬以让刘树伟帮张紫琳找工作为名带着张紫琳一起出去吃饭，刘树伟一见到张紫琳后，兴奋得有些语无伦次，信誓旦旦地说一定帮她找个好工作。张立冬看在眼里喜在心里。饭后，刘树伟留下张立冬，好好地“关心”了一把张紫琳的过去。张立冬一看这事有谱，高兴得一路小跑回到工地找张紫琳。

谁知，张紫琳却告诉表哥自己在老家已经有男朋友了。张立冬一听气得鼻子都歪了，他开导表妹说：“妹，你傻啊！刘厂长是什么身份的人，你老家的男朋友算个什么啊，他能给你吃香的喝辣的吗？你要是能跟了刘树伟，咱们家从此就有享不完的福了。虽说他年纪大了点，可人家条件好啊！”

张紫琳对刘树伟虽然不太满意，但她架不住表哥的极力撮合，在张立冬的劝说下，张紫琳终于答应先相处一段时间。刘树伟也频频向张紫琳发动浪漫的“爱情”攻势，每天送一朵玫瑰给张紫琳。两人约会时，刘树伟出手大方，并且总是彬彬有礼，不像别的男人见了美女那样大献殷勤甚至动手动脚，这也给张紫琳留下了不错的印象。

刘树伟不止一次对张紫琳吹嘘自己家财万贯，但希望找一个像张紫琳这样淳朴善良的乡下女孩。单纯的张紫琳很快就相信了，渐渐把原来的男朋友忘在了脑后。

在一个花好月圆夜，酒足饭饱的刘树伟在张立冬的默许下，让张紫琳搀扶自己回家。到家后，看着曲线玲珑的张紫琳，刘树伟感觉到体内有股热流在蠢蠢欲动，色眼迷离的他一把抱住张紫琳倒在床上，慌张的张紫琳极力挣扎着，刘树伟喷着满嘴的酒气说：“小心肝儿，你早晚是我的人，别躲了。你还想不想当我夫人啊！”说完，他一把撕破了张紫琳的衣服。

当张紫琳哭哭啼啼地找到表哥时，张立冬一点也不感到意外，他反而劝张紫琳：“妹啊，想开点，为了以后的好日子，这算啥啊。你哥我还指望着他给我工程呢。吃得苦中苦，方为人上人啊！”

当张立冬再次见到刘树伟时，就理直气壮地提出要求：“刘厂长，我那个拆迁工程还有戏吗？”

“哎哟，我说舅老爷，咱都什么关系了，这事跑不了，你放心吧。不过，你看我一个人在家里，冷冷清清的，这家没个女人，它还叫家吗？要不，你让你表妹搬过来吧。”刘树伟一提起张紫琳就咂着嘴回味无穷。

张立冬看见刘树伟那副色眯眯的样子不由得也心生不平，不禁在心里骂道，真是癞蛤蟆吃着了天鹅肉。但张立冬也在心里琢磨着，他认为舍不得孩子套不到狼，况且表妹已经跟他不清不白了。于是张立冬同意劝张紫琳搬过来和刘树伟一起住。

张紫琳虽然心里不太想搬过来，但一想到自己已经和刘树伟有了夫妻之实，而且刘树伟所吹嘘的万贯家财也很诱人，就同意了。刘树伟着实高兴了一阵子，什么事情都不让张紫琳做，每天都缠着她温存一把，亲热之余还不忘告诉张紫琳：“你哥那事，我正在跟我朋友张老板谈着呢，你叫他别急。不过张老板那边的口风很紧啊，你哥要不跟张老板意思意思，这事连边儿都没有。”

张立冬听说后，赶紧托刘树伟请张老板出来吃个“便饭”。刘树伟叫上自己养殖场的同事老张充当一位老板，自己带着张紫琳，一行人到一家高级餐厅饱餐了一顿，随后又一起去唱歌。大家玩得都很尽兴，只有张立冬很心疼那哗哗流出去的钞票。

张立冬以为这回应该没什么问题了吧，谁知半个多月过去了还是没有什么消息。正当张立冬琢磨怎么给刘树伟进贡时，表妹张紫琳带来了一个惊人的消息。

原来这天张紫琳出去买菜时，正好在菜市场碰见了“张老板”，张紫琳见“张老板”手里提着一堆菜，打趣道：“张老板，您还亲自买菜呢！”

“张老板”一见是张紫琳，顿时满脸尴尬，正不知怎么办才好，旁边一位中年妇女怒目圆睁：“他不买菜谁买菜，老张，你什么时候成了‘老板’了啊？”说着，她略带怀疑和鄙视的眼睛在张紫琳身上毫不客气地来回巡视，张紫琳只觉得自己好像被扒光了衣服站在众人面前。

“张老板”赶快一把拉住中年女人快步离去，老远还传来女人的叫骂声。张紫琳尴尬极了，只听见旁人议论着：“那不是养殖场里的老张吗，这个女人怎么叫他‘张老板’呢，该不是欠下了什么风流债吧。”周围一片窃笑声，张紫琳再也没脸待着了，扭头捂着脸跑着去找表哥。

张立冬听完后，大吃一惊，难道刘树伟一直都在骗他，他和张紫琳前前后后仔细地回味了一遍后，越想越不对劲，决定找刘树伟问个清楚。这时，张立冬提议先到养殖场去打听打听场长到底是谁，这样大家心里也有底。于是，两人来到养殖场，很快得知刘树伟不过是养殖场的一个普通工人，并且由于表现不好游手好闲已经下岗了。张紫琳知道真相后，心头悔恨交加，当即昏了过去。

张立冬和张紫琳气得火冒三丈，决定狠狠教训教训刘树伟。两人叫来四个帮手，气势汹汹地来到刘树伟的住处，刘树伟一看他们的架势，心就凉了半截，但他故作镇定地说：“大家都来了，坐，坐，张紫琳还不倒水去，干站着干吗？”

张紫琳一把冲了过去，挥舞着双手，在刘树伟的脸上、身上到处乱抓、乱打，嘴里歇斯底里地号叫着："你个骗子，你骗得我好惨啊，我掐死你！我不活了啊！"刘树伟被张紫琳突如其来的爆发吓傻了，只能捂着头躲闪着，张立冬也按捺不住，上前将刘树伟揍了一顿。

当大家都慢慢平息下来时，张紫琳仍然伤心地哭着。张立冬对已经瘫在地上的刘树伟说："你自己说吧，这件事公了还是私了？公了咱们就去派出所，就告你强奸了我表妹。私了的话，拿五万元来。我在你身上花了那么多钱，连自己的亲表妹都搭进来了，你想清楚。"

刘树伟躺在地上，连连求饶。他自然不愿意公了，他害怕进监狱，怕被别人指指点点。但是刘树伟根本就拿不出五万元钱来，他求张立冬宽限他一点时间，他好去筹钱。张立冬阴阳怪气地说："不行，今天我必须拿到钱，你不是家财万贯吗？你赶紧给家人打个电话，让他们给你拿钱来啊。今天要是拿不到钱，哼，别怪老子不客气。"

刘树伟见状，爬到张紫琳身边，哀求道："张紫琳，一夜夫妻百日恩，你替我求求情吧。"但是悲伤至极的张紫琳不但不搭理他，反而一口咬住了刘树伟的手，疼得他眼泪直滚。

万般无奈的刘树伟只好说自己没钱，没有什么工程在手，也没有家财万贯，一切都是骗人的。张立冬冷笑一声说："你没有万贯家财，可你还有老爹老娘、兄弟姐妹啊，一人有难，八方支援，更不要说是一家人了。"

张紫琳也醒悟道："对啊，走，现在你就带我们拿钱去。"

张立冬等五人押着刘树伟带着张紫琳坐上车到刘树伟的父母所在的村子去。刘树伟在路上借口方便想逃跑，结果还没跑出五步路就被抓了回来，他只好死了心，带他们到母亲家去。

等到了刘家时，天色已经晚了。刘树伟的母亲和姐姐在家，刘老太太已经很久没有见到儿子了，见儿子回家开始还很高兴，等她看清楚儿子身上的伤和六个怒气冲天的陌生人时，不由得又惊又怕。

当刘老太终于听明白是怎么回事后，她两手一捶大腿，一屁股坐在地上，开始哭她这不争气的儿子，直哭得天昏地暗。刘树伟的姐姐听说后，赶紧跑过来，一边扶起母亲，一边训斥着刘树伟："你怎么这么造孽啊？咱们这种人家，哪拿得出来五万块啊！你这个没用的东西，自己闯了祸，还要连累家里人。你把我们刘家祖宗八代的脸都丢尽了。"说着，她又转向张立冬，求道："大哥，求求你了，你就高抬贵手，放过我们树伟吧。我们家哪有钱啊！"

张立冬咆哮着："你们有没有钱和我无关，老子今天就是来拿钱的。刘树伟把我骗得欠了好几万的债，还有我妹妹，你看看多水灵的妹子，难道让这个禽兽白白糟蹋了不成。今天，没钱就拿命来，我们马上报案说他强奸了我表妹。不然的话，我们几个人就在你们家住着。"

刘树伟早就抬不起头来了，但是一看见悲伤的老母亲和姐姐，他不由跪下求道："张大哥、张紫琳，是我对不起你们，千错万错都是我一个人的错，你们就再给我几天时间，求求你们了，我给你们磕头还不行吗？"

张立冬早已经什么也听不进了，指着刘树伟对他的母亲和姐姐说："看看，这算什么男人，老子说了，今天要是不把钱拿来，你刘树伟别想活到明天。"围观的人中看刘树伟笑话的有，同情张紫琳的有，就是没有人同情刘树伟，谁也没敢出来帮刘家解围。

谁也没有注意到刘树伟充满血丝的双眼里闪过一丝绝望，他感到自己万念俱灰，在父老乡亲面前被几个外地人这么羞辱，好面子的刘树伟以后还有什么脸见人啊！刘树伟趴在地上，他突然看见墙角放着一瓶敌敌畏，心里有了主意。于是他站起身来，冷冷地对张立冬说："你们不要逼人太甚，老子要钱没有要命有一条，大不了老子今天把命抵给你，咱们两清了。"

说完，刘树伟拿起墙角的敌敌畏，仰脖灌了下去。人们都惊呆了，眼睁睁地看着刘树伟把敌敌畏喝了下去，口吐白沫倒在了地上。紧接着，刘老太也倒在了地上，刘树伟的姐姐尖叫着冲了过去，抱住刘树伟疯狂地摇晃着他的身体。

人们立刻乱了起来，有叫救护车的，有报警的，乱作一团。张立冬、张紫琳也吓傻了，张紫琳正想过去看看，被醒悟过来的张立冬一把拽了回来，然后六人趁着大乱之际，偷偷地溜走了。

张立冬和张紫琳做梦也不会想到，自己受了骗反而进了监狱，而刘树伟则在黄泉路上为自己的欺骗行为付出了昂贵的代价。

张立冬和张紫琳等人很快被公诉机关以涉嫌敲诈勒索罪起诉到了法院。京北市人民法院对此案进行了审理。法院认为：被告人张立冬、张紫琳以非法占有为目的，使用威胁的方法，强行索取数额巨大的公民合法财物的行为已构成敲诈勒索罪，依法应予惩处。被告人着手实行犯罪后由于犯罪分子本人意志以外的原因而未得逞，属犯罪未遂，依法可以比照既遂犯从轻或减轻处罚。

法院根据被告人张立冬、张紫琳犯罪的事实、性质、情节、认罪态度及危害后果等，对被告人张立冬、张紫琳，依照《中华人民共和国刑法》规定，判决张立冬犯敲诈勒索罪，判处有期徒刑 1 年。张紫琳犯敲诈勒索罪，判处有期徒刑 10 个月。

本来可以用法律保护自己，用法律的武器维护自己的利益，这对表兄妹却忽视法律，用民间不正当的手段，讨取自己的正当利益，成了法律的牺牲品。

张立冬先是利欲熏心，把表妹作为礼物献出去，为自己的利益做诱饵，其险恶用心和手段让人不耻，明知表妹吃亏，还心中窃喜。张紫琳明知被侮辱，应该揭发，报案，让坏人绳之以法，而不是忍气吞声，她的行为助长了坏人的气焰，受到法律的制裁，也是莫大的教训！